为了人与书的相遇

M Train

PATTI SMITH
M TRAIN

CAFÉ 'INO

列车 时光

START

〔美〕帕蒂·史密斯——著 非尔——译

广西师范大学出版社
·桂林·

给萨姆

车 站

伊诺咖啡馆 5

切换频道 27

动物饼干 49

跳蚤吸血 71

豆子山 81

没有指针的时钟 95

井 101

幸运轮 123

我如何搞丢了发条鸟 147

她的名字叫桑迪 167

再见了旧外套 185

无 189

暴风雨中群魔出动 227

阿尔弗雷德·魏格纳的梦　245

到拉腊什之路　253

被覆盖的地面　269

林登如何杀掉心中所爱　277

失物幽谷　283

中午时刻　289

补述　299

图片说明　327

译名对照表　329

——不着边际的写作可没那么容易。

那是我刚进入梦境时一个牛仔所说的。这位仁兄隐隐约约给人挺英俊的印象，话讲得非常简练，站在一张折椅上力图保持平衡，当时正向后靠，他的牛仔帽挥过一家孤零零的小餐馆的鲜艳外墙的边角。我说它孤零零，是因为看起来旁边除了一座旧旧的汽油加油泵和一个生锈的水槽外，没有别的建筑物，水槽内一摊死水残渣，上面停着一大串马蝇，不仔细看会觉得像一条项链挂在那儿。旁边也都没有别人，不过他似乎并不在意。只是拉拉眼前的帽檐，继续讲个不停。那顶帽子是林登·约翰逊总统常戴的那种银鲈色的 Open Road 款。

——但我们还是持续写个没完，他接着说，怀抱各式各样疯狂的指望。想要补救失去的过往，或者某些个人开悟的切片，简直是上了瘾，就像拉老虎机，或是比赛高尔夫球。

——不着边际地讲些空话就要容易得多了，我说道。

他倒不至于直接忽视我的存在，但确实没想出什么话可以回嘴。

——好吧，不管怎么说，我言尽于此！

——你也差不多得认输了，把球杆丢河里去吧，等你状态好的时候，球会直接滚进洞，翻过来的帽子里也将装满了铜板。

阳光打在他皮带扣的边缘，反射出一道闪光，径自横越这片沙地。我走向右边的同时，一声尖哨响起，我看到他的影子从一个完全不同的角度洒落在一整套其他的谬论之上。

——我以前到过这儿对不对？

他就一个劲儿坐在那里盯着前方的平地。

这个浑蛋，我心想，不把我放在眼里。

——嘿，我说，我可还没死，连一点要辞世的迹象都没有。我可是有血有肉活生生地站在这儿。

他从口袋里抽出一本笔记簿，开始写了起来。

——你最起码也该看着我，我说，毕竟这是我的梦。

我走近他。近到可以看到他在写什么。他把笔记簿打开到一个空白页，几个字突然就显现出来。

不，是我的。

——这下可好了，真是倒霉，我喃喃自语。我用手给眼睛遮一下光，站在那里看向他正在看的东西——尘土、云朵、一片平坦,只见风滚草、白净天空——无边无际什么也没有。

——写作的人就是列车长,他意味深长地说。

我信步走开,任凭他去详细阐明脑海里盘绕的错轨。那些话语先是迟迟不散,等到我上了自己专属的列车,被连着一身衣服丢回到被褥凌乱的床上,它们才纷纷坠落无踪。我起身,摇摇晃晃走到浴室里,迅速往脸上泼点冷水。我蹬上靴子,把猫群给喂了,抓起我的针织帽和黑色的旧外套。走向曾经走过无数趟的马路,穿过宽阔的大道,去到贝德福德街上的一家格林威治村咖啡馆。

伊诺咖啡馆

天花板上四片扇叶在头顶转呀转。

伊诺咖啡馆里,除了那个墨西哥厨师和一个叫做扎克的小子之外空空荡荡。扎克为我端上平常惯点的浓烤土司,一小碟橄榄油和黑咖啡。我窝在平常所坐的角落,外套和针织帽都还穿戴在身。时间是上午九点钟。我是第一个客人。当这座城市醒过来时的贝德福德街。我这张桌子,就在咖啡机和临街的窗户旁边,给我一种保有隐私的感觉,可以放心退缩到专属于我自己的氛围当中。

十一月底的天气。小咖啡馆里感觉有点凉。那为什么风扇还在转呢?也许如果我盯着这些扇叶够久的话,我的心也会跟着转动起来。

不着边际的写作可没那么容易。

我可以听到那牛仔慢条斯理又不容怀疑的声音。我随手把他的这句话写在餐巾纸上。怎么有人能够在梦里把你给惹毛了,然后还有脸赖着不走?我觉得有必要驳斥他的说法,不只是随口顶撞,而是要用行动抵制。我低头看自己的双手。我有把握能够永无止境地写些漫无边际的文字。只要我真的没有什么可以拿来说。

过了一段时间，扎克在我面前放了一杯新煮的咖啡。

——这是我最后一次为你服务了，他一本正经地说。

他是这附近咖啡煮得最好的，我听了觉得很可惜。

——为什么？你要去哪里？

——我要到罗卡韦海滩的木板栈道上开一家海滨咖啡馆。

——海滨咖啡馆！真没想到，海滨咖啡馆！

我伸了伸腿，看着扎克把他上午的例行工作一一落实。他不会知道我曾经也梦想过要开一家自己的咖啡馆。我猜这个梦想是起源于当年读了垮掉派、超现实主义者和法国象征主义诗人流连咖啡馆的生活描述。我从小长大的地方没有什么咖啡馆，但咖啡馆一直存在于我所看的书里面，而且在我的白日梦中，越来越像是有那么回事。1965年，我从南泽西来到纽约市，只是来走走逛逛，那时候没有比单纯坐在一家格林威治村的咖啡馆里写诗更浪漫的事了。我最后终于鼓足勇气，走进了麦克杜格尔街上的但丁咖啡馆。钱不够在那里吃顿正餐，所以只喝了杯咖啡，不过旁边的人似乎都没注意到，也不在乎。店里墙上贴满了印刷的佛罗伦萨壁画和《神曲》诗中的场景。这些壁画历经数十年的香烟熏染居然到今天都没褪色。

  1973年我搬到同一条街上，一个空气流通，墙壁刷白，还附简单炉具流理台的房间，距离但丁咖啡馆只有短短两个街区。到了晚上我可以爬出临街的窗户，坐在防火逃生梯平台上面，看着客人进出鱼水壶的动静，那是杰克·凯鲁亚克最常光顾的酒吧之一。那时布利克街角有个年轻的摩洛哥人卖新鲜的塔可，里面裹着盐渍鲲鱼和几撮新鲜的薄荷。我每天会起得很早，去买一点生活所需。煮一些热开水，倒进加了薄荷的茶壶，然后整个下午就在那边喝茶，抽点儿印度大麻，重读穆罕默德·穆拉比特和伊莎贝尔·埃伯哈特写的那些故事。

  在那个时代，伊诺咖啡馆还不存在。我会坐在但丁咖啡馆的矮窗前，读着穆拉比特的《海滨咖啡馆》。一个年轻的鱼贩子名叫德里斯，遇到了一个避世隐居、不讨人喜欢的老头，老头开了一家所谓的咖啡馆，里面只有一张桌子一把椅子，地点在丹吉尔附近海边的一片岩石地上。围绕着这个咖啡馆的那种慢腾腾的气氛让我如此着迷，当时一心想着要是能够住在那里面就好了。和德里斯一样，我梦想着要开一家属于我自己的地方。因为实在想得太多，我都快要可以走进去了：奈瓦尔咖啡馆，一个小天堂，诗人和旅行者们可以找到单纯庇护的避风港。

我幻想在宽木条的地板上铺着已经磨到快要秃了的波斯地毯，两张长长的木头桌子加上旁边的长板凳，几张小一点的桌子，和一个炉子用来烤面包。每天早上，我会像唐人街上的那些人一样，用芳香的茶水把所有的桌子都抹干净。不放音乐也没有菜单。就只有静静的黑咖啡、橄榄油、新鲜薄荷、烤面包。墙上挂着一些照片：一帧店名典故来源的作家奈瓦尔忧郁的画像，旁边再挂一幅小一点的落魄诗人保罗·魏尔伦的画像，穿着他的外套，在一杯苦艾酒前萎靡不振。

到了1978年，我有了一点钱，付得起押金，在东十街上的一栋大楼里租了一整层。那个地方之前是一家美容院，不过已经拆空了，现场只剩下三架白色吊扇和一些折叠椅。我弟弟托德负责监工修缮，我们两个一起把墙壁都刷白，再把地板打上蜡。两大面天窗采光，整个空间够亮的。我花了好几天就坐在那光照下，在一张轻便小桌上喝着熟食店里买来的咖啡，计划着接下来该怎么做。我需要一些钱来搞个新的抽水马桶，还要一台咖啡机，再来几码窗帘布把窗户装点起来。在我想象的悠扬乐声中，实用的东西通常都模模糊糊看不太清楚。

最后我还是不得不放弃了我的咖啡馆。1976年，我在底特律遇到了乐手弗雷德·索尼克·史密斯。这个没料想到的邂逅慢慢改变了我人生的进程。我对他的渴望沾染了每一样事物——我作的诗，我写的歌，我全心全意都是他。我们忍受着人隔两地的相思，在纽约和底特律之间来来去去，短暂的相聚之后又是煎熬的别离。我才刚规划好安装水槽和咖啡机的位置，弗雷德就来恳求我搬去底特律跟他一起住。那时候看起来，似乎没有比跟爱人会合更重要的事了，我命中注定要嫁给这个男人。我毫不犹豫就跟纽约和这个城市所装载的雄心壮志说了再见。我把最重要的东西打包，其他的就抛到脑后了。眼睁睁地，看着我的押金和咖啡店就这样没了。但当时我一点也不在乎。那些我坐在小桌旁，一个人沉浸在咖啡店梦想的光晕中喝着咖啡的时刻，对我来说已经足够。

在我们第一个结婚周年纪念的几个月前，弗雷德跟我说，如果我答应给他生个小孩，他就先带我去世界上任何我想去的地方旅行。没有任何犹豫，我就选了马罗尼河畔圣洛朗，那是法属圭亚那西北边境上的小城，地处南美洲大西洋北海岸。很久以来，我一直都想去看看这个曾经的法属流放地现在变成怎么样了，当年许多重刑犯被装船载到这里，然后转往魔岛。在《小偷日记》里，让·热内写到了圣洛朗，说那是一块神圣之地，也写到过去被监禁在那里的囚犯，寄予诚心诚意的感同身受。在他的书中，他写到罪犯世界中不可逾越的等级制度，描述在法属圭亚那势力所及的可怕地带上，人们凭借一股男子气概的神圣特质，将冠冕饰以繁花。他降尊纡贵，与罪犯们为伍：进出感化院，到处偷鸡摸狗，也坐过三次牢。但当他被判刑，要被送到这个他如此尊崇的监牢时，因为人道的理由，政府把这里关闭了，剩余还活着的囚犯被解送回法国。后来，热内的刑期是在弗雷斯纳度过的，他始终抱憾，没能亲炙他所渴望的荣光。他伤心欲绝地写道：我被剥夺了这个恶名彰显的机遇。

热内进监狱的时间来得太晚，来不及参与进被他用文学作品刻画而得不朽的同志情谊中。他被排拒在监狱的墙外，正如《花衣魔笛手》的故事里，哈默尔恩的跛脚男孩因为到门口时已经太晚，无法进入孩子的天堂。

那时候热内已经七十岁，据说身体状况不佳，应该不太有可能自己去到那里。我想象如果能够带点当地的泥土和石头给他，应该是美事一桩。我平常那些不切实际的想法，弗雷德虽然常常觉得好笑，但这回对我没事自找的任务倒没有嗤之以鼻，没多说什么就同意了。我写了封信给威廉·巴勒斯[1]，我二十岁出头就认识他了，他跟热内很熟，而且本身也是个性情中人，他答应会找

---

[1] 威廉·巴勒斯（1914-1997），美国作家，与艾伦·金斯堡和杰克·凯鲁亚克同为"垮掉的一代"文学运动的创始者。代表作有《裸体午餐》等。（本书注释均为编注。）

个适当的时机，帮我把石头转交给热内。

　　为了准备这趟旅行，弗雷德和我花了好几天在底特律公共图书馆里，研读苏里南和法属圭亚那的历史。我们期待着要去探索一个我们两人都没去过的地方，规划出了旅程的前面几个阶段：唯一可行的路线是先搭客机到迈阿密，然后转当地的航班，经过巴巴多斯、格林纳达和海地，最后降落在苏里南。我们得找路去到首都外围的一座河畔小镇，再从那里雇一艘船，横渡马罗尼河，进入法属圭亚那。我们把行程中的每一站都给标出来，忙到大半夜。弗雷德带了好几份地图、卡其布衣裤、旅行支票和罗盘，把原本的长头发给剪短，还带了一部法文辞典。当决定要做一件事时，他会考虑得很周到。不过他倒没去研读热内。这个部分他留给了我。

　　弗雷德和我飞去迈阿密那天是个星期日，我们在路边找了一家店名叫托尼先生的汽车旅馆住了两个晚上，房间里低矮的天花板上，用螺栓固定着一台黑白电视机，投币才能看。我们在小哈瓦那吃了一些红色的豆子和黄色的米，还去参观了鳄鱼世界。这两天的短暂停留帮助我们适应了接下来要面对的酷热天气。旅程中的飞行很花时间，所有的旅客都要在格林纳达和海地下飞机，因为每到一处货舱都要搜查一遍，看有没有走私货品。我们最后降落在苏里南的时候是一大早，当大家成

群走上巴士要被载往旅馆时,一帮年轻的士兵手持着自动枪械等在一旁。1980年2月25日发生的、推翻民族党政权的军事政变一周年快要到了,只比我们的结婚周年纪念日早几天。我们是这附近仅有的两个美国人,他们向我们保证会保护我们。

接下来几天,首都帕拉马里博的天气热得我们都抬不起头,总算找到了一个向导,开车载我们跑了150公里,到了法属圭亚那边境河西岸的阿尔比纳小镇。粉红色的天空雷电交加,犹如血管密布。我们的向导找到了一个年轻男孩,他答应带我们过马罗尼河到对岸,乘的是一种长长的、中间都挖空的独木舟。我们的行李之前装东西的时候都经过审慎考虑,所以很好处理。我们

搭乘的独木舟划出去的时候下着小雨,随后没多久就升级为来势汹汹的倾盆大雨。独木舟吃水甚深,男孩递给我一把伞,同时警告我们,不要把手指伸进旁边的河水中。我到这时才突然发现河里成群游着一种小小的黑鱼。食人鱼!他看我迅速把手缩回来,不禁一笑。

船行了一个钟头左右,男孩让我们在一处泥泞的河岸离船上岸。他把独木舟拖上岸,就跟几个工人躲雨去了,遮雨的地方是用一长条黑色的油布,撑在四根木头的竿子上。看我们一时之间不知道该怎么走,他们好像觉得很有趣,就指给了我们往主路去的方向。我们费力爬过了滑溜的小山丘,麦提·斯沃洛的名曲《梭卡舞》里面的卡利普索节拍,从一个手提式音响飘送过来,但几乎都淹没在这下个不停的雨中。我们全身都湿透了，拖着脚步走过这空荡荡的小镇，最终躲进了没准是这里仅有的一家酒吧里避雨。酒保端给我一杯咖啡，弗雷德点了啤酒。店里有两个男人正喝着卡尔瓦多斯苹果白兰地。我后来又喝了好几杯咖啡，弗雷德则用破碎的法语加英语跟一个穿皮衣的家伙攀谈了起来，据说是附近海龟自然保护区的负责人，整个下午就这样过去了。等雨变小一点时，当地旅馆的老板出现了，邀请我们去住宿。然后一个比较年轻，更阴沉一些，但跟老板有点神似的人物也跟着登场，说要帮我们拎行李，我们随着他们沿一路的泥泞走下坡，来到新的投宿地点。我们原本连旅馆都没有订，如今却有一间客房正等着我们。

加利比旅馆完全是斯巴达式的简朴清苦，不过住起来还算舒服。一小瓶兑了水的干邑白兰地，连同两个塑料杯放在柜子上。我们累坏了，睡得很沉，任凭越下越大的雨毫不留情地敲打着白色瓦楞铁的屋顶。等我们醒过来，发现有大碗的咖啡正等着我们。早晨的太阳很烈。我把我们的衣服晾在天井。有一只小小的变色龙停在弗雷德的卡其衬衫上，颜色也随之趋于相近。口袋里的东西，我摊在一张小桌子上。皱巴巴的地图、受潮的收据、支离破碎的水果，还有弗雷德随身携带的吉他弹片。

接近中午的时候，有个水泥工人载我们绕着圣洛朗监狱遗址的外围兜风。有几只走失的鸡在泥土上搔抓，旁边还有一辆翻倒的自行车，但附近似乎都没有人。我们的司机跟我们走过一道低矮的石砌拱门，然后就自顾自地离开了。监狱院子里，有一种大起大落的暴发城镇那种物在人亡的悲剧气息——就从这里，把人的灵魂给埋葬了，然后将躯壳送到魔岛。弗雷德和我走在这一片仿佛具有魔法的静默之中，小心不去打扰统摄着这里的神灵。

为了寻找合适的石头，我走进了单人囚室，仔细检视像是刺青在墙上的褪色涂鸦。毛茸茸的睾丸，带有翅膀的阴茎，热内的天使们最重要的器官。不是这里，我心想，还不是。我环顾四周想找弗雷德。他正努力从长

得太高的草丛和棕榈树之间翻找出一片小小的墓地。我看他停在一块墓碑前,碑上刻着:孩子你的母亲时时刻刻为你祈祷。他在那里站了好长一段时间。我没去打扰他,对着附属建筑端详了起来,最后选择了大囚室的泥地来收集石头。这里很潮湿,地方大概有一个小型的飞机棚那么大。钉进墙里的铁链都锈得很厉害,细长的光束照在上面。不过还是有一点生命的气息:粪便,泥土,和一长串急忙飞走的甲壳虫。

我往下挖了几英寸,希望能找到当年被囚犯长满厚茧的脚掌或狱卒的靴底所压进土里的石头。我选了五颗,放进一个超大号的茨冈牌香烟火柴盒里,附在石头上的泥土也没掸掉,尽量原封不动地保存起来。弗雷德用他的手帕帮我揩去手上的土，然后抖了抖，把那个火柴盒包了起来。他把这一整个包裹放在我的手里，这是将这些石头交到热内手上的第一步。

我们没在圣洛朗待太久。我们去了海边，不过海龟自然保护区当时不开放参观，因为海龟正在产卵。弗雷德就在酒吧里花很长时间跟一些男的聊天。虽然天气很热，弗雷德还是穿了短袖的衬衫、打了领带。那些男的看起来还挺把他当回事，认真听着他讲话。他在男人堆里一向会有这样的效果。我就很认命地坐在酒吧外的一个板条箱上，看着眼前空空荡荡的街道，这过去不曾见过，而且未来也许也不会再见到了的景象。当年，那些囚犯就在这片同样的土地上依序走过。我闭上眼睛，想象他们在酷暑中拖着铁链，对于这个灰扑扑的废弃小镇上为数不多的居民来说，着实是残酷的娱乐。

从酒吧走回旅馆的路上，没有狗，没有成群游戏的小孩，也没有妇女。大半的路我自顾自地走着。有时候，我会瞥见旅馆的女佣，她是个赤着脚的长头发女孩，总是快步走在旅馆内各处。她对我微笑，打手势，但不会说英语，之后继续忙着。她会整理我们的房间，把我们的衣服从天井拿下来洗好、熨平。出于感激，我给了她一条我原来戴的手链，一条金链子上面有一个四叶幸运草，退房离开的时候，我看到那手链她还戴在手腕上摆荡着。

法属圭亚那没有火车，也完全没有铁路运输的公共服务。酒吧里的那个家伙帮我们找了一个司机。这个司机的神气就好像1972年经典雷鬼电影《不速之客》中的一个临时演员，戴着飞行员用的太阳眼镜和一顶三角帽，穿一件豹纹衬衫。我们谈好了价格，他答应载我们268公里到卡宴。他开一辆很破旧的棕褐色标致汽车，坚持我们的行李要跟他一起摆在前座，因为后备箱通常都是用来运送鸡的，不太干净。我们沿着国道往前开，一路上还是继续下着雨，只在中间太阳突然露了个脸，然后一闪即逝。车上听着电台播放的雷鬼歌曲，不过杂音干扰不断。到了收不到电台讯号的地方，司机就插上一盘录音带，是一个乐团，名为皇后水泥。

每隔一会儿，我就把手帕解开，看看那个茨冈牌火柴盒，盒子上的图案是一个吉卜赛女郎的侧影，在一缕靛蓝的轻烟中摇着手鼓翩翩起舞。但我没把盒子打开。我想象着把这些石头交到热内手上那一刻的小小得意。弗雷德握着我的手，我们车行蜿蜒，一路上穿越浓密的森林，超过了短小精悍、肩膀宽阔的印第安人，他们大剌剌地把鬣蜥稳稳顶在头上。我们途经了几个小村落，其中一个叫托纳特的，只有几间房子和一根六英尺高的十字架。我们请司机停车。他下车去检查轮胎的状况。弗雷德拍了一张标示牌的照片,上面写着:托纳特,人口九名。我则祷告了一会儿。

我们没有什么非做不可的事,或者非看不可的东西。此行的主要任务已经完成了,我们没有想好最终想要去到哪里,也没有订任何的旅馆,我们完全是自由的。不过快要到库鲁的时候,感觉到气氛有点不一样。我们将要进入一个军事管制区,先是遇到了一个检查哨站。他们检查了司机的身份证,接着很长一段时间都没人讲话,最后我们被命令下车。两个军官把前后座都搜查了一遍,结果在前座杂物箱里找到了一把弹簧坏掉的弹簧刀。这应该不要紧吧,我心里想。然而当他们敲后备箱的时候,我们的司机很明显地不安了起来。死鸡?还是毒品?他们绕着车子走了一圈,然后问他讨钥匙。他把他们推进旁边的一条浅沟里,企图逃跑,可是很快就被扑倒在地,扭打成一团。我侧眼看了一下弗雷德。他更年轻的时候也常在法律上惹麻烦,所以对待权威总是小心翼翼,唯恐动辄得咎。他不动声色,我也就跟着低调。

他们把后备箱打开。里面居然是一个看起来三十岁出头的男人,他像条蜷缩在生锈的海螺壳里的蛞蝓。他们用步枪戳戳他,喝令他下车时,他看起来很害怕。我

们被带到警察总部，分开留置在不同的房间里，用法语进行审问。我的法语用来回答他们那些最简单的问题还绰绰有余，而在另一个房间的弗雷德则施展现学现卖的酒吧法语跟他们交流。突然间指挥官来了，我们就被带到他跟前。指挥官是个胸膛健壮、双眼深邃的男人，晒得棕黑的脸上留着浓密的胡子。弗雷德迅速把事情加以总结，我也顺理成章扮演起乖巧的女性，因为到了这个外籍军团的偏僻驻地，没有什么悬念，完全就是个男人的世界。我静静地眼看着那位人形违禁品全身都被剥光，上了手铐脚镣被带走。弗雷德被命令进入指挥官办公室。他回过头看了看我。从他浅蓝色的眼睛里隔空透露出来的讯息是，要我保持冷静。

有个军官把我们的行李拿了进来，另一个戴着白手套，把里面的东西全部检查一遍。我捧着手帕包坐在一旁。他们没有要我把这个交出去，我如释重负，因为它在我心目中的神圣程度已经仅次于结婚戒指。我意识到没有危险了，但还是叮嘱自己别乱说话。有个审问的军官端了一杯黑咖啡给我，底下是一个镶嵌着一只蓝色蝴蝶的椭圆形托盘，然后他就走进了指挥官室。我可以看到弗雷德的侧影。过了一会儿，他们全都走出来，看起来态度很友好。指挥官给了弗雷德一个男人对男人的拥抱，然后我们就被安排坐进了一辆私家车里。我们一路上都没讲话，最后被载到位于卡宴河口的当地首府。指挥官给了弗雷德一家当地旅馆的地址。我们就在山脚下了车，他们只把我们送到这儿。他指了指说，应该就在这上面一点，于是我们就拿起行李，走上石阶，去到下一个投宿的地点。

——你们两个谈了些什么？我问道。

——其实我也搞不太清楚，他只会说法语。

——那你们怎么沟通的？

——干邑白兰地。

弗雷德似乎陷入了沉思。

——我知道你很关心那个司机会被怎么处置，他说，不过这个我们无能为力了。他真的害我们身陷麻

烦，到最后我只能顾得上你。

——喔，我倒不害怕。

——对啊，他说，这就是我为什么担心的原因。

旅馆挺对我们的胃口。我们从一个纸袋子里喝法国白兰地，睡在好几层的蚊帐里。窗户上没有玻璃，旅馆本身也没有，底下的那些房子也都没有。没有空调冷气，对抗炎热与灰尘只能靠风和零零星星的降雨。我们听着附近水泥公寓随风传来的、带着约翰·柯川风味的实时萨克斯风乐声低沉呜咽。到了早晨我们就上街，漫步探索一下这个城镇。镇上的广场比较像一个梯形，铺着黑色和白色的地砖，四周种着棕榈树。当时正值嘉年

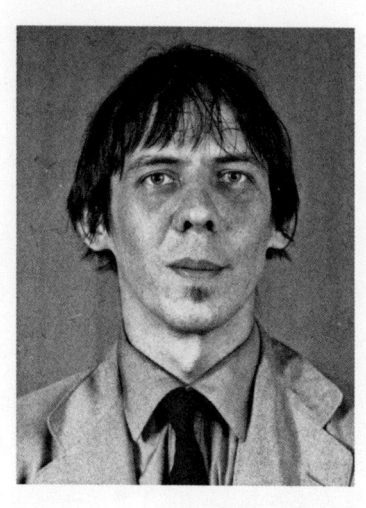

华，只是我们浑然不知，全城好像都没什么人。市政厅是一幢刷白漆的19世纪法国殖民时代建筑，但因为假日关闭了。我们被一座看起来好像废弃了的教堂所吸引。当我们把门推开时，铁锈剥落沾得满手。我们丢了几枚硬币到入口处一个供捐献用的旧的 Chock Full O'Nuts 牌咖啡罐里，上面还带着"天堂般美味的咖啡"字样。灰尘微粒散布于一道道光线中，在栩栩如生的石膏天使像头顶形成一个光晕，一尊尊圣像陷于掉落的瓦砾之中，在一层又一层的深色重漆之下面目不复可辨。

所有的东西似乎都是以慢动作在进行。尽管我们这样随便走走时所碰上的陌生人对此都浑然不觉。几个男的为了一只活跳跳的鼷蜥在讨价还价，它的长条尾巴还甩来甩去。超载的渡轮正要离港驶往魔岛，可以听到卡利普索音乐从一个盖得像只超巨型犰狳的迪斯科舞厅里倾溢传出。旁边有些卖纪念品的小摊子，价格都一模一样：中国制的薄红毯，还有蓝得发亮的雨衣。但卖得最多的是打火机，各式各样的打火机，图案有鹦鹉、宇宙飞船和外籍军团的男人。这个地方没有什么别的东西可以看了，我们想到要申请签证去巴西，于是就找了一个来路不明、自称是林医师的中国男人帮我们拍了几张证件照。他的工作室里满是大画幅的照相机、坏掉的三脚架和用大口玻璃罐装起来一排一排摆在那里的草药。后来虽然签证照片洗出来已经拿到手，但我们像中了邪一样，还是就待在卡宴，直到结婚纪念日。

我们这趟旅程的最后一个星期日，当地女人都穿着亮丽洋装，男的都带了高帽子，一起盛装庆祝嘉年华会圆满结束。我们徒步跟着他们不怎么讲究的游行队伍，结果走到了雷米尔—蒙若利，这是城镇东南方的一个村落。一路狂欢的民众各自散去。雷米尔可以说是几乎没有什么人住了，站在一望无际空荡荡的海滩上，弗雷德和我如痴如醉，为之入迷。作为结婚纪念日，那真是完美的一天，我忍不住又想到，这个地点来开一家海滨咖啡馆可是再好不过了。弗雷德走在我前面，对着更前方的一条黑狗吹口哨。没看到有什么饲主在旁边。弗雷德掷了一根棍子到海水里，狗就去把棍子衔回来。我跪在沙地上，用手指画起了想象中的咖啡馆平面图。

原来缠得好好的线，松解开之后随机乱滚的线轴，玻璃杯里的茶，打开的日记本，和一张金属圆桌，桌脚还垫个空的火柴盒以保持平稳。咖啡馆。巴黎的鲁凯咖啡馆，维也纳的约瑟夫咖啡馆，阿姆斯特丹的蓝鸟咖啡馆，悉尼的冰咖啡馆，图森的此时此地咖啡馆，洛马岬的哇呜咖啡店，北滩的的里雅斯特咖啡馆，那不勒斯的教授咖啡馆，乌普萨拉的原牛咖啡屋，洛根广场的卢拉咖啡屋，涩谷的狮子喫茶店和柏林火车站的动物园咖啡馆。

我永远都无法开成的那一家咖啡馆，还有无数家我没机会上门光顾的咖啡馆。仿佛是看出了我的心思，扎克一句话也没说，帮我端来一杯新煮咖啡。

——你的咖啡馆什么时候开张？我问他。

——等天气变好，希望是明年早春时节。两个伙伴和我。我们要一起想办法，还需要多一点资金来添购设备。

我问他需要多少，打算要投资。

——你确定吗？他说，有点意外，因为其实我们彼此并不是非常熟，还算有点默契，只是由于你每天都习惯来喝点咖啡。

——没错，我是当真的。我曾经也想开一家自己的咖啡店。

——那未来你这辈子在我店里喝咖啡都免费。

——那就再好不过了，我说。

我坐在扎克煮的这杯无与伦比的咖啡前。头顶上风扇转着，模仿着旋转的风向标，指着四个方向。外面刮着强风，下着冷雨，或者即将下起雨来；好像有什么灾厄正要发生的天空所形成的一连串蜃景，微妙地渗入我整个身心。一个不注意，我失神落入一种症状轻微、但是迟迟难消的不安之中。倒不是沮丧消沉，比较像是对忧郁的心境着了迷，我将之放在手心里，仿佛它是一颗小行星，上面有几道阴影，不可思议的蓝。

切换频道

我爬上阶梯,进到我只有一个天窗的房间里,一张工作桌,一张床,我弟弟的海军旗,他亲手捆好的,窗边的角落里搁了一张小扶手椅,上面披盖着旧的亚麻布。我脱下外套,该干活儿了。我有张很好的书桌,但还是比较喜欢在床上工作,像一首罗伯特·路易斯·史蒂文森的诗里,那个逐渐康复起来的病人。一具用好几个枕头撑起来的乐观主义僵尸,制造几页梦游者才种得出来的果实——有的还不太熟,有的又熟过了头。偶尔我就直接把稿子打进我轻薄的笔记本电脑里,同时有点愧疚地抬头瞄一下书架上那台使用老式色带的打字机,旁边还有另一台过时的Brother牌文字处理器。难以消除的忠诚使我无法抛弃它们中的任何一个。然后还有大堆的笔记本,召唤我用内容来把它们填满——告解、揭露、同一个段落没完没了的重写变奏,以及一堆兴之所至、滔滔不绝潦草记下、事后却怎么也看不懂的餐巾纸。干涸的墨水瓶,结痂的笔尖,笔本身早就找不到了

罗贝托·波拉尼奥的椅子,布拉内斯,西班牙

的备用笔芯，没有铅笔芯的自动铅笔。作家所留下的残骸瓦砾。

我没过感恩节，拖着浑身的不自在经历了十二月，沉湎于时间延长、程度也加剧的孤寂心境之中，却很可惜没有结晶成为任何值得一提的作品。每天早上，我把猫群喂了，默默地将自己的东西收一收，然后走几步路横过第六大道到伊诺咖啡馆，坐进我平常盘踞的角落那一桌里，喝咖啡，假装写点东西，或者真的就热诚地写起来，写出来的成果却都差不多一样的不成气候。我尽量避免参加各式活动，还强势地做了安排，让自己能够一个人过节。圣诞夜，我帮爱猫准备了浓香猫薄荷的玩具老鼠，自己没想清楚要去哪儿，就出门走进这个空荡荡的夜里，最后踏进了一家靠近切尔西旅馆的电影院，里面正在放映晚场的《龙文身的女孩》。我在街角的熟食店买了票、大杯的黑咖啡和一袋有机爆米花，然后走进电影院，在后排把东西放好坐定。观众席里只有我跟其他二十多个都市浪人，舒舒服服地远离这个世界，自成一格地过起我们心旷神怡的佳节假期，不用什么礼物，不用圣婴耶稣，不用金箔拉花彩带，不用槲寄生，只有一种完全自由的感觉。我喜欢这部电影的外观。之前我已经看过没有字幕的瑞典版，但是没读过原著小说，所以这么一来我可以把情节给拼凑起来，同时尽情陶醉于萧索的瑞典风光之中。

我过了半夜才回到家。相对起来，这一晚天气还算暖和，我最主要的感觉是平静，这种平静慢慢汇聚成一种想回到家钻进自己被窝里的欲望。在我住的那条街上，空空荡荡，没有什么看得出来的圣诞节的痕迹，只有一点零星的拉花彩带挂在打湿的树叶上。我跟摊在沙发上的几只猫说了晚安，走上楼梯回到自己的房间，其中那只小个的、金字塔色皮毛的阿比西尼亚猫开罗，尾随着我上楼。我打开一个上了锁的玻璃柜，小心翼翼地取出包得好好的法兰德斯制的耶稣诞生彩像，里面有圣母玛丽亚与圣约瑟，两头牛，和躺在摇篮里的圣婴，我将它们全部摆在我书架的最上层。过去的两百年光阴，给这些骨制的雕塑镀上了一层金色的光泽。太遗憾了，我心里想，这些牛做得那么传神，却只有圣诞节期间才能被拿出来展示一下，真是可惜了。我祝圣婴生日快乐，然后把床上的书和纸张都挪开，刷了牙，床罩折下来，让开罗睡在我的肚子上。

新年前夜也差不多是同样故事的重演，没有什么特别的解决之道。当几千名饮酒狂欢的民众在时代广场大肆买醉之际，我正在全力对付一首打算要在新年伊始抢先完成的诗，为了向伟大的智利作家罗贝托·波拉尼奥致敬，沉吟之间，那只阿比西尼亚小猫就在地板上围着我的脚步转圈圈。在读他的《护身符》一书时，我注意到其中有一段提及百牲祭——古时候大规模屠杀百头公牛的隆重献祭。我于是决定要为他写一首百牲祭——一首百行的诗，以表达对他把短暂的宝贵余生用于勉力完成巨著《2666》的谢意。如果老天能够多给他几年的时间，继续活着，跟他的孩子多点时间相处，往下再写几部小说，那该有多好。因为《2666》的设定是似乎能够一直不断地写下去，只要他还有意愿写。这么美好的波拉尼奥，却命薄如此，在写作巅峰的五十岁年纪，就这么英年早逝，实在太可惜、太让人抱不平了。不管怎样，失去了他，本该写出来的作品就这么没了，使得我们无缘得窥一个世界的奥秘。

一年中的最后几个小时就这样一分一秒地流逝，我写了又重写，然后大声地朗诵出声。但是到了时代广场的大球落下来时，我发现自己已经不小心写了一百零一行，而且无法决定到底要牺牲掉哪一行。我又意识到，自己竟然在漫不经心地盘算着，要来屠杀书架上那两头俯视圣婴的、闪闪发亮的骨制牛的同类。这个仪式虽然只是字面上的，然而有差吗？我的牛只是用骨头雕刻的，然而有差吗？经过几分钟来回的反复思考，我暂时把我的百牲祭给放到一边，用笔记本电脑切换模式来看部电影。在看《马太福音》的过程中，我注意到帕索里尼片中的年轻玛丽亚的样子非常像跟她差不多年轻时的克里斯汀·斯图尔特。我把画面暂停，去泡了一杯雀巢速溶咖啡，随便套了件连帽衫，走到外头坐在门廊下。气温很冷但天空清朗。几个有点醉意，也许是从新泽西来的年轻人大声问我：

——操，现在什么时候了？

——该去吐一吐的时候了，我回答。

——别在她面前说这个字，她整晚搞的都是这个字。她光着脚丫，红头发，穿一件亮片迷你裙。

——她怎么没穿外套？要不要我找一件毛衣给她？

——她不要紧。

——好吧，新年快乐。

——已经跨年了吗？

——对呀，大概四十八分钟前。

他们快步地转过街角消失了，留下一颗泄气的银色气球在人行道上滚来滚去。我走过去把它捡回来。

——差不多也就这样了，我大声地自言自语道。

雪。下得几乎有我靴子这么高的雪。我披上我的黑外套和针织帽，像个尽职的邮差一样，步履维艰地穿越第六大道，把自己例行运送到伊诺咖啡的橘色雨篷

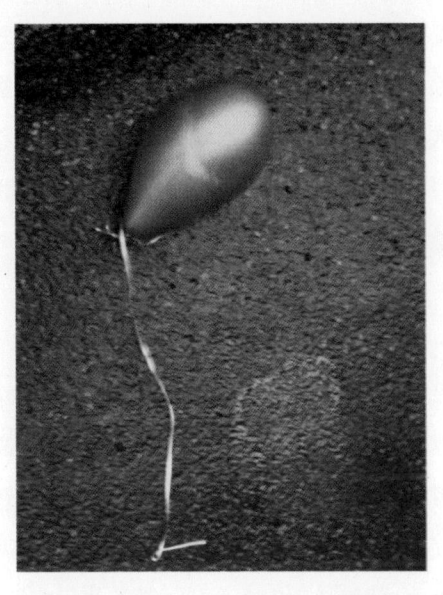

前。给波拉尼奥的百行诗还是煞费苦心地改了一遍又一遍,平常只有早上窝在那儿,这天却顺理成章地坐到了下午。我点了白豆汤,杂粮面包蘸橄榄油,又续杯更多的黑咖啡。我重新算了算百行诗的行数,现在变成缺三行。有九十七条线索可以下手,但就是找不到头绪,只能暂时先放一边了。

我应该离开这里,我在想,离开这个城市。但我要去哪里,才能摆脱掉身上这股似乎怎么样也振作不起来的无精打采呢?它就像是被内心不安所驱策的十几岁曲棍球选手身上,老背着的那个大帆布袋。如果离开,那我每天早上要怎么继续窝在我的小角落里呢？每晚深夜又要怎么拿着难以控制的遥控器一台一台地转呢？那个遥控器太难用了，每次都要按好几下才能有反应。

——我已经帮你换电池了，我语带恳求地说，妈的你倒是给我转台呀。

——你不是本来应该要工作的吗？

——我在看我的犯罪剧集，我毫无愧色地自言自语，这可是要紧的事。昨天的诗人是今天的侦探。他们花上一辈子的时间要嗅出这第一百行诗，侦破一个案子，然后精疲力竭拖着脚步走向日落尽头。这些节目娱乐我也支撑着我。林登和霍尔德。戈伦和埃姆斯。霍拉肖·凯恩[1]。我跟他们走在一起，学着他们的行为举止，为他们的失败痛心，而且每一集播完了很久，还在想着他们的所作所为，不管是首播还是回放。

手上这个小小的遥控器居然可以如此目中无人！或许我实在应该好好想一想，为什么自己会跟没有生命的东西说起话来。不过，因为这玩意从小就在我清醒的生活之中扮演某种角色，都习惯了，不觉得有什么问题。让我困扰的反而是，为什么每年一月我都会染上春倦

---

[1] 以上均为美国犯罪剧集人物，林登和霍尔德出自《谋杀》。戈伦和埃姆斯出自《法律与秩序》。霍拉肖·凯恩出自《CSI：迈阿密》。

症。为什么我脑子里的皱褶好像蒙上了一层花粉。我叹着气在房间里走来走去,一一检视着珍视的物品,确认它们并没有被吸到什么东西都硬生生消失不见的半次元空间里去。那是些超越袜子或眼镜这种日用层面的东西:凯文·席尔兹的 EBow[1],一张弗雷德睡眼惺忪的快照,一只缅甸的献钵,以及我女儿亲手用黏土捏的一只奇形怪状的长颈鹿。我在我父亲的椅子前定格了好一会儿。

---

1 EBow,一种小型手持设备,用于实现吉他的延音。

当年我父亲用这张椅子坐在他的书桌前，历经几十年，开立支票，填表报税，或是狂热地研究赛马的让分投注技巧。一沓一沓的《电讯晨报》堆在墙边。他用一本绒布包面的日记簿，在上面记满了想象中下注的输赢，存放在左手边的抽屉里。家里没有人敢去动这个本子。他下注是根据什么，从来都不肯说，但是持之以恒，苦心研究。他不是那种会赌钱的人，实际上，也没有余钱可以下注。他就是一个工厂的男人，怀抱着数学层面的好奇心，从预测赛马中寻找乐趣，希望能探索出其中的制胜模式，由或然率入手，来开启人生意义的大门。

那时从旁观察之下，我对父亲颇为佩服，他似乎就这样轻易地遂其所愿，和我们的家居生活隔了开来。他为人慈祥，而且心胸宽阔，具有一种内在的优雅，使得他跟我们家的左邻右舍都不太一样。但是他对邻居从来都不会摆出一副优越的态度。他就是一个行事正派、脚踏实地的男人。年轻的时候有跑步的习惯，各项运动都很擅长，平衡感也优于一般人。二次大战的时候，他曾被派驻到新几内亚和菲律宾的丛林里。虽然他反对暴力，当时还是忠于国家、奋勇作战，但投到广岛和长崎的两颗原子弹让他很伤心，对我们这个物质至上的社会所表现出来的残忍和软弱唏嘘不已。

我父亲工作时上的是夜班。他白天睡觉，我们还在学校的时候他就得离家去上工,然后要到很晚我们都睡了,他才会下班回家。周末我们会体贴地不去打扰他,毕竟他平常能够留给自己的时间已经太少了。他会坐在最喜欢的椅子上,《圣经》摊开放腿上,看电视转播棒球。他常常会把《圣经》里的一些篇章大声念出来,希望能够引起我们的讨论。他也会不时提醒我们,对所有的事情都要存疑。一年当中有大半年,他都穿着一件黑色的汗衫,深色的旧裤子卷在小腿肚和皮拖鞋之间。他脚上一定都会有这双拖鞋,因为妹妹、弟弟和我会存上一整年的零钱,每年帮他买一双新的当做圣诞礼物。到了晚年,他特别热衷于喂鸟,不管天气如何,鸟都会很捧场,只要他一叫就会来,降落到他的肩膀上。

他过世的时候,我继承了他的书桌和椅子。书桌里有个雪茄盒子,装着一些注销的支票、指甲刀、一只坏掉的 Timex 手表,和一张发黄的剪报,上面是1959年,我在一个国家安全海报竞赛里得到三等奖时的灿烂笑容。那个盒子我始终还是放在右边最上面的抽屉里。那张被我妈没头没脑地贴满了鲜艳玫瑰花贴纸的结实椅子,现在还靠在我床脚对面的墙上。坐垫上的一个香烟烧痕使得这把椅子更有历经沧桑之感。我伸出指头去抚触那个烧痕,脑海中浮现出他的骆驼牌无滤嘴香烟的软包装。约翰·韦恩也是抽这个牌子的烟,包装上的图案是毛色金黄的单峰骆驼和棕榈树剪影，唤起异国风味与法国外籍军团的印象。

你应该坐到我上面来，他那把椅子敦促着我，但我就是提不起劲坐上去。以前我们都不准坐到爸爸的书桌前，所以他这把椅子我现在也不拿来坐，只是摆在身旁。前几年我去波拉尼奥在西班牙南部海滨小镇布拉内斯的家里参观时，曾经坐过一次他的椅子。我当时就后悔了。我之前对着他的椅子拍了四张照片，椅子的样式很简单，但波拉尼奥不管怎么颠沛流离，搬到哪里都把它带着，他相信这张椅子的魔力。这是他写作的椅子。我当时是不是觉得，坐上那张椅子就可以让我成为一个更好的作家？在自我告诫的战栗之下，我把装裱相框上的灰抹掉，里面框着的，正是那张椅子的宝丽来照片。

我下楼去抱了两整箱的东西回到卧室，把里面的东西倒在床上。该来看看刚过去这年的最后一批邮件了。首先筛检淘汰掉诸如朱庇特海滩分时享用的度假房、专门给老年人设计的生财之道等小册子，还有彩色精印的厚厚一沓资料，教我怎么把累积的飞行里数兑现成各种诱人礼物，全都原封不动送去回收筒，一想到要砍掉多少树木才能折腾出这堆没人拜托他们生产的废物，自然也不免有点罪恶感。除了这个，当然也有一些好的广告目录，介绍19世纪的德文手稿、垮掉一代的纪念文物，

甚至于一卷一卷的比利时中古亚麻布,这些目录则堆在厕所旁边,以备未来消遣。我无所事事地经过我的咖啡机,它像个蜷缩着的和尚,安坐在我放瓷杯的金属柜上。我拍拍它的头,避免和一旁的打字机和遥控器有眼神交流,我突然发觉,有些没生命的东西就是比其他东西要亲切得多。

云移翳日,一道乳白色的光从天窗渗透下来,洒进我的房间。隐隐约约,我感觉到自己被召唤着。有个什么东西正在召唤我,所以我一动也不动,就像《谋杀》片头里的侦探莎拉·林登,在黄昏的沼泽边上。我慢慢地向前走到书桌，把桌面抬起来。我并不常打开这个桌面，因为里面的珍贵物品保存着不堪回首的往事。不过很庆幸，我不必往里面看，我的手对里面所放置的每一件东西的大小、材质和位置都了如指掌。从一件我小时候穿过的裙子下面，我取出一个小小的金属盒子，盒子上有一些小孔。我打开之前，深深地吸了一口气，因为我一直怀抱着某种不理性的恐惧，觉得里面神圣的收藏一旦突然受到外面涌进来的空气冲击，就会烟消瓦解消失无踪。但是还好，一切都原封未动。四根小鱼钩，三根羽毛假饵，还有一根假饵是紫色半透明橡胶材质的，看起来像一颗 Juicy Fruit 或者 Swedish Fish 牌软糖，形状则像一个带着螺旋形尾巴的逗点。

——哈啰，小鬈毛！我低声唤着，一瞬间跟着高兴起来。

我用指尖轻轻敲着它，感受到重温旧梦的暖意，在北密歇根安湖上，划着船和弗雷德一起钓鱼的时光浮现脑海。弗雷德教我怎么抛钓线，还给了我一根便携型的 Shakespeare 牌钓竿，分解开来的各部零件，可以很妥帖地像一束箭般，装进箭筒一样的携行盒里。弗雷德抛起钓线动作优美、耐性十足，身边总是备妥火力充沛的假饵、鱼饵和铅坠。我则使用我的抛射杆，携行盒里还装着小鬈毛——我的秘密帮手。我的小假饵！我怎么会忘记我们共度的那些具有先见之明的甜蜜时光呢？当我把钓线抛进深不可测的湖水里，它总是称职地跳着探戈，勾引滑溜的鲈鱼上钩，好让我之后去了鳞煎给弗雷德吃。

如今国王已然驾崩，本日停止渔业活动。

我把小鬈毛好好放回桌子里，重新提起精神来处理我的邮件——账单、请愿书、逾期的典礼邀请函、开庭日近在眼前的陪审通知。接着，我迅速地挑出一封吸引我注意的邮件——是一个普通的牛皮纸信封，上面盖着封蜡，显示着缩写前缀 CDC。我快步走向一个锁着的柜子，选了一把细骨柄的拆信刀，这是打开来自大陆漂移社（Continental Drift Club）所寄来的珍贵信件的唯一正确方式。信封里装着一张红色的卡片，印着黑色的数字二十三，还有一纸手写的邀请函，请我一月中旬在柏林举办的半年大会上发言，内容不拘。

看到这封邀请函，我兴奋满满，但时间所剩不多，发信的时间已经是几个星期前。我把桌子清了清，连忙给他们写了个即将赴会的回复，接着满桌子到处找邮票，抓上我的针织帽和外套，把回信丢进邮筒。然后我越过第六大道，又去了伊诺咖啡馆。时间是近晚的下午，店里都没有人。我坐到我的老位置上，本来打算拟一份这趟旅程要带的物品清单，结果却沉湎于白日梦，把我的思绪带回到好多年前到过的不来梅、雷克雅未克、耶拿，还有很快将会再度前往的柏林，在那里又可以见到大陆漂移社的好朋友们。

1980年代由一位丹麦的气象学者创立的CDC,是地球科学团体分支出来的一个立意不甚明确的社团组织。成员有二十七个人,散居世界各地,他们誓言要致力于让人类整体的记忆长存,特别是有关于阿尔弗雷德·魏格纳的事迹,他是世界上最早提出大陆漂移理论的先驱。这个组织每两年开一次大会,全体会员都要参加,对内部规程予以审酌,表决经援某些申请CDC补助的实地考察,对组织所支持的推荐书单也投注相应的热情。这一切都是为了跟魏格纳身后以他为名的另一个世界组织,设立于德国下萨克森州城市不来梅港[1]的"阿尔弗雷德·魏格纳极圈与海洋研究中心"并肩奋斗共同努力。

我之所以取得CDC的会员资格其实纯属偶然。大致来说,这个组织的成员是以数学家、地质学家和神学家居多,成员在组织中不是用原来的名字,而是被赋予一个号码。当年我给魏格纳研究中心写过几封信,托他们寻找一位继承他遗物的后人,想得到允许去拍摄这位伟大探险家生前穿过的长靴。其中一封信被转

---

[1] 不来梅港,与不来梅市共同组成德国最小的联邦州不来梅,被萨克森州围绕,但不属于萨克森州。此处原文如此,或为作者笔误。

到大陆漂移社的秘书手上，通了几封信之后，他们邀请我去参加2005年在不来梅召开的大会。那一年正好是魏格纳125岁冥诞，也是他逝世75周年。我出席了他们的座谈会，还在"City 46"参加了纪录片《冰上研究与探险》的特别放映，片中用到了魏格纳1929和1930年探险考察时拍摄的珍贵片段。之后又跟他们一起去不来梅港附近，对魏格纳研究中心的设施做了一次私人访问。我很清楚我并不符合他们的入会标准，但我猜想经过一些考虑之后他们接纳我，是因为有感于我丰沛的浪漫热情。2006年我变成正式成员，被授予的号码是二十三。

2007年我们在雷克雅未克开会，那是冰岛最大的城市。那一年有些会员计划在会后继续前往格陵兰，进行一次CDC的独立探险考察，所以开会的时候都显得异常兴奋。他们组成了一支搜索队，希望能找到1931年魏格纳的弟弟库尔特为了纪念兄长而安厝的十字架。十字架由几根铁棍搭建，二十多英尺高，用来标示他的长眠之所，大约在距离伊斯米特营区西边一百二十英里处，那是他的探险伙伴最后一次看到他的地方。不过在那个时候，十字架确切的位置还没人知道。我当时真希望自己也能去，因为我也知道这个大十字架的事迹，如果能够找到，肯定可以拍出非常棒的照片，可惜我的身

体条件没办法承受那样严酷的考验。但我还是待在冰岛，因为组织中的十八号，是一个身体强健的冰岛国际象棋大师，他出乎意料地请我代替他去主持一场在当地被高度期待的国际象棋比赛。如果我帮他这个忙，那他就可以参加搜索队去深入格陵兰了。这么一来我可以得到博格旅馆的三晚住宿，还能获准拍摄1972年博比·菲舍尔和鲍里斯·斯帕斯基对弈时用过的棋桌，它平时都被闲置在当地政府机关的地下室里。鉴于我对国际象棋的热爱完全只在审美层次，我对受命观棋这个任务有点缺乏自信。不过有机会去拍摄现代国际象棋界的圣杯，倒是足够补偿不能去格陵兰的遗憾了。

隔天下午，我带着宝丽来相机抵达的时候，那张棋桌正悄悄地被搬往棋赛大厅。它外观很不起眼，但上面有两大棋王的签名。结果发现我的任务很简单，参加棋赛的都是一些青少年，而我只要露个面就好了。最后胜出的选手是一位十三岁的金发少女。拍完合照之后，我有十五分钟可以拍那张棋桌，可惜当时灯火通明，完全不适合照相。大伙的合照拍得比较好，还登上了当地的早报；那张有名的棋桌也在大家的前方一起入镜。吃过了早餐，我跟一位老友到乡间转了转，骑上了粗壮的冰岛小马。友人骑的是匹白马，我骑的是黑马，和国际象棋里的马一样。

我回来的时候，接到一个男人打来的电话，自称是博比·菲舍尔的保镖。他受命来安排我跟菲舍尔先生在博格旅馆餐厅的半夜私下会面。我可以带我自己的保镖，但是不可以提起跟国际象棋有关的话题。我答应了这场会面，然后走到广场对面的夜店 Club NASA 去找他们的首席技师，是一个我信得过的家伙，名字叫斯基尔斯，来充当我的临时保镖。

博比·菲舍尔半夜时分穿着一件深色的连帽派克大衣来到旅馆。斯基尔斯也穿了一件连帽派克大衣。博比的保镖比我们所有人都高。他跟斯基尔斯一起等在餐厅外面，博比选了一个角落里的餐桌，我们面对面坐下来。他马上就开始测试我，讲起一连串令人不快、甚至极端惹人反感的话题，说着说着就演变成偏执妄想、怀疑事情别有用心的大声嚷嚷。

——你这根本是在浪费时间，我说，我也能跟你一样难搞，只是针对的事情不同。

他坐在那里不再说话，盯着我看，然后终于把风帽给脱了下来。

——你会不会唱巴迪·霍利的什么歌？他问我。

接下来几个小时我们就坐在那里唱歌。有时候是他或我独唱，有时候是两人齐唱，歌词大概能记得起一半吧！期间他还想用假音唱《大女孩别哭》的和声，他的保镖有点紧张地跑了进来。

——没什么事吧，先生？

——没事，博比说。

——我好像听到有什么奇怪的声音。

——是我在唱歌。

——唱歌？

——对呀，唱歌。

这就是我跟博比·菲舍尔碰面时的情况，20世纪最伟大的国际象棋手之一。黎明曙光将出之前，他竖起风帽出门离去。我留在餐厅里,直到旅馆的工作人员上班,开始准备起自助早餐的各式菜色。我坐在他的空位对面,想象着大陆漂移社的成员们这时应该还在睡梦中,或者是因为太期待而情绪亢奋辗转难眠。再过几个小时他们就会起床,开始往冰天雪地的格陵兰内陆前进,去寻找当年竖立大十字架的往事陈迹。当厚重的窗帘被拉开,早晨的阳光涌进小小餐厅的那一刻,我忽然想到,毫无疑问,有时候我们的梦想就是会被现实所遮翳。

野牛,动物园,柏林

动物饼干

这天我到伊诺咖啡的时候已经晚了。我在角落的桌子已经有人占了，受到一种任性的占有欲的挑唆，我走进卫生间，想一直在那里等到桌子清出来。卫生间里面空间狭窄，只有一盏烛光照明，马桶水箱上摆了一个瓶子，里面插了一些鲜花，像一座小小的墨西哥教堂，那种你可以在里面尿尿，却不会觉得自己是在亵渎神明的小教堂。我没锁门，以免要有人真的需要上厕所，在里面等了大概十分钟，直到我的桌子重新空出来。我把桌面擦了擦，点了黑咖啡、烤土司和橄榄油。我在餐巾纸上记了一些接下来要去做的演讲的重点，然后坐在那里把电影《柏林苍穹下》里的天使们挑出来胡思乱想一番。要是真的遇上一位天使那就太神奇了，我心里想，然后我马上意识到我其实已经真的遇到过了。不是像米迦勒那样的天使长，而是从底特律来的人间天使，穿着一件大外套，没戴帽子，一头浓密的棕发，水色的眼珠。

我去德国的旅行没什么特别的事情发生，除了纽瓦克自由机场的一位安检员没认出我1967年款的宝丽来是一台相机，浪费了好几分钟的时间把它拿起来猛挥，看有没有炸药的迹象，还从相机底部拼命闻着根本不存在的气味。一个毫无特色的女性声音单调反复地充斥整个机场，如见可疑请即举报。如见可疑请即举报。等我走到登机门，才有另一个女声盖过她的声音。

——我们成了一个间谍国家，她大声嚷嚷道，你监视我我监视你。以前我们还会互相帮忙，以前的人还比较好！

她提着一个褪色的大花粗呢手袋。全身蒙了一层灰尘，仿佛刚从一家铸造厂里走出来。当她把手袋放下自顾自走开，旁边的人似乎都明显露出不安之色。

在飞机上我看了几集第二季的丹麦版《谋杀》，这个犯罪剧集后来被当作蓝本，改编成美国版的《谋杀》。探员莎拉·伦就是美国版主角，探员莎拉·林登的丹麦原型。两人都一样是单身女性，都一样穿着费尔岛花纹的滑雪毛衣。伦的毛衣妥帖合身，林登则穿得臃肿邋遢，简直是把它当做精神上的防弹背心来穿。伦被自己的野心所驱策。林登与生俱来的执迷则和她的人道关怀有关。我了解她，她每回面对艰巨任务时的积极投入，她复杂的道德准则，她奔跑穿过沼泽地长得老高的杂草的孤独。我睡眼惺忪地借助字幕追着伦的剧情，但下意识里却是在寻找林登的影子，虽然她只是个电视剧集里的角色，对我来说却比大多数人跟我要亲近得多。我每个星期等着她现身，默默地担心有一天《谋杀》会停播，我就没办法再见到她了。

我看着莎拉·伦，却梦着莎拉·林登。等到剧集突然演完我也醒了过来，眼睛茫然地盯着我的个人放映屏幕，那之后又失去意识，进入到一个暴力室，房间里进行着一连串的审讯、简报、监视，然后摄影画面划出几道奇怪的弧线，空镜头里只剩孤零零的一阵浓烟。

我在柏林住的旅馆是一幢重新整修过的包豪斯建筑，位于原东柏林的米特区。我所需要的东西这家旅馆一应俱全，而且距离帕斯捷尔纳克咖啡馆很近，这家咖啡店是我之前有一次来柏林的时候，散步途中所发现的，那一阵子我对米哈伊尔·布尔加科夫的《大师和玛格丽特》正在着迷的顶峰。我进了旅馆房间把行李放下，马上就前往这家咖啡店。老板娘亲切地迎接了我，我就选了上回坐过的、布尔加科夫肖像照片底下的那一桌。一如既往，我又深深被这家咖啡店的旧世界气息给折服了。褪色的蓝墙上挂着照片，是俄罗斯深受爱戴的诗人安娜·阿赫玛托娃和弗拉基米尔·马雅可夫斯基。

在我右手边宽阔的窗台上，有一台老式的、圆形基里尔字母按键的俄文打字机，很适合找来跟我那台孤零零的 Remington 牌打字机做伴。我点了一份"快乐沙皇"——黑鱼子酱配一小杯伏特加和一玻璃杯黑咖啡。心满意足之余，我在那里坐了好一会儿，在餐巾纸上把我的演讲内容推演一番，然后离开咖啡店，信步走过一座小花园，它正中央竖立着这座城市最古老的一座水塔。

演讲那天早上，我起得很早，在房间里喝过了咖啡和西瓜汁，吃了烤土司。我的讲话内容并没有完全推演过一遍，还留了一部分等着自由发挥和随机应变。我穿过旅馆左边宽敞的大道，走过一个爬满了常春藤的大

门,想要在圣马里安和圣尼古拉小教堂里对接下来的活动做一些冥思准备。教堂的门锁上了,但在教堂外我找到一小块遗世独立的地方,旁边有一组雕像,是一个小男孩伸手要去摘圣母脚下的玫瑰。两尊像的表情都很令人神往,他们大理石的皮肤经历了时间和风雨的侵蚀。我为那尊小男孩像拍了几张照片,然后回到旅馆房间,蜷在一张深色的天鹅绒扶手椅中,沉然无梦地小睡了一会儿。

下午六点钟,我精神抖擞地现身在附近的小演讲厅,就像电影《第三人》里的霍利·马丁斯一样。我们使用的这个战后盖起来的聚会堂,和遍布在前东德的其他聚会堂几乎没有什么不同。CDC全体二十七位会员都来了,空间里悸动着一种期待的情绪。活动以我们的主题曲开场,那是一支轻快而略带忧郁的旋律,由作曲者用手风琴弹奏,他是社里的七号成员,来自翁布里亚小城古比奥的一位掘墓人,那里就是当年圣方济驯服狼群的地方。七号既不是学者,也不是科班出身的音乐家,但他有一个远亲是当时魏格纳探险队的成员,这是其他人难以企及的渊源。

我们的主持人先开场发言,他引用弗里德里希·席勒的《瞬间的恩惠》中的诗句作为开场白:再一度,这一刻,我们重聚 / 在故旧之间。

他详尽地讲起魏格纳研究中心最近关切的重要议题,特别是北极圈冰层厚度大幅缩减这个令人忧心的趋势。过了一会儿,我觉得我的心思开始游荡了起来,带着些许钦羡,扫视着两旁的同僚,他们大部分人都显得兴致盎然、目不转睛。他继续说着,可想而知我的心思又漂浮了,开始编起一个悲剧故事:一个身穿海豹皮大衣的女孩无助地看着冰层裂开,无情地把她跟她的白马王子分隔两岸。他漂走的时候她双膝跪地。脱离开来的冰层倾斜歪倒，他沉入北冰洋之中，胯下还骑着那匹踉跄、站立不稳的白色冰岛小马。

我们的执行秘书带着大家回顾了一下我们上次在耶拿聚会时的片段，然后兴致高昂地宣布接下来这个月研究中心要注目的物种：海黍子马尾藻——是一种褐色的日本海藻，这种海草跟其他种类的海草最不同的地方，在于它们随着洋流漂浮的方式。秘书还指出，我们之前希望跟研究中心一起把每月关注物种制作成全彩月历的想法，已经被对方否决了，月历狂热分子们听了这个消息咸表不满。再接下去，我们观赏了九号成员准备的幻灯片秀，简要呈现了我们组织上一次在东德的几个地方活动的景象，这又引发了要把这些照片制作成另外一种月历的提案。我这时发现我的手掌心都流汗了，想也没想就拿了上面写着备忘的餐巾纸去把汗擦干。

终于，在迂回曲折的介绍之后，我被请到讲台上。不幸的是，我的演讲居然被介绍成《魏格纳失落的几个时刻》。我只好先解释，这个演讲题目其实是"最后"（last），而不是"失落"（lost）的几个时刻，这个说明又引起一阵语义学上的打打杀杀。我站在那里，面对着我的会友们，手里捏着软趴趴的餐巾纸，任由台下此起彼落各抒己见，到底是"失落"有道理还是"最后"有道理。多亏了我们主持人的呼吁，大家终于恢复了秩序。

演讲厅重归一片静默。我遥望着对面墙上肃穆的魏格纳画像,从而得到了一点力量。尽可能生动地,我开始历数起引向他最后几天的那一连串事件。虽然心情沉重,但下定了志在科学的决心,这位伟大的极地研究专家1930年春天离开了挚爱的家,领军这个艰巨的、过去从未有的科学远征任务,深入格陵兰。他此行的使命是收集必要的科学数据,来证明他的划时代假说,他认为我们现在所知道的这些分离的大陆,很久以前曾经连在一起,是一块整个的巨大陆地,破裂后各自经过漫长岁月,才漂移到它们现在的位置。当年他提出这个理论时,科学界不仅不予采纳,还大加揶揄。这趟历史性、但也是厄运连连的远征踏查,终于还了他公道。

1930年10月底的天气超乎寻常地严酷。他们前哨基地的天花板上都结了星罗密布的白霜。魏格纳走到外面一片漆黑的夜晚之中,扪心自问,把这些忠实的伙伴都带到了怎么样的处境。算上他自己和一位可靠的、名叫拉斯穆斯·维路姆森的伊努伊特向导在内,他们总共有五个人,困在这个伊斯米特的前哨站里,食物和各项其他补给都很不足。科学知识水平和领导力方面都不比魏格纳逊色,深受他所器重的队友弗里茨·勒韦,有好几根脚趾都冻坏了,已经无法站立起来。要到下一个补给站,距离有250英里。魏格纳心里盘算,维路姆森和他自己应该是队中身体最结实的两个人,最有可能长途跋涉去求援,于是决定在诸圣节那天出发。

11月1日,正逢他五十岁生日,天一亮,他就把他珍贵的笔记本夹在外套里面,凭借着自己的坚毅和对于使命的信念,乐观地带着狗群和伊努伊特向导启程了。但没过多久,原来清朗的天气就变了样,猛烈的旋风盘踞裹挟着他们两人。吹雪一波接着一波袭来。回旋飞扬的光束在空中打转,蔚为奇观。路上海上空中全部一片白茫茫。还有什么能比这样的景象更美?镶在洁白无瑕的椭圆形冰面的、他妻子的面容吗?他这一生总共有两回把心给交了出去,一回是给了她,一回是给了科学。魏格纳跪倒在地。他当时究竟看到了什么?在这幅神明的极地画布上,他所投射的影像会是什么呢?

我当时如此戏剧性地投入,和魏格纳合而为一,完全没有注意到底下起了一阵骚动。忽然有人开始质疑我的假定到底合不合乎事实。

——他没有跌跪在雪上吧!

——他可是在睡梦中过世的哦!

——你这样讲根本没有根据。

——是向导把他放倒让他休息。

——你这只是凭空推测。

——完全是凭空推测。

——连假设都算不上,只是信口开河。

——你不能就这样编个故事。

——这不是科学,你这只是诗兴大发!

我把这整个事情想了一下。所谓数学与科学的理论,一开始不也是先给编出来的推测吗?我觉得自己像是一根稻草,径自沉入流经柏林的施普雷河中。

真是糟糕。也许是CDC有史以来最具争议的发言了。

——各位请注意,我们的主持人说,我想这时候应该中场休息一下;也许大家应该先喝点东西。

——但是我们不是应该把二十三号讲话的结尾听完吗?这是对我投以同情的掘墓人所发表的意见。

眼看着有些成员已经起身要去休息一下了,我很快恢复了镇定,用从容不迫的语调争取他们的注意。

——我想,我说,我们还是可以认同,魏格纳的最后(last)这些时刻确实已经真的失落(lost)了。

他们由衷的笑声压倒性地盖过了我原本还想要讨好这群顽固得可爱的人的内心愿望。我匆忙把随手写画的餐巾纸塞进口袋的同时,他们全都站起来了,大家都移步到一间大休息室。我们的主持人讲结束的致辞时,每个人手上都已经有了一杯雪莉酒。然后,按照惯例,我们的牧师宣读一段祷词,典礼结束于片刻的静默追思。

现场有三辆小客车把社里的成员载回各自不同的旅

馆。等大家都走了之后,执行秘书要我把入会申请给正式签个名。

——能不能请你给我一份你的演讲稿?这样至少我可以附在这上面作为摘要。你的开场白讲得太有意思了。

——我根本没有写什么讲稿,我实话实说。

——那你刚刚说的,到底从何而来?

——当然就是从现场气氛中信手捻来的呀。

她露出难以置信的表情看着我,然后说,好吧,既然这样,你就再从空气中撷取一点什么出来,让我夹在这里作为摘要吧!

——好啊,我倒是有一点笔记,我说着,摸出那叠餐巾纸。

我跟我们的执行秘书之前都还没怎么说过话。她是个来自利物浦的寡妇，老是穿着一身灰色华达呢套装，里面配花衬衫。外套是咖啡色的洗绒羊毛质料，头戴一顶相衬的咖啡色软帽，上面居然还真的别了一根帽针。

——我有个主意，我说，你跟我一起去帕斯捷尔纳克咖啡店。我们可以坐在我最喜欢的那桌，就在布尔加科夫照片的下方。到时候我可以跟你说说看我本来想要讲的内容，你可以把那些写下来。

——布尔加科夫！太棒了！伏特加我来请客。

——你知道吗，她又说，站在画架上的魏格纳巨幅照片前，这两个男人长得还真有几分相似。

——布尔加科夫比较英俊一点。

——而且真是一位了不起的作家！

——绝对称得上是位大师。

——对呀，真是位大师。

我在柏林又多待了几天，重访几个之前去过的地方，拍了些之前拍过的照片。我在老火车站里的动物园咖啡馆吃早餐。我是唯一的客人，坐在那里看着一个工人正从厚重的玻璃门上刮除掉那个很眼熟的黑色骆驼剪影，这让我不禁有点怀疑。重新整修？结束营业？我像是要跟这里永别似的付了账，然后过马路去对面的动物园，经由象门入园。我站在门口大象面前，看着它们确确实实地存在，不知怎么颇觉宽慰。这两头大象，差不多是19世纪末的时候，以精致工艺，用易北河砂岩雕刻而成，很乖顺地分居大门两边跪着，背上驼起两根巨大的圆柱，柱顶由一个光鲜彩绘的弧形屋顶连接。有点印度风，也有点唐人街的味道，让进门的游客连连赞叹，倍感受到隆重欢迎。

动物园里也是空空荡荡，没有什么游客，也没有一般动物园里常见的成群学童。天气冷得我呼出的气息在眼前都形成了白烟，我赶紧把外套扣子给扣起来。园里四处有各种动物，大型鸟类的翅膀上还都挂着标签。突然，一阵烟雾飘过这一区，只能看得见长颈鹿从光秃秃的树梢露出的脖子，火烈鸟在雪地中成双成对。走出这团没头没脑的美洲雾，出现了几间原木小屋，刻着图腾的柱子，柏林的野牛。欧洲野牛一动也不动，看起来就像巨人小孩的玩具，可以像动物饼干一样被灵巧地捏起来，安全存放到一个箱子里。这个箱子外面装饰着色彩鲜明的马戏团火车图案，上面载着非洲食蚁兽，毛里求斯渡渡鸟，善跑的单峰骆驼，小象和塑料恐龙。一整箱混合的隐喻。

我四处问人动物园咖啡馆是不是要收起来不做了。

似乎没有人注意到这家店至今还存在。新火车站使得原本重要的动物园火车站退居次要，变成一个地区性的车站。谈话内容由此转成时代进步。在我意识之后的某个角落里，莫名其妙有着那么一张旧的动物园咖啡馆的收据，上面还有那只黑骆驼的图案。经过这么大半天我也累了。就在原来住的旅馆吃了一顿简单的晚餐。电视上正播着一集德语配音的《法律与秩序：犯罪倾向》。我把电视声音关小，外套也没脱就睡着了。

最后一天早上，我走进多罗顿城市公墓，这里的大片外墙弹痕密布，是第二次世界大战留下来的荒凉纪念。穿过天使护卫的大门，可以很快找到贝托尔特·布莱希特的埋骨之处。我注意到墙上有些弹孔跟我上回来的时候不太一样，被白色的石灰给填平了。气温急遽下降，天上下起了薄薄的雪。我坐到布莱希特的墓前，嘴里哼起大胆妈妈在她女儿尸体上所唱的那首摇篮曲。雪还在下着，我继续坐在那里，想象着当年布莱希特写剧本的样子。男人给了我们战争，一个母亲从中得到了好处，却赔上了自己的孩子们；他们就像保龄球道尽头的球瓶似的，一个一个接续倒下。

我要离开的时候，给一个守护天使拍了一张照片。我相机的折箱被雪打湿，左边塌掉了，造成拍出来的天使翅膀上有块新月形的黑渍。这只翅膀我还拍了另外一

守护天使，多罗顿城市公墓

张特写。我想象到时候用亚光相纸把它洗得特别大，然后在翅膀的白色曲面上写上那首摇篮曲的歌词。我很想知道，在扭绞着这位母亲的心的同时，这首歌词是否也让布莱希特自己为之落泪，大胆妈妈并不像她引导观众所认为的那样铁石心肠。我把照片塞进口袋里。我的母亲是真有其人，她的儿子也真有其人。他死的时候她埋葬了他。如今她死了。大胆妈妈和她的孩子们，我的母亲和她的儿子。他们如今都成了故事。

虽然有点不想回家，我还是打包行李飞到伦敦去转机。飞回纽约的班机延误了，我觉得这是一个征兆。我站在航班显示牌前，起飞的时间又延后了。一时冲动之下，我改签了机票，搭希思罗机场快线到帕丁顿火车站，然后从那里叫了出租车去科文特花园，住进了一家价钱优惠的小旅馆，好接着看我常看的侦探剧集。

房间很明亮，温馨舒适，还有一个小阳台可以俯瞰伦敦的连绵屋顶。我点了茶，打开我的日记本，可是马上又把它合起来。我可不是来工作的，我告诉自己，而是来看ITV3上播放的悬疑剧集，应该是这部看完再看另一部，一直看到深更半夜。几年前有一回，我在这同一家旅馆也是这么干的，当时还生着病。兴奋过头地整晚盯着一连串的要么意志消沉、要么脾气不佳、要么酒不离手、要么热爱歌剧的刑事侦探们。

为了给这样的一个夜晚热身,我先看了一集中古剧集《侠探西蒙》,心情轻松地看着西蒙·坦普勒开着他的白色沃尔沃,巡弋到伦敦的某些黑暗的幽密处,一如往常拯救世界于迫在眉睫的危机之中。这回遇上的是个白金发的美女,穿着浅色的开襟毛衣和直筒裙,要找她的叔叔——一位杰出的生化教授——他被人挟持了,落到一个跟他一样有头脑、但却心怀不轨的核能科学家手中。时间还早,所以看完了另外一集《侠探西蒙》,这回落难的换成另一个金发美女,我先下楼走到查令十字街去逛逛书店。买到了一本初版的西尔维娅·普拉斯的《冬树》,以及一本易卜生戏剧集。结果后半个下午,我就坐在旅馆图书室的火炉前读着易卜生的《建筑师》直到近晚。这里有点儿太热了,我打起了瞌睡,这时一个穿着花呢大衣的男人拍拍我的肩膀,问我是不是他约了在这里碰面的一位记者。

——不是,抱歉。

——在读易卜生?

——对呀,《建筑师》。

——嗯,写得很好的剧本,可惜全剧充斥着各种刻意的象征。

——我倒没注意到,我说。

他在火炉前站了一会儿,然后摇摇头离开。我个人对象征主义不是很有兴趣。我总是理解不好。为什么不能以事物的原貌来加以看待呢?我从来都不会想要去精神分析西摩·格拉斯[1],或者去穷究《荒芜街区》[2]的含义。我只是想要迷失,跟某个别的什么地方合而为一,失手把花圈掉落在尖塔上,纯粹就是因为我高兴。

回到房间,我随手收拾了一下,然后在阳台上喝茶。之后我又撤回室内,把自己交给对于摩斯、刘易斯、福利斯特、威克利夫和白教堂之类[3]的喜好之中——这些刑事侦探,他们那种郁郁寡欢老是想着什么事情的特质,与我的本性很有共鸣。他们要是在剧中吃起肋排,我就打内线电话叫点餐服务要一份一样的。如果他们在喝东西,我就去看看房间里的迷你吧里有什么可以派上用场。不管他们是全神贯注,还是脱离现实无动于衷,我的情绪都跟着他们转移。

前后剧集的中场间隔时段,预告了令人高度期待的

---

1 西摩·格拉斯,塞林格笔下的"格拉斯家族"的老大。首次出现在短篇《逮香蕉鱼的最佳日子》中。
2 《荒芜街区》,鲍勃·迪伦1965年专辑 Highway 61 Revisited 的收场曲。
3 摩斯,英剧《摩斯探长》人物。刘易斯,英剧《刘易斯探案》人物。福利斯特,英剧《福利斯特探案集》人物。威克利夫,英剧《威克利夫》人物。白教堂,指英剧《白教堂血案》。

《解密高手》的马拉松连播，ITV3下星期二播出。虽然《解密高手》不能算是标准的侦探剧集，但仍然是我的最爱之一。罗彼·考特拉尼所饰演的菲茨，是一个满嘴脏话，香烟一根接着一根，古怪中透着聪慧的体重超标的犯罪心理学专家。这个剧集已经停播有一阵子了，跟剧中人一样运气不佳，而且因为这个剧集很少播出，这种24小时连播《解密高手》的机会真的很有诱惑力。我很认真地考虑要在这里多待几天，不过如果真的这么做会不会太疯狂了一点？说起来也不会比我之前改变行程跑到伦敦来更疯狂，天地良心。预告的片段放得很多，我看得心满意足，他们这样毫无保留地跟观众推荐，我真觉得都快能把这些片段凑成完整的一集了。

看完一集《福利斯特探案集》正等着看《白教堂血案》的广告时间，我决定到楼下图书室旁边的自助酒吧，喝临走前最后一杯波特酒。站在电梯口，我突然觉得旁边好像有人，我们两个同时转过身来看着对方。令人难以置信的是，眼前人竟然是罗彼·考特拉尼，仿佛是我之前许了愿似的，就在《解密高手》的剧集马拉松播放的几天前。

——我整个星期都在等你，我一时冲动就跟他说。

——我不就在这儿吗，他笑着说。

我真的太惊讶了，结果就没跟他一起走进电梯，我马上回到房间，那里感觉上好像有点不太一样，就这么一点点不一样，使得整个房间好像完全变了，仿佛是被某个茶一直喝个不停的魔仆带进了平行空间里。

——你能想象这样的巧遇概率有多小吗？我对着花朵图案的床罩这么说道。

——仔细想起来真是太巧了，可以去买彩票了。不过如果要念咒许愿，你也应该许在约翰·巴里摩尔才对呀。

这个建议还不错，不过我可不想跟床罩聊个没完。跟遥控器不一样，花床罩这种东西你根本没办法把它关掉。

我把迷你吧又巡视了一遍，决定来一罐接骨木果茶和一份甜咸爆米花。我有点儿怕把电视机再打开，因为我相信一定会看到菲茨那张醉得恍恍惚惚的脸的大特写。我在想罗彼·考特拉尼该不会也是要去自助酒吧找点酒喝。我真的有想过要下去窥视一下，不过结果却只是把我的小行李箱里先前随便塞进去的东西给重新整理了一下。匆忙中，我的手指被什么东西戳到，出我意料之外，居然是 CDC 那位执行秘书的珍珠帽针，正夹在我的 T 恤和毛衣之间。上面的珍珠是亮灰色，而且形状不太规整，比起珍珠更像是一颗泪珠。我把它拿到台灯下，然后用一小方绣着勿忘我的麻布手帕包起来，这手帕是我女儿给我的礼物。

我回想起我跟她两人在帕斯捷尔纳克咖啡店门外的

交谈。当时我们都已经喝了好几杯伏特加。我完全不记得我们有讲到这根帽针。

——你觉得我们下次会议会在什么地方开？我当时问她。

她似乎有所顾忌不太想说，我也识趣不再追问。她在皮包里翻了又翻，找出一张手工上色的我们协会同名人的照片，大小和形状都跟圣像卡差不多。

——你觉得我们为什么要聚会起来缅怀魏格纳先生呢？我问道。

——怎么，当然是为了魏格纳太太呀，她毫不犹豫地回答道。

感觉上就好像是从柏林一路跟着我似的，蒙茅斯街上也下起了浓重的雾气。从我这个小小的阳台看出去，正好赶上原来层层的密云瞬间化成雨点落到地面上的时刻。我从来没看过这样的景象，遗憾我的相机已经没有底片了。不过反过来说，正因为没有底片了，我得以毫无负担地充分体验这个难得的时刻。我把大衣穿上，转身跟我这个房间说再见。下楼在早餐室吃了腌鱼、烤土司配黑咖啡。我叫的车已经在等着了。车上的司机还戴着太阳眼镜。

一路上雾愈来愈浓，简直伸手不见五指。会不会这浓雾忽然间烟消云散,所有一切也都随之化为乌有?纳尔逊纪念柱、肯辛顿花园、河边蜃景晨光中的摩天轮、荒野上的森林,尽皆隐入银光粼粼、连绵不绝的童话氛围中。到机场的这一段路似乎怎么也到不了终点。沿途光秃秃的群树,轮廓模糊到几乎快看不见,好像是一本英国故事书的插图。这些叶子都掉光的树枝让人联想起其他地方的风景:宾夕法尼亚,田纳西,和耶青公园里的悬铃木大道。电影《第三人》里哈利·莱姆下葬的维也纳中央公墓,以及墓与墓之间的走道种满了铅笔树的蒙巴纳斯墓园。悬铃木上的绒球,干掉了的咖啡色的果荚,随风摇曳的圣诞节装饰残骸,这些都引人发思古之幽情,遥想一百多年前,一位年轻的苏格兰人就是住在这样的氛围之中,雨云倏忽倾盆而下,薄雾光影闪烁,于是他就给这样的幻境取了个名字叫做"永无乡"。

我的司机长长地叹了口气。我在想我的航班是否会延误,不过根本不要紧。没有人知道我在哪里。没有人等着要跟我碰面。我不在乎坐在一辆和我外套一样黑乎乎的英国出租车里,受困于浓雾只能蜗步缓缓前行,一路两旁都是迎风瑟瑟的树影,仿佛百年前的英国插画家亚瑟·拉克姆再世,匆忙间信手给描绘上的景致。

跳蚤吸血

我都还没有回到纽约，就已经忘记当初是为什么离开的了。回来之后，我极力想恢复以往每天日常的生活步调，但令人出奇难耐的时差综合征一次又一次地发作，阻挠我重归正常。外面似乎罩着一层厚厚的重壳，内部却又意外地有点什么在发着光，这一切都让我觉得，透过柏林和伦敦的迷雾传播的某种超自然疾病把我完全打败了。做的梦都像希区柯克的电影《爱德华大夫》里面的片段：融化的圆柱，被吹坏的小树，不可违背的定理在让人心悸的恶劣天气中旋风乱舞。这种暂时的苦恼，我发现也不是没有诗意的可能性，于是试着以这个为素材写点东西。从我内在的懵懵懂懂中强踩出一条路来，去寻找原始的迷醉，或者乞灵于奇怪宗教的暂时慰藉。但事与愿违，迎接我的是拖着脚、没有面目的人头扑克牌，嘴里念念有词，讲些没什么保存价值的话语，当然更别提转着枪眼的牛仔了。一点头绪也没有。我双手空空，就跟我日记本里的纸页一样，空空荡荡什么东西也没有。不着边际的写作没有那么容易。从梦里的画外音中撷取出来的话语比现实生活中得来的更加引人入胜。不着边际的写作没有那么容易：我用一大块红色的粉笔，把这句话一遍一遍地涂鸦在白墙上。

太阳下山了，我给猫群喂饱晚上这一顿，披上我的外套悄悄出门，窝在街角等待天光的变化。街上空荡荡的，就那么几部车：红色，蓝色，还有一部黄色的出租车，三原色沉浸在清冷空气滤过的些许余光中。我的脑海里忽然充满了空泛的词语，就像小型双翼飞机在空中滑行，画出难辨的字句。打起你的精神，把口袋准备好，等着你的火气慢慢上来。这些偷偷摸摸浮上心头的词语，让我想起威廉·巴勒斯那种要说不说的低沉语调。过马路的时候，我不禁想，我最近这种状态里所说的话，威廉怎么可能听得懂。以前的日子，我直接拿起电话，就开口问他这个那个，现在我想找他的话，得想想别的办法。

伊诺都还没有人，毕竟我比晚上的高峰期到得要早。这不是我平常光顾的时段，但我还是坐在同一张桌子，喝我的白豆汤和黑咖啡。我打开笔记本电脑，想着要写点跟威廉有关的往事，但记忆中的景象数不胜数，相关的人各有特色，一时之间令我无言，不知从何着手；这些启迪了我的智者，我曾何其有幸能与他们共餐。逝去的垮掉派曾经带领了我这一代人迈向一场文化的革命，虽然如今只有威廉独特的声音还在对我说着话。我到现在还能听到他向我解释中央情报局是如何暗中渗透进我们的日常生活的，或者不厌其烦地教我要怎么制作完美的鱼饵，才能够顺利钓起明尼苏达的玻璃梭鲈。

我最后一次看到他是在堪萨斯州的劳伦斯。他住在一栋朴实的房子里，此外还有他的猫群、他的书堆、一把猎枪，和一个可以拎着走的木制药柜子，上了锁藏起来。他坐在打字机前，这台打字机的色带因为反复用了太多次，有时候只能在纸上印出约略的字痕。他后院有一个小型的池塘，里面养了一条横冲直撞的红鱼，院子里还堆了一些锡罐。他喜欢有事没事用那些罐子练习射击，所以他到那时枪法还是挺准的。我特意把相机留在袋子里，一句话也没说地站在一旁看他瞄准。他有一点显老，微驼着背，但他还是很好看。我去看了他睡觉的床，窗帘在他的窗边轻微地摆动。在说再见之前，我们一起站在一幅威廉·布莱克的装饰画《一只跳蚤的幽灵》的复制品前。画里是一个像爬虫一样的生物，背脊微微弯曲，但包覆着金色的鳞片，显得虎虎生风。

——这就是我的感受，他说。

当时我正扣上我的外套。我本想问他为什么，却没有说出口。

一只跳蚤的幽灵。威廉当时到底是什么意思？我的咖啡冷了，我招手示意再来一杯，在纸上随便涂着可能的答案，然后再突然把它们全都划掉。取而代之地，我决定追随威廉的影子，蜿蜒行过巷弄曲折的北非城镇，在那里有各种不同的节肢动物倏地出现，一闪而逝。以扑灭者姿态出现的威廉，走近一只昆虫，这只昆虫的意识是如此的高度集中，以至于征服了威廉的自我意识。

这只跳蚤吸了血，也照样存了起来。不过这可不是一般的血。病理学家口中所称的血，同时也是一种释放的材质。病理学家以一种科学的方式来加以检验，可是对一个作家，一个想象力的探查者来说呢？他看到的将不只是血，还有字词的喷溅。噢，那血中的活动，那些神亦不曾进行过的观察。然而对于这些，神又会怎么做呢？它们会被归档起来，存进某座神圣不可侵犯的图书馆里吗？一大本一大本的存档里，配以用蒙尘的方镜箱照相机拍摄的模糊照片。模糊却令人熟悉的定格画面旋转着，向四面八方投影：一个逐渐淡去的白衣小鼓手，褐色的岗哨背景，浆挺的衬衫，处处透着稀奇古怪，褪色了的猩红色翻边，旧时代的步兵特写，躺在微湿的泥土上，蜷曲着，像散发磷光的树叶缠绕着一只中国烟斗的长柄。

这个穿着白衣的男孩。他是从哪里来的呢？他可不是我随意编造，而是有所本的。第三杯咖啡几乎都还没有喝，我把有关于威廉的笔记合起来，该付的钱留在桌上，打道回府。我要找的东西在某本书里，所幸就是我自己的藏书当中的一本。我外套都没脱，就在我的书堆前巡视起来，小心翼翼不要被岔开注意力，又去忙起别的事情。我装作没有看到尼卡诺尔·帕拉的《晚餐后宣言》，或者奥登的《冰岛信札》。我一时不察翻开了吉姆·卡罗尔的《宠物动物园》，这对任何想要寻求确切的心醉神迷的人而言都是必要的读物，所以我当机立断把书合起来。抱歉啦，我跟这些书说，现在没办法跟你们叙旧，我现在得投入点把正事先给办了。

我找出 W. G. 塞巴尔德的《道法自然》的那一刻想到，那个白衣男童的形象是被用在作者的另一本书《奥斯特利茨》的封面上。那形象很独特，令人难忘，引得我去找那本书，从而注意到作者塞巴尔德。悬疑得解，我放弃继续寻找，热切地打开《道法自然》。曾经有一段时间，这本薄薄书中的那三首长诗对我的影响太过深刻，几乎让我没有办法去读它们。我一进入它们的世界，马上就会被转送到一万个其他的世界里。这样的转送所留下的证据填满了书的衬页，有一度，我自大到在书中空白处潦草地写上——我也许不知道你心里面在想什么，但我知道你的心理是如何运作的。

大哉塞巴尔德！他蹲坐在微湿的泥土上，检视一根弯曲的棍子。是一根老年人的拐杖，还是被一条忠诚的狗用唾液给扳弯的普通树枝？他发现，不是用眼睛，但他注意到了。他辨识出寂静中的声音，在负空间里的历史。他念着咒语，召唤不是祖先的祖先，以在袖子上刺绣金线那样的精准，也熟门熟路得像是他自己已经穿得满是灰的裤子。

洗出来的相片夹在一条线上挂起来晾干，延伸出去绕成一个大圆圈：根特祭坛画的背面，从一本令人惊叹的书中截出来的描绘着一株已经灭绝的繁盛蕨类的一页，一张绘着圣哥达山口的山羊皮地图，由一只被屠的狐狸制成的外套。他呈现出1527年的世界。他介绍给我们一个人——画家马蒂亚斯·格吕内瓦尔德。圣子，献祭的牺牲，伟大的作品。我们相信它将永远继续下去，然而时间却突然断裂，所有的事物死亡。画家，男童，所有的笔触都变得模糊，没有乐声，没有隆重的欢迎阵仗，只有忽然少掉的个别颜色。

这本小小的书真是厉害的药；你一走进作者的世界，就会发现自己开始追随书中的历程。我一边读着，一边感受着跟他一样的不由自主；也感受到自己是多么想要拥有他所描述的经验，只有自己也来写点东西，才能缓和这种内心的渴望。这不只是单纯的忌妒而已，我有一种错觉，好像血液都沸腾了起来。可是过不了多久，我又走神了，书从我膝上滑了下去，我不再沉迷于此，注意力被一个送面包的小伙子脚后跟的厚茧引开了。

　　他低下了头。因为是跟着他父亲做见习学徒，他的命运就这样决定了，除了追随父亲的脚步之外没有别的路。他每天烤着面包，但心里却梦想着音乐。有天晚上，父亲睡着了之后他爬起来。他包了一条面包，扔进一个麻布口袋里，偷穿走父亲的靴子。他满怀着兴奋，逃离开他的村庄，愈走愈远。他穿越宽广的平原，风吹拂过印度的森林，再刮上雪白的山巅。他一直走一直走，直到饿过了头，昏倒在一个广场上，那里有个好心的著名小提琴家的遗孀救了他。她照顾他，慢慢地他恢复了健康。心怀感激之余，他也想办法帮忙来回报她。有一天晚上，年轻人在她睡觉的时候看着她。他感觉到她亡夫那把无价的小提琴埋藏在她记忆的洞穴当中。他很想得到那把琴，于是他用她的发簪做钥匙打开了她梦境的锁。在那里面他找到了那个被藏起来的琴匣，志得意满地双手抱着这把闪闪发光的乐器。

　　我把《道法自然》放回书架上，稳妥地跟其他世界的不同传送门一起排排站。这些传送门漂浮在这些书页之间，往往没有什么解释。作者和他们各自不同的创作方式。作者和他们写出来的书。我没办法假定读者对这些作者和书都很熟悉，然而到头来，读者会对我感到熟悉吗？读者会想要对我熟悉吗？我只能抱着希望，因为我把我的世界盛在一个大盘子里献给读者，盘子里到处都是偶尔才提及的各式典故。就像在托尔斯泰大宅里填充玩具熊所托着的那一个，椭圆形盘子，上面充斥着声名狼藉或者默默无闻的各色来客名片，很多张很多张。

托尔斯泰的熊,莫斯科

豆子山

到了密歇根,我就变成自己一个人喝咖啡了,因为弗雷德绝口不碰。我母亲给了我一把咖啡壶,跟她平常用的那把造型一样,只是容量比较小。有多少次我看着她,用勺子把咖啡粉从红色的 Eight O'Clock 咖啡罐里挖出来,放到渗滤式咖啡壶的金属滤网里,耐心地等在炉边看着咖啡熬煮。我母亲,坐在厨房的工作桌旁;从她的杯子里冒出来的热气和她抽了一半放在那个缺角的老烟灰缸上的香烟吐出来的氤雾相互缠绕在一起。我母亲穿着她那件蓝花的家居外套,跟我长得一样的长脚光着,没穿拖鞋。

我用她给我的壶煮咖啡,坐下来在厨房邻近纱门的小方桌上写点东西。一张加缪的照片就挂在电灯开关旁边。那是一张颇具代表性的加缪肖像照片,他穿着一件外套,唇间叼着一根烟,看起来像年轻的亨弗莱·鲍嘉,装裱在一个我儿子杰克逊做的陶土画框里。它上了一层绿色的釉,内侧一边有着尖尖的牙齿,就像一个横冲直撞的机器人张开大口。画框上没有玻璃,照片历经岁月也稍微褪了色。

我儿子因为每天都看到这张照片，误以为加缪是一个住得很远的叔叔。我写作的时候常常都会抬起头来看看加缪。我写一个从来不曾出游的旅人。我还写一个畏罪潜逃的女孩，她和圣露西同名，这位圣人的象征是餐盘上的两只眼睛。每回我煎两个单面煎的蛋时就会想到她。

那时候我们住在一栋乡村石屋里，旁边是条流入圣克莱尔河的运河。步行距离之内一间咖啡店都没有。我只好将就使用7-11里的咖啡机。星期六上午我会起个大早，走四分之一英里到7-11，买一大杯黑咖啡和一个浇糖浆的甜甜圈。然后我会在渔具店后面的水泥空地上待一会儿。对我来说那个地方有点像丹吉尔，虽然我其实当时还没去过。我就坐在白色矮墙围起来的角落里，把真实时间放到一边，自由徜徉在联结过去与现在的便桥上。我的摩洛哥。我搭上任何一列我想乘坐的火车。我不需要真的提笔书写，尽虚构一些精灵、鸡鸣狗盗之徒、完全杜撰出来的旅行者，我的浪荡者之乡。然后我就走路回家，心满意足，继续我每天的工作。即使到了现在，我终于去过了丹吉尔，渔具店后面的那个老地方，在我的记忆里还是感觉上真正的摩洛哥。

密歇根。那些都是具有心灵意义的时刻。充满小小乐趣的年代。那时一颗梨子会出现在果树枝头上，然后落下来滚到我脚边，对我产生激励作用。如今我一棵树也没有了，也不再有儿童床和晒衣绳。只剩不同版本的书稿，夜里从床角滑下，散落在地板上。还没画完的帆布钉在墙上，尤加利的芳香也遮不住用过的松节油和亚麻籽油的讨厌气味。泄露秘密的镉红色点，弄污了浴室的水槽——还有踢脚板的边缘——刷子拂过的墙上也有星星点点。人只要走进一个生活作息的空间里，就能感觉到此间居于中心地位的工作为何。喝掉一半的纸咖啡杯。吃到一半的小店三明治。外面结了一层残渍的汤钵。随处都是生活中的乐趣和不经意。有时候喝点儿龙舌兰，有时候稍微自慰一下，但大部分时间就是工作。

——我就是像这样活着的，我同时正这么想着。

我知道月亮终究会不断爬高，直到照进我的房间，但是我不能够等到那一刻。我想起一种令人宽慰的黑暗，就好像一位夜的女仆进到一个旅馆房间，铺好床，拉上窗帘。我对一波一波袭来的睡意放弃抵抗，俯首臣服，浅尝这恩赐的黑甜，一层又一层，仿若一盒神秘的巧克力。我稍微醒了过来，惊讶感觉到手臂上传来阵阵的疼痛。绷得太紧了，但我还是保持着平静。闪电在我的天窗边划亮，紧接着是低沉的雷声和暴雨。只是一场暴风雨，我只有窗外一半声量地自言自语。我刚刚正梦到了死者。但到底是谁呢？他们被血叶所覆盖。苍白的花落下来，又盖住了红色的树叶。我探身去看我几乎没怎么在用的录放机上的电子时计，因为记不得怎么一连串操作才能正确启动：凌晨五点钟。我忽然回想起电影《大开眼戒》里那段挺长的出租车里的情景。不太自在的汤姆·克鲁斯在真实流动的时间里进退两难。库布里克当时在想什么？他在想着真实时间的电影是艺术唯一的希望了。他在想着奥逊·威尔斯拍《上海小姐》的时候是如何毅然决然把丽塔·海华斯有名的红色披肩长发剪短染淡。

我听到开罗在干呕。我起床喝了点水，她就跳上床来睡到我的旁边。我更换着不同的梦。一个我不认识的男人迷失在电影《妙想天开》里面那种巨型档案柜叠成的迷宫中，他试了又试但就是走不出来。我莫名其妙醒过来，摸到床下想找我的袜子，却只发现一只走失了的拖鞋。我把开罗吐出来的东西擦干净，赤着脚走下楼，中间踩到一只破损的橡皮青蛙，然后花了不成比例的时间帮我那些猫准备早餐。阿比西尼亚小猫围着我绕圈圈，最老的和最聪明的眼睛瞄着食钵，那只大雄猫，盘踞在平常的位置上，紧盯着我的一举一动。我把装水的碗冲了冲，装上过滤水，按照个性习惯帮它们选好大小不一的碟子，小心装上适当分量的猫食。它们看起来不是心怀感谢，反而露出满脸狐疑。

咖啡店都还没有人，只有厨师正在拆我座位上方的电插座面板。我带着书进了厕所，读着等他完事。结果我出来时，厨师不在了，却有个女人准备要坐上我的位置。

——抱歉，这是我的位置。

——你预订了吗？

——那倒没有，不过这是我的位置。

——你刚刚真的坐在这里吗？桌上没东西呀，而且你外套都还穿着。

我站在那里说不出话来。如果这是《骇人命案事件簿》中的一集，她保证会被掐死，丢到废弃教区牧师住所后面的荒沟里。我只好耸耸肩膀坐到另外一张桌子，希望她待会儿就会离开。她大声说着话，还问店里有没有火腿蛋松饼，有没有冰咖啡，有没有脱脂牛奶什么的，明明菜单上就没有。

这样她应该就会走了吧，我心里想。结果并没有。她把她那个超大号的红色蜥蜴皮包啪一下搁到我桌上，用手机打了无数通电话。你完全无法避开她那些可厌的对话，内容集中在追查一个送丢了的联邦快递包裹的货号上。我坐在那里，眼睛盯着厚重的白色咖啡杯。如果这是《路德》里的一集，她就会被发现面朝上躺在雪地里，皮包里的东西散落四周：活像瓜德罗普圣母被光环围绕着一样。

——就为了一个角落的位置你居然有这么阴暗的想法！我内在的良知呼唤发声了。喔，那好吧，我说。愿她心中充满世上诸般喜乐。

——很好，很好，良心的呼唤说道。

——而且愿她买了彩票，还选上了中奖的号码。

——不必这样吧，不过也没关系。

——然后愿她就订购了一千个这样的皮包，一个比一个更豪华，由联邦快递给送过来，她就陷在整个房间的皮包阵里，没得吃没得喝也没手机可以打电话。

——我不管你了，我的良知说道。

——我也不管了，我说，于是我就走出去到街上。

好几辆送货的卡车把小小的贝德福街都给堵瘫痪了。自来水事业处施工为了找主要水管，也正在德莫神父广场一带大声敲敲打打。我横越到百老汇，向北走往二十五街的塞尔维亚东正大教堂，这教堂供奉的是圣萨瓦，塞尔维亚人的守护神。我停下脚步，正如我先前曾经多次所做的那样，瞻仰交流电的守护神尼古拉·特斯拉[1]的胸像，他像个孤独的哨兵似的，矗立在教堂旁边。

---

1 尼古拉·特斯拉（1856-1943），塞尔维亚裔美籍发明家，被认为是电力商业化的重要推动者，因交流电与直流电之争而与爱迪生成为竞争对手。

我站在那里的时候,正好一辆"联合爱迪生公司"的货车停在视野之内。毫无敬意,我心里这么想。

——所以你觉得你有烦恼,他对我说。

——所有的电流都导向你,特斯拉先生。

——好说好说!我能为你做点儿什么?

——噢,我写作遇到瓶颈写不下去。一直在无精打采和焦虑不安两个极端之间来回摆荡。

——真糟糕。也许你应该走进教堂里点一根蜡烛献给圣萨瓦。他为世间航行的众船抚平海洋。

——也对,或许就该这么做。我现在是失去了平衡,无法确定是哪里出了错。

——你把乐趣不知道给放哪儿去了,他毫不犹豫地说。没有了乐趣,我们就跟死掉的人没两样。

——那我要怎么样才能把它找回来?

——去找那些有乐趣的人,让自己沐浴在他们的完美状态当中。

——谢谢你,特斯拉先生。那我有什么可以回报你的吗?

——有的,他说,你能不能稍微移到左边一点?你现在这样挡住我的光线了。

我这样漫游乱逛了几个小时,寻找已经不复存在的一些地标。当铺,熟食店,廉价旅馆,都没有了。熨斗大楼有一些变化但还在原地。我站在那里望而赞叹,一如1963年头一回看到的时候,对兴建它的人肃然起敬,丹尼尔·伯纳姆。他在三角形的地基上盖出这幢杰作只花了一年时间。走回家的路上我停下来吃了一片比萨。我在想会不会是熨斗大楼的三角形状触发了我对比萨的欲望。我还外带了一杯咖啡,结果洒出来溅到我外套的正面,因为盖子没有盖好。

我走进华盛顿广场公园的时候,有个小孩拍拍我的肩膀。我转过身来,他对着我笑,递给我一只短袜。我马上认出那是我的袜子。是一只浅褐色的棉质莱尔线织袜,边上绣了一只金色的蜜蜂,我有好几双像这样的袜子,但这一只是哪里来的?我注意到这小孩的同伴——是两个十二三岁的女孩——正在一旁笑个不停。毫无疑问这是昨天那只袜子,之前黏在我的裤脚上,这一会儿被震掉了滑落在地面上。谢谢,我含含糊糊地说了声,把袜子塞进我的口袋里。

一路快要走到但丁咖啡馆,我可以透过宽大的玻璃窗看到里面墙上的佛罗伦萨壁画。我还不打算回家,所以就走进去点了一杯埃及洋甘菊茶。送来的时候盛在一个玻璃壶里,金黄色的花瓣沉在壶底。花躺在那里盖住了死者,就像首古老的谋杀谣曲里的一句诗行。我这时想清楚今天早上梦里的影像也许是从哪里来的了——南北战争里的夏洛战役。几千个年轻的士兵陈尸在战场上，在一片花朵盛开的桃树林中。据说花朵落到他们身上，薄薄的像一层芬芳的雪。我很奇怪为什么会梦见那个景象，不过更奇怪的是，我们为什么会做梦呢？

很长一段时间我就坐在那里，喝着茶，听着收音机广播。令我高兴的是播放的歌似乎是真有人在挑选一些久被遗忘的老旋律。一个塞尔维亚硬核朋克乐团唱的一首《白色婚礼》，然后是尼尔·扬在唱"没有人是赢家，这是一场人的战争"。尼尔唱得没错，没有人能够赢得什么，赢只是一个幻象，这是很确定的。太阳就要下山了。这一天到底到哪儿去了呢？我忽然忆起有一次，弗雷德在北密歇根我们租的小屋的柜子当中，找到一台手提式的电唱机。他把机器打开来，唱盘上有一张《雷达爱》的单曲，金耳环乐队的一首心灵相通的情歌，似乎很能诉说我们当时那种远距离恋爱的情境，以及把我们拉到一起的电流感应。那里就只有这一张唱片，我们就反复回放，一遍又一遍地放个不停。

先是地方新闻，然后全国新闻报道，接着气象警报宣布另一场大雨即将来袭。那个我从自己的骨头里就已经可以感觉到了。接下来播放的是"敏捷狐狸"唱的《你的保护者》。歌词里那种忧郁的狠话让我心里一阵兴奋。该走了。我把钱放在桌上，弯下腰去系好靴子的鞋带，之前在华盛顿广场奋力跨过地上几处积水时松掉了。抱歉，我对我的鞋带说，用餐巾纸把溅上的泥渍擦去。我注意到餐巾纸上面写了一行字，于是先把它塞进口袋。打算晚一点再来破解其中的含意。在我绑鞋带的时候，《多么美好的世界》的歌声扬起。我坐直起来，热泪在眼中蓄积。我向后倒进椅子里，闭上眼睛，尽量不去细听那歌声。

* * *

——如果你没有一个爱情守护者，那人人都是你的守护。

早上的卡片贺词，那个阴魂不散的牛仔捎来殷勤问候。我到处摸索找我的眼镜。结果是跟一本翻烂了的平装本《大笑的警察》一起被卷在了床单里，还有一条埃塞俄比亚十字架项链。他怎么会一直不断地出现呢？还有他怎么知道今天是情人节呢？我两脚滑进我的莫卡辛鞋，拖着走进浴室里，心情有点儿不太爽。睫毛上黏着泪盐，我的眼镜上沾了指纹变得雾雾的。我用一条热毛巾敷在眼睑上，这时瞥见那张矮矮的木长凳，当年本来是科特迪瓦的村民拿来让小孩当做躺椅用的。上面有一小堆白衬衫，多年来穿到变薄的破烂T恤，还有弗雷德那几件已经洗到轻若无物的旧法兰绒衬衫。我想着如果弗雷德的衣服需要缝补，我都自己来就行了。我选了一件红黑野牛格子纹的：似乎是不错的选择。我把我的工装裤从地板上捡起来，抖落袜子。

对呀，我是没有情人了，所以那个牛仔也许说得没错。你如果没有可以一起过情人节的对象，潜在的可能性是每个人都可以跟你过情人节。我决定把这个想法放在心里就好，免得我不由自主地花上一整天把蕾丝爱心贴在红色手工纸上寄往世界各地。

世界就是所有为真的万事万物的总和。这是维特根斯坦在他《逻辑哲学论》一书中呈现给读者的至理妙语，很容易就能引人注意，但几乎不可能阐释清楚。我可以把这句话印在一个餐厅纸垫的中间，然后放进一个路过的陌生人的口袋里。或许维特根斯坦也可以是我的情人节守护。我们或许可以隐居在挪威某个山脚下，成天意见相左冷战不说话。

在走去伊诺咖啡的路上，我注意到我左边口袋开线了，心里暗暗地自我提醒要找时间把它缝好。我的心情突然之间提升了起来。这一日天色清爽明朗，空气中闪烁着生机，像一个稀有的水栖物种，长长的流动的触手，垂下的肉从水母似的钟形身体里垂直涌出，半透明的一条一条。如果人类的活力也能够像这样化为具体的话，我想象这样一条一条的活力从我黑大衣的边缘钻出来，挥舞起伏。

伊诺的洗手间里，有个小花瓶里装着一束红色的玫瑰花苞。我把外套脱在对面的空椅子上，然后花了接下来的将近一整个钟头，一边喝咖啡一边在我的笔记本里画满单细胞动物和各式各样的浮游生物。这样做很奇怪地给予我一种心里的快意，因为我记得以前，我会照着爸爸书桌架子上一本厚厚的教科书，描画一些这样的图像。他有各种这样来自垃圾箱、被废弃的屋子，或是只花几分钱就能从教堂前书摊上买来的书。内容从飞碟研究到柏拉图甚至是真涡虫图录等等，反映出他常保好奇的内心状态。我会很专心地研读某一本好几个小时，端详着其中充满奥秘的世界。内容对我来说难懂，不可能参得透，但是那些活着的有机体用单色呈现出来，不知为什么在我心里就有了许多种颜色，像闪闪发亮的小鱼在荧光的池子里。这本不知名又颇为费解的书，因为书上这些草履虫、藻类和阿米巴原虫，在记忆里活生生地漂浮着。那些随着时间已经消失，但我们却很想再次看到的东西。我们眼睛盯着想找到它们，就像在梦里想找到自己的双手。

我爸爸说他从来不记得自己的梦,但我可以轻易地把自己的梦从头到尾讲出来。他还跟我说,在梦里人几乎很少能够看到自己的双手。我当时很确定,如果我存心要看应该就可以看到,可是试了无数次总是看不到。我爸爸觉得这样的尝试很没意义,但侵入自己的梦境这个想法,在我诸多希望有一天能实现的不可能愿望中高居排行榜之首。

小学的时候我常常被骂不专心。我想那是因为我忙着想一些这类的事情,想要去解开一些成群成串没完没了的似乎没办法回答的谜团。例如说,豆子山方程式就占据了我二年级的很大部分时间。为了伊妮德·梅多克罗夫特所写的《戴维·克洛科特的故事》书中一个令人疑惑的句子,我当时想了老半天。我本来不应该读到那本书,因为那是放在三年级的书架上的。但是我受到那书的吸引,就把它滑进了我的书包里,然后偷偷地读起来。我马上就认同起年轻的戴维了,他长得又高又瘦,动作笨拙,常常讲一些大话,害自己陷入困境,该做的工作都没有做。他爸觉得戴维应该爬不上豆子山。我当时只有七岁,这些字句让我对自己原来的作风起了戒心。他爸那样说到底是什么意思呢?我晚上睡不着,一直想着这件事。豆子山有什么价值呢?有什么东西堆成山会有像戴维·克洛科特这样一个男孩的价值呢?

我跟我妈一起在 A&P 超市里推着购物车逛着。

——妈妈，一座豆子山值多少钱？

——噢，帕特里夏，我不知道。去问你爸。车我来推，你去拿你的麦片，不要拖拖拉拉。

我很快就照吩咐做好，抓起一盒脆麦片条。然后跑到干货那一排去察看豆子的价格，这时遇到了新的难题。是哪一种豆子呢？黑豆、四季豆、蚕豆、利马豆、绿豆、白腰豆，各种不同的豆子。更不要讲还有烤豆子、魔术豆和咖啡豆了。

到最后我想，戴维·克洛科特是被大家小看了，甚至他爸都小看他了。虽然他缺点多多，但他也努力想要对旁人有用，然后把他父亲的债务还掉。我把这本不该读的书读了又读，他在书中的经历，把我的心思带到原来想象不到的方向上去。如果在这一路上我迷失了方向，我也有一个沿途踩踏湿叶堆时捡到的罗盘可以指路。那个罗盘很旧又生锈了，但还是管用，和地球与星星的规律相联结。它可以指示我所在的位置，也能让我知道哪边是西方，但没办法帮我决定该往哪里走，也不能估量我的价值。

没有指针的时钟

一开始是真实的时间。一个女人走进一个七彩缤纷的花园。她什么都不记得，胸中只有刚冒出来的好奇心。她走近那个男人。他一点也不好奇。他站在一棵树前。树上有一个字，然后变成一个名字。他接收每一种活物的名字。在此时此刻，他既没有野心也没有梦。女人朝他而来，被感官的神秘攫住。

我把笔记本合起来，坐在咖啡店里，思考着真实时间。那是完全没被打断的时间吗？只是当下被理解的时间吗？我们的思绪只不过是轰隆通过的火车吗，完全不停，也没有纵深，飕飕掠过图案重复的巨幅海报？从窗边的位置上看到一幅景象，然后从下一个同样的窗格看到另一幅景象？如果我用现在时写作但却离题，那还是真实时间吗？真实时间，我寻思着，没办法像钟面上一样把时间分成用数字标示的等分。如果我写着关于过去的文字，而同时又存在于现在的时间里，那我还是在

拱廊酒吧,底特律

真实时间里吗？也许根本没有过去或未来，只有持续发生的现在包含着这属于记忆的三位一体。我向外看看街上，注意到光色正在改变。也许是太阳一闪躲到浮云的后面。也许是时间一闪而逝。

弗雷德跟我没有明确的时间框架。1979年我们住在底特律闹市区的布克凯迪拉克旅馆。我们就围绕着时钟生活，却无视于时间的存在，径自走过流逝的日日夜夜。我们整晚熬夜聊天直到黎明，然后又睡到夜幕低垂。等我们醒过来，就出去找24小时营业的小餐馆或者停下脚步在Art Van's家具店里闲逛，这家工厂直销店半夜也开着，而且还卖咖啡和糖霜甜甜圈。有时候我们还开着车漫无目的地兜风，天亮前才停到某家汽车旅馆，在休伦港或者萨吉诺之类的地方，然后睡上一整天。

弗雷德很喜欢我们旅馆附近的拱廊酒吧。这家店一早就会开门，三零年代风味的吧台和几组卡座，店里还有一个烤架，和一座没有指针的大号铁路时钟。在拱廊酒吧里，没有真实时间也没有不真实时间，我们可以和一些看起来有点落魄的客人在那里一坐好几个小时，在满怀同情的静默中编织一些语句和构思。弗雷德会在那里喝点啤酒，我则喝黑咖啡。有一个这样的早上，在拱廊酒吧的吧台前，当他看着墙上的大钟，弗雷德忽然有了个电视节目的点子。那时候还是有线电视发展的早期，他想搞一个在WGPR上的节目，WGPR是底特律最早的黑人独立电视台。弗雷德的时段，《下午先醉》，就落在这没有指针的钟面上，从时间压力和社会期望的束缚中解放出来。每集将会请一个嘉宾跟他坐在钟下面的桌前，光是喝酒聊天。他们可以尽情地喝，想到什么就说什么。弗雷德什么题目都可以聊，从汤姆·沃森的高尔夫球挥杆，到芝加哥种族暴动，到铁路运输的式微，都可以说得有声有色。弗雷德拟了一个各行各业有可能邀请的嘉宾名单。上面的第一个名字是克里夫·罗伯逊，是一位有点心理问题的二线演员，和弗雷德一样都对飞行很热衷，跟他算是很投缘的。

看节目进行的情况，在不特定的中场时间，我有一个十五分钟的时段，叫做《咖啡时间》。原先的想法是要找雀巢咖啡拉赞助广告。我不请嘉宾，而是邀请观众跟我一起喝杯雀巢咖啡。而另一方面，弗雷德和他的嘉宾不需要一定跟观众有什么沟通互动，只跟彼此对话就好。我当时甚至都已经为了这个时段找好并买下了主持人服装——是一件灰白条纹相间的亚麻洋装，前面一排扣子，包肩袖，有两个口袋。法国监狱风格。弗雷德决定就穿他的卡其衬衫，打上一条深棕色领带。在《咖啡时间》里我打算要来讨论监狱文学，主打像让·热内和阿尔贝蒂娜·萨拉森这样的作家。在《下午先醉》这个节目里，弗雷德会请他的嘉宾喝从一个棕色纸袋里拿出来的极品干邑白兰地。

不需要所有的梦想都实现。弗雷德常常这么说。我们完成了很多根本没有人知道的事情。事先没有想到，我们从法属圭亚那回来之后，他决定要去学开飞机。1981年，我们驱车去北卡罗来纳外滩群岛，向莱特兄弟纪念碑旁的美国第一座飞机场致敬，走158号美国国道到杀魔山。我们沿着南方的海岸线一路开着，从一家飞行学校到另一家飞行学校。途经南北卡罗来纳，到杰克逊维尔，佛罗里达，再到费南迪纳比奇、美国海滩、代托纳比奇，然后绕回到圣奥古斯丁。在那里我们投宿在一家海边的汽车旅馆，客房里带个小厨房的那种。弗雷德飞行之余喝点可口可乐，我呢就写写东西酗酗咖啡。我们用迷你瓶带了一些庞塞·德莱昂[1]发现的水——那是从地底下所喷涌出来的，被世人认为是青春之泉。我们不要把这些水喝掉，他说，于是这些小瓶子就变成我们的无价珍藏。有一度我们还考虑买下一座废弃的灯塔或者一艘捕虾拖网船呢。不过后来我发现自己怀孕了，我们只得回到底特律的家，这一堆梦做不成

1　庞塞·德莱昂（1474–1521），文艺复兴时期西班牙探险家，相传他在美洲发现过青春之泉。

了，改做另外一堆。

弗雷德最终如愿领到了他的飞行驾驶执照，但是他钱不够买飞机来开。我一直都在写个不停，但是没出半本书。那一段时间里我们紧紧拥抱着"没有指针的时钟"这个概念。世界上各种工作都有人做着，抽水机有人操作着，沙袋都排好了，树也都种了，衬衫也熨了，折边都缝好了，但是我们还是保留着忽略那些转个不停的指针的权利。回头想起来，在他已经逝世了那么多年之后，我们当年的生活方式仿佛是一个奇迹，唯有靠着融而为一的心灵当中，宝石与齿轮寂然无声地合拍同步，才有实现的可能。

井

圣帕特里克节那天下起雪来,给一年一度的游行带来一点儿麻烦。我躺在床上看着雪花在天窗上翩翩纷飞。圣帕蒂节——跟我同名的节日,就像我爸爸常常说的。我仿佛还能听到他那洪亮的嗓音,和片片落雪混到了一块儿,想把我从卧病的床上哄起来。

——来吧,帕特里夏,这可是你的节日。烧已经退了。

1954年初的这几个月,我都沉浸在这种甫由病中康复的受宠气息里。我是费城地区仅有的一个登记在案的典型猩红热儿童患者。我弟弟妹妹都只能在挂着黄色隔离警示的门外脸色阴沉地看着我。常常我睁开眼睛,只能看到他们小小的棕色鞋子的边缘。冬天就这样横生生过去了,我这个带头大姐却都不能出门,无法督导他们用积雪盖城堡,或者为我们这些小朋友的巷战拟定策略,调兵遣将。

——今天是你的节日。我们去外面走走。

那天出了太阳,微风徐徐。我妈把我的衣服都给摊

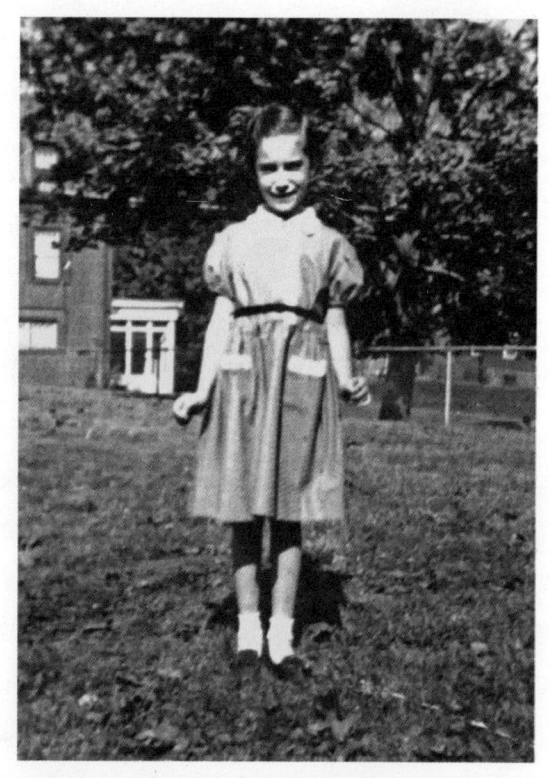

宾夕法尼亚州日耳曼敦，1954年春

出来。因为之前发了一连串的高烧，我的头发掉了很多，本来就已经瘦高的身架子又消了一大圈肉。我没忘记要戴上我那顶海军蓝的抓绒帽，就像渔夫常常会戴的那种，还穿了一双橙色的袜子来纪念我那位信新教的祖父。

我父亲在离我几英尺之外蹲下来，鼓励我自己走路。

我脚步不太稳地走向爸爸，一旁弟弟妹妹都关心地看着。一开始还有点儿虚弱，慢慢我有了力气，速度也恢复了，很快就走到附近小孩们的最前面，拔腿任意而行了。

我弟弟妹妹和我是在二次大战之后相继出生的。我是最年长的，玩都是我在带头，编一些剧情让弟弟妹妹去投入地扮演。我弟弟，托德，是我们最忠诚的武士。我妹妹琳达专门听我们抱怨，然后照顾我们，用几条旧麻布帮我们把伤口包扎起来。我们硬纸板做成的盾牌上覆盖着铝箔，还画上了马耳他十字架作装饰，我们的任务受到了天使的祝福。

我们都是好孩子，但是我们与生俱来的好奇心常常搞得我们遍体鳞伤。如果我们被抓到跟别群孩子纠缠不清，或者跨越到不被允许的街区，我妈就会把我们都叫到一个小房间，告诫我们一声都不许吭。我们表面上都很认命地接受处罚，但是一等到房门关起来，我们就很快地悄悄重新部署起来。房间里有两张小床和一个很宽

的橡木五斗柜，有两排抽屉，上面还装饰着雕出来的橡实和很大的把手。我们就在五斗柜前坐成一排，然后我小小声地下达指令，示意接着怎么进行。我们会一本正经地扭开抽屉把手，进入我们的三向传送门，投身到冒险当中。我把灯举高，我们就急急忙忙上了船，进到我们的无忧无虑世界，随着小孩子的兴致所至。把新发现的壮丽景象绘入海图，我们玩着把手之战的游戏，勇敢面对新的敌人，或者重新探访月光照耀的森林旁边，泉水粼粼沁出的圣地，以及我们得以一探究竟的城堡遗迹。我们就这样全神贯注地静悄悄地玩着，直到我妈过来大赦天下，打发我们上床睡觉。

窗外还是继续下着雪；我得强打起精神让自己起床。也许我眼前这个病恹恹的状态跟小时候那阵子的卧床有一种连带关系，当时我在床上那样渐渐康复，读着书，编着我最早的那些小故事，使我对于留在床上有种依恋感。这是我的毛病。该是我拔出纸剑，猛插入地的时候了。如果我弟弟还在人世，也一定会推着我起来做点事情。

我走下楼去站在成堆的书前，完全没办法决定要选择其中的哪一本。一位头牌女星站在一排又一排挂得满满的衣架前，找不到衣服穿。我怎么可能没有东西读了呢？也许缺少的并不是书，而是缺少对于事物的着迷。我把手放上熟悉的绿色布面书脊，烫金的书名，《瘸腿的小王子》，我小时候最喜欢的书——马洛克小姐所写的故事，讲一位俊美的年轻王子因为小时候没被照顾好而下肢残障。他被无情地关在一座孤零零的塔上，直到他真正的神仙教母给了他一件神奇的旅行披风，可以带他到任何想要去的地方。这本书很不好找，我本来连一册自己的都没有，就反复读着一本破破烂烂的图书馆借书。然后，到了1993年冬天，伴随着一些圣诞节的包裹，我收到我妈提前寄来的生日礼物。那一年冬天后来过得很辛苦。弗雷德正病着，我隐隐约约地害怕起来，什么事情都做不了。有天夜里醒过来是凌晨四点钟。大家都还睡着。我小心翼翼走下楼梯，把我妈给的包裹拆开来。是一本品相良好的1909年版的《瘸腿的小王子》。妈在扉页上用当时已经有点抖的笔迹写着，我们之间不必赘言。

我把书从架上取下来，打开到她题字的那一页。看着她熟悉的笔迹，我的心里充满了想念，这样的心情也让我颇感欣慰。妈妈，我大声地唤着她，然后我想象她忽然间停下手边的动作，通常是在厨房的正中央，然后祈求我外婆的保佑，外婆早在她十一岁的时候就过世了。为什么我们总是要等到对方已经不在了，才能充分明了我们有多爱他们？我把书带上楼到了我的卧房，把它跟母亲其他的书放在一起：《绿山墙的安妮》，《长腿叔叔》，《林柏露斯女孩》。噢，在这些书页里重生的美妙滋味。

雪还继续下着。我一时兴起就跳起来跑到外面，去感受雪花片片的散落。我向东走到圣马可书店，在那里一排一排地浏览，随意选着想买的书，感触不同书的纸质，检查字体，期望能在某本书里找到一行完美的开场白。我心灰意懒地走到M字部，希望亨宁·曼凯尔已经帮我最喜欢的侦探科特·维兰德又写了新的冒险故事。但很可惜架上每一本我都读过了，不过我在

M字部徘徊流连的过程中,运气好被吸引到村上春树（Haruki Murakami）笔下那个错杂相间的世界。

我之前没有读过村上。过去两年间我都在阅读并且解构波拉尼奥的《2666》——前后来回从各个角度反复地看。在《2666》之前,让其他所有书都相形见绌的是《大师和玛格丽特》,比那更早,在我读遍布尔加科夫的所有作品之前,我不辞艰深地热爱维特根斯坦写的每一篇作品,甚至还断断续续地想解开他的方程式。我没办法说我曾经成功解开,但那个努力的过程,把我引到一个针对《爱丽丝梦游仙境》里"疯帽子"所出谜语的可能解答:为什么一只大乌鸦那么像一张写字桌？我脑中浮现出小时候,在宾夕法尼亚州日耳曼敦的乡下学校的课堂上。那时候我们还有用到真的墨水瓶和木管蘸水钢笔的书法课。大乌鸦和写字桌？关联处在于墨水。我有把握一定是这个。

我打开一本叫做《寻羊冒险记》的书,因为这个书名感觉上很有戏。书封上一句话吸引了我的眼睛——狭窄的街道和排水渠构成的迷宫。我当场就把它买下来,这是可以拿来泡着我的可可一起吃的羊型饼干。然后我走到附近的荞麦面店,点了山药荞麦凉面,开始读起来。我整个被《寻羊冒险记》给吸引住了,结果在店里坐了超过两个小时,饭后还叫了一杯清酒继续读着。我

可以感觉到我的蓝果冻般的消沉从边缘处开始消融。

接下来的几个星期,我都一直坐在我的咖啡店桌前读着村上春树。起来透一口气的时间大概只够去上个厕所或者再点一杯咖啡。《寻羊冒险记》之后接着读《舞!舞!舞!》和《海边的卡夫卡》。然后,好死不死,我开始读起了《发条鸟年代记》[1]。就是这本书彻底把我征服了,仿佛把我装进了无法阻拦的轨道中,像一

---

[1] 本书简体中文版名为《奇鸟行状录》。

颗流星，轰隆飞向地球上某个渺无人烟的荒凉角落。

大师杰作有两种。有些经典作品剑走偏锋，几近于神迹，像《白鲸》、《呼啸山庄》或者《弗兰肯斯坦》。然而还有另外一种类型，作者似乎把活生生的能量灌进了文句之中，读者被旋转、绞拧，然后挂出去晾干。具有毁灭性的书。像《2666》或《大师和玛格丽特》。《发条鸟年代记》也是一本这样的书。我才刚把它读完，马上就觉得非要再重读一遍不可了。想要这么做的理由随便说一个，就是我真的不想离开这本书中的氛围。此外还有，书中有一句话阴魂不散，让我朝思暮想难以割舍。这句话像是解开了一个精心打成的结，在我睡觉的时候让那些磨损的边缘摩擦着我的脸颊。那是村上在这本书的第一章里形容某栋房子的命运时所用的措辞。

叙述者正在他位于东京世田谷区的公寓附近到处寻找他走失的猫。他一路走过一条狭窄的后巷，最后到了所谓的宫胁家——一栋荒烟蔓草的废弃住宅，那边有一座不值钱的鸟形塑像和一口废井。故事到这里时，完全看不出他接下来会沉浸在这个场景中，其他事情似乎都变得无关紧要了，他还从废井中找到了一个进到平行世界的传送门。他只是在找他的猫，但当他被引入宫胁家这个晦涩难解的情境时，我也跟着身陷其中。我是如此无法自拔，几乎都没余力想别的事情，如果可能，我很愿意多付点钱，请村上特别为我写一个长一点的番外篇，专门来详述这个部分。当然如果是我自己来写一个这样的篇章，可能没办法满足自己的渴望；那只是推测性的胡编。唯有村上才能正确地描述那破旧房子周遭的一草一木。我对这处房产入迷到全心全意只想亲自去看一看的程度。

我小心翼翼地筛检最后几章，想要找到这个段落。那句话是表示这处房产会被出售吗？最后我在第三十七章找到了答案。那几句话是这么冷冷地开始的：我们很快就会摆脱掉这个地方。确实这个地方终究会被卖掉，井会被填平封起来。我之前不知为何跳过了这个事实，而且如果不是我的记忆里有个什么东西，像条活生生的线绳曲折扭动向前，可能我会把它完全忽略掉。我有些震惊，因为我之前推断叙述者会把这个地方当做他的家，变成这口井和那个传送门的守护者。连那个我已经有了感情的不知名的鸟形塑像，突然被鬼鬼祟祟地移走，我本也都调整自己接受了。那个塑像在书中就这么突然消失了，没有任何解释，书中也没有再提到它。

我一直都讨厌前言不对后语。悬垂的字句，没打开的包裹，或是莫名其妙消失的人物，像一条孤零零的床单披在晾衣绳上，迎着隐隐约约要来临的风暴，在风中飘动，直到同一阵风把它吹走，变成鬼魂的外衣或者小孩的帐篷。如果我读一本书或者看一部电影，其中有一个不显眼的事情没有得到交代，那我就会很显著地感觉不安，来来回回找线索，希望我有个电话号码可以打，或者可以给谁写封信。并不是去抱怨，而是要求对方做个说明，或者回答我几个问题，这样我才能转而把注意力放到其他事情上。

我家天窗上有几只鸽子在走来走去。我很好奇发条鸟到底长什么样子。我可以想象鸟形塑像，石头质地，没有什么特色，做出要飞的姿势，但发条鸟什么样子，我还是没有半点线索。它也有一个小小的鸟的心脏吗？还是里面藏着一个不知道什么合金的弹簧？我来回踱步走来走去。其他各种自动化的鸟类形象浮上脑海，像保罗·克利的《吱吱叫的机器鸟》和中国皇帝的机器夜莺，不过对于了解发条鸟还是没有提供什么有用的线索。一般来说，这就是我感兴趣的书里会有的细节，但是比起我对时运不济的宫胁家那份缺乏理性的执迷，这还是其次，所以我把这个可供反复思索的题目先放一边，另外再找时间伤脑筋。

我坐在床上一集连着一集看由不动声色的霍拉肖·凯恩所领导的《CSI：迈阿密》剧集。我时不时地打着瞌睡，并不是真的睡着，也不能算是醒着，而是顺势滑入介于两者之间神秘的令人不适的地带。也许我可以爬呀爬，又爬到那牛仔的所在位置。如果真的那样，我这回会忍住不出言讽刺，而是用倾听来代替顶嘴。我看到他的马靴。我蹲下来想要看看他靴后的马刺是哪一种。如果他的马刺是金质的，那我就可以确定他已经走了很远一段路，也许有中国那么远。他正在拍一只很大很大的马蝇。他接着要讲点什么了，我可以看得出来。我蹲得低低的，看到他的马刺是镀镍的，外缘还刻了一串数字，在我想来也许是彩票的中奖数字组合。他打了个哈欠，伸了伸腿。

——大师杰作其实有三种，他竟然这么说。

我跳了起来，抓起我的黑外套和那本《发条鸟》，去往伊诺咖啡。比平常去的时间晚，很高兴店里还是空空的，但是咖啡机上贴着一张手写的告示，说是故障了。有点美中不足，但我还是待着没走。我跟自己玩起一个随便翻到哪一页的游戏，希望能刚好找到稍微提到那处房产的字句，就像从塔罗牌里抽一张牌，来反映你目前的内心状态。然后为了消磨时间，我开始在环衬空白处列清单。两种大师杰作，接着我开始想有没有第三种——就如那位无所不知的牛仔所说的一样。我列出了一些可能性，加加减减，把一些大师杰作排来排去，好像一间隐蔽图书室里的疯狂管理员。

清单。在波动传导的漩涡里的几个小小的锚，白日梦，和萨克斯风独奏。真的从送洗衣物中抢救回来的一大沓清单。另外再开一张列出1955年时我们家那几本经典名著——我所读过的最好的几本书：《佛兰德斯的狗》，《王子与贫儿》，《青鸟》，《五小椒怎么长大》。还有你觉得《小妇人》或者《布鲁克林有棵树》怎么样？《爱丽丝镜中奇遇》或者《玻璃球游戏》呢？这些书中有哪一本够格在大师杰作的第一排第二排或第三排占上一席之地？其中又有哪些只是受人喜爱而已？经典名著应该另外排一排吗？

——别忘了《洛丽塔》，那个牛仔又在耳边强调他的见解。

他如今已经不只是在梦里才出现了，有点像是某种超自然声音的拙劣版本。但是不管怎说，我还是把《洛丽塔》给加了上去。一个俄罗斯人写的一本美国经典名著，我把它跟《红字》列在一起。

新来的女孩突然出现在我桌前。

——有人会来修这个机器。

——那很好呀。

——很抱歉今天没有咖啡。

——没关系。至少有桌子可以用。

——而且都没有客人！

——对喔！都没有客人。

——你在写些什么？

我抬起头看着她，稍微有点儿惊讶。我完全不知道自己在写什么。

回家的路上，我在熟食店买了中杯的黑咖啡和一片密封得严严实实的玉米面包。天气有点凉，但我还不想进到屋里。我坐在门廊上，把咖啡捧在两手中间，手都跟着暖和起来，然后花了几分钟的时间试图把保鲜膜解开来；超级难撕，解开拉撒路的裹尸布都比这个容易。我忽然想到刚刚没有把塞萨尔·艾拉写的《风景画家的片段人世》列到大师杰作的清单里。同时也考虑起也许另外要列个清单来网罗一些离题的伟大作品，诸如勒内·多马尔的《一夜牛饮》。情况渐渐变得有点不可收拾。也许为即将到来的旅途列一张要带东西的清单会简单得多。

事实上普天之下只有一种大师杰作：就是大家一看就心里有数的那种。我把我的清单塞进口袋，站起来，走进屋里，从门廊到大门沿路撒下一道玉米粉残渣。我的思想走着走着，像小孩子手上的火车头一样，哪里也到不了。屋子里看起来百废待举，我得做点儿家事。我把一沓纸板绑起来准备回收，把猫群的水钵洗干净，把它们洒得满地的猫粮扫起来，然后站在水槽边吃掉一个沙丁鱼罐头，脑子里想着村上的那口井。

那口井很久以前就干掉了，但是由于叙述者奇迹般地打开了传送门，结果质纯味美的水就涌到了井边。他们真的会把井填平吗？只是因为书中的一个句子认为如此，就把井填平，实在太神圣了。事实上，这口井显得如此吸引人，我都很想自己跑去那里，像个撒马利亚人一样坐着，期待着救世主会回返，然后停下来喝口水。到时候应该完全不用考虑时间限制，抱持着如此的希望，人就可以一直这样没完没了地等下去。跟故事中这位叙述者不同，我并没有想要真的进到井里，像爱丽丝一样潜入到村上的仙境里。我没办法克服自己对于被围起来或者处于水平面以下的反感。我只想要靠近那个地方，然后恣意地饮用其中的水。因为我就像某些疯狂的西班牙征服者一样，不可自遏地想要遂行所愿。

但我要怎么找到这个宫胁家呢？说真的我并没有感到灰心。我们被玫瑰、书中某一页的气味所指引。曾经我读了《维特根斯坦的火钳》一书中卡尔·波普尔和维特根斯坦那场难堪的争斗之后，不就兼程赶赴国王学院去抚今追昔一番吗？当时我是如此地深受吸引，光凭着一张小纸片上随便写着的谜样的 H-3，就成功地找到去往剑桥道德科学会的路，两位伟大哲学家的那场唇枪舌剑就发生在这栋历史建筑里。找到之后，征得同意入内参观，拍了几张歪歪倒倒、除了我自己之外对别人都没有用处的照片。我可以说这一切并不容易。之后我又执行了另外一个侦察任务，在一条长长的泥土路尽头，一栋隐蔽的农舍后头，探访维特根斯坦年久乏人照料的坟墓，墓碑上的名字都已经被斑斑点点的霉菌、海藻和苔藓给遮住了，看起来仿佛是他自己用手写上的奇怪方程式。

我猜想我这样迷恋远在一万两千英里之外的某处地产也许会显得荒唐可笑，尤其是想要找到这个坐落在村上的心里现实中，不见得实际存在的地方，更是令人困惑。我可以想象如果我可以对准他的频道，或者直接潜进那个生气勃勃的心灵水池中大声呼喊，嗨，那个鸟的塑像在哪里呀？或者，承销官胁家的房地产中介的电话号码是多少？或者我也可以直接问村上本人。我可以找出他的地址，或者通过他的出版社写信给他。这是极端不寻常的机遇——作家还健在人世！比起试图给一位19世纪的诗人或者11世纪的圣像画家传讯息要简单得多。不过这样算不算作弊？想象夏洛克·福尔摩斯不自己想办法破案，却跑去找柯南·道尔问书中艰涩难解的谜题到底答案为何！他压根儿就不会想到要去问道尔，即使是牵涉到人命攸关，甚至是他自己的性命也在所不惜。不，我绝对不会去问村上。尽管我可以对他的潜意识做个空中 CAT 扫描，或者干脆装作没事，找他到传送门交会之处喝杯咖啡。

不晓得那个传送门看起来会是怎么样？我一直在想。

好几个声音响起，它们对这个问题的答案相互交织此起彼落。

——像柏林滕珀尔霍夫机场空荡荡的航站大楼。

——像万神殿穹顶那样的圆形大洞。

——像席勒花园里那张椭圆形的桌子。

这个很有意思。互相没有关系的各种传送门。是故布疑阵还是破案的线索呢？我翻遍了好几个箱子，绝对错不了，我曾经拍过几张旧柏林机场航站楼的照片。可是运气不好没有找到，倒是在一小本席勒的诗集里找到两幅那张椭圆形桌子的照片。我把照片从玻璃纸信封中拿出来，两幅照片都是同样景象，只是其中一张的阳光比另外一张遮挡得更多，当时是从一个昏暗的角度拍摄，想要强调它看起来像个洗礼盘的水盆口。

2009 年 CDC 的几个会员在德国图林根州东边的耶拿聚会，那个地方位于萨勒河的宽广河谷上。这回聚会并不是正式的会员活动，比较像是兴之所至的临时任务，我们来到席勒当年的夏日小屋，他就在这个花园里写了《华伦斯坦》。我们聚在那里赞美常常被人遗忘的弗里

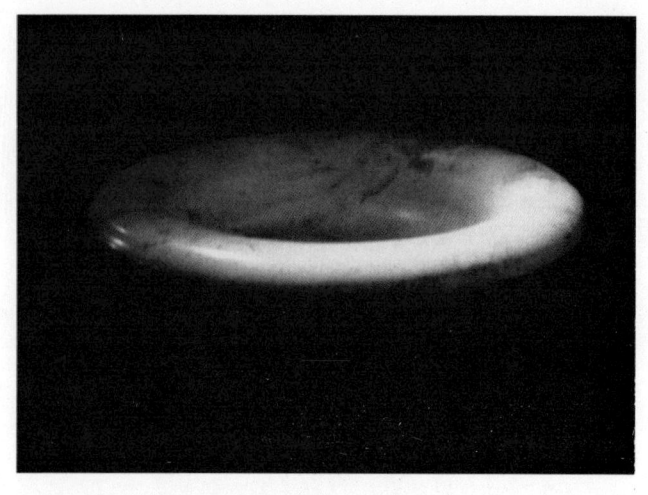

茨·勒韦,他是魏格纳最得力的帮手。

勒韦个子高高的,很敏感,轻微暴牙,走起路来有点儿笨拙。是那种长于深思的古典科学家,他加入魏格纳的格陵兰远征队,协助研究冰河的工作。1930年他跟魏格纳走了一趟从西站到伊斯米特的累人旅程,伊斯米特由两位科学家恩斯特·佐尔格和约翰内斯·格奥尔基驻扎,从事研究。勒韦当时冻伤得很厉害,到了伊斯米特就没办法再往前走了,魏格纳只好把他留下,自己继续旅程。勒韦两脚的脚趾都在没有麻醉的情况下被无情地切除了,接下来的几个月就这样平躺在睡袋里。因为不知道他们的队长已经丧命,勒韦和他的科学家同事从十一月一直空等到来年的五月。每逢星期日的晚上,

勒韦就读歌德和席勒的诗篇给大家听,为这个大雪冰封的地窖注入一股不朽的暖流。

　　我们一起坐在椭圆形桌旁边的草地上,当年席勒和歌德就是坐在这里,一聊几个小时。我们读佐尔格所写的文章《伊斯米特的冬天》中的一段,提到勒韦的刻苦坚忍,然后又读了他们当年跟外界失去联系时所读的部分诗篇。我们到的时候已经是五月下旬,花都开了。远远地,我们听到一段手风琴弹奏的轻快旋律,出于对这段往事的情思,我们称之为"勒韦之歌"。我们互道珍重再见,我自己继续上路,搭了火车去魏玛,要去看尼采在他妹妹的照料之下曾经住过的房子。

我把那石桌照片的其中一张贴在我的桌前。虽然画面很简单，但我觉得有一种自然的力量，一下子把我带回耶拿。这张桌子真的很适合用来了解传送门传输的概念。我确信只要两个朋友把他们的手放在桌上，像放在一块通灵板上，就有可能被笼罩在暮年的席勒和壮年的歌德共同构成的气氛当中。

只要你相信，所有的门都会为你而开。这是井边的撒马利亚女人给我们的教诲。在即将入睡的昏沉中，我想到，如果那口井是一个向外的传送门，那应该也要有一个走进来的传送门。应该有一千零一个找到它的方法。只要找到一个，我就心满意足了。有可能就像谷克多的《奥菲斯》那部电影里，喝醉了的诗人塞热斯特穿越了液态的镜子。但我不想穿越镜子，也不想穿越量子隧道墙，或者擅自穿越进入作者的心灵里。

到头来，是村上自己提供了一个考虑周到的解答。《发条鸟》的叙述者通过那口井到达了一个不知名的旅馆走廊，看到自己在游泳，那几乎可以说是他一生中最幸福的时刻。正如彼得·潘教温迪和她的弟弟们要怎么飞起来：想一些快乐的念头。

我擦亮既往欢乐的壁龛，在一个秘密的兴奋时刻停止不动。虽然这样会花些时间，但我知道要怎么办。首先我会闭上我的眼睛，专注想着一个十岁小女生的手，正用手指把溜冰鞋钥匙系在一个十二岁男孩心爱的鞋带上。想些快乐的念头。我可能会干脆滑着溜冰鞋，冲进那个传送门之中。

弗里达·卡洛的床,蓝屋子,科约阿坎

幸运轮

有一段时间我都没有做梦。我的滚珠轴承像是有点生锈了,流连于反复醒来的轮回,然后是水平各个方向迤迤然的移动,确认触到了一处再到另一处,事实上也没什么非要碰触不可。无所事事,我就重玩一个老掉牙的游戏,是我很久以前就发明出来对付失眠的状况的,但是坐长途巴士时为了避免晕车也适用。那就是在心里面模拟跳房子,而不是真的用脚跳。游戏的格子是画在某种路面上,看起来无穷无尽,但其实是有限的,黄铁矿的人行道砖排成一排,你必须往前跳,朝向回荡着神秘回声的终点,譬如说,亚历山大塞拉比尤姆神庙,入场券绑在从上垂下来的流苏丝绒绳子上。你要往前跳得先念出一串某个特定字母开头的词语,例如,字母M。Madrigal minuet master monster maestro mayhem mercy mother marshmallow merengue mastiff mischief marigold mind[1],一直念一直念不能停,一个字一个字,一格又一格。这个游戏我到底玩过多少遍了,总是没办法到达摆荡的流苏下方,而是曲曲折折,反而到了某一个梦境。所以我就只好再玩一遍。我闭上眼睛,把手腕放松,我的手就在凌空的无形键盘上画着圈圈,然后停下来,我的手指指向某个字键。V。Venus Verdi Violet Vanessa villain vector valor vitamin vestige vortex vault vine virus vial vermin vellum venom veil[2],突然间断掉,就像预示梦的开端的那种雾气。

我站在每次梦中都一样的那家咖啡店的里面。没有女服务生,没有咖啡。我只好自己到柜台后面磨一些豆子煮起来。除了那牛仔之外都没有其他人。我注意到他有一条疤痕,像一条小蛇往他的锁骨里钻。我帮我们两个都倒了一马克杯热腾腾的咖啡,但是同时避免和他四目交接。

——希腊那些传奇没有告诉我们什么,他正说着。传奇只是故事。人们对故事加以诠释,把道德教训附加上去。美狄亚或是耶稣受难什么的,你没办法让他们改

---

[1] 即,情歌、小步舞、大师、怪兽、名家、大混乱、仁慈、母亲、棉花糖、梅伦格舞、獒犬、恶作剧、金盏花、意念。
[2] 即,维纳斯、威尔第、维奥莱特、瓦妮莎、坏蛋、矢量、英勇、维生素、遗迹、漩涡、拱顶、葡萄树、病毒、药水瓶、害虫、牛皮纸、毒液、面纱。

变。雨和太阳一起出现还带来了一道彩虹。美狄亚发现了伊阿宋的眼睛，于是她把他们的孩子给牺牲了。这些事就这么发生了，仅此而已，活在世上无法否认的骨牌效应。

我默想着帕索里尼执导下的《金羊毛》的同时他去方便。我站在门口向外看着地平线。灰蒙蒙的景象被毫无绿意的岩石山所阻断。我怀疑美狄亚在她的愤怒发作得差不多之后，是不是也爬上了这样的岩石。我怀疑这个牛仔到底是何方神圣。是个像荷马那样四处漂泊的人吧，我猜想。我等着他从厕所走出来，但是他待的时间似乎太长了。有些迹象显示事情将会转变：一座走不准的钟，转个不停的吧台椅，一只病歪歪的蜜蜂飘浮在有着奶油色搪瓷桌面的小桌之上。我想要救救它，但似乎没有什么办法。我要走了，但还没有付咖啡钱，我仔细想了想，就丢了几个硬币在桌上，旁边就是那只奄奄一息的蜜蜂。钱应该够付那点咖啡，再加上一切从简，用火柴盒给蜜蜂办个后事了。

我把自己从梦中摇醒，下了床，洗脸，编好头发，找出我的针织帽和笔记本，走出门去的同时，一边还继续想着那个朝着欧里庇得斯和阿波罗尼俄斯吐口水的牛仔。最近他让我很不爽，但我必须承认，他一直不断地出现倒是挺令人欣慰的。是个我可以在睡梦边缘相同的灰蒙蒙景致中找到的人,如果我想找的话。

当我要横越第六大道的时候,"卡拉丝就是美狄亚就是卡拉丝"这句话反复循环,配合着我靴跟敲击街道表面的节奏。皮埃尔·保罗·帕索里尼凝视着他的选角水晶球,然后挑出了玛丽亚·卡拉丝[1],这个有史以来最具表现力的声音,来扮演一个没几句台词也完全不需要演唱的史诗角色。美狄亚并不唱什么摇篮曲;她是把她的小孩全都给宰了。玛丽亚并不是个完美的歌唱家;她是自她深不见底的井里汲取某种成分,从而征服了她的世界中的各个世界。但她所演唱的那些女主角的心碎并没有帮她准备好自己的心碎。遭到背叛,遗弃,她被晾在一边,失去了爱情,声音,或小孩,余生都因此活在孤寂之中。我喜欢想象玛丽亚挣脱美狄亚厚重的戏服,油尽灯枯的女王身上只剩下一件灰黄色的连身裙。她还戴着一串珍珠。当她伸手去拿一个小皮盒子的那一刻,天光洒进她巴黎的公寓。爱是世上最珍贵的珠宝,她喃喃低语,解开的珠链从她喉咙处坠落,也剥离了时而升腾时而低回的悲痛。

伊诺咖啡门已经开了,但里面空荡荡;只有厨师

---

[1] 玛丽亚·卡拉丝(1923-1977),美籍希腊裔女高音歌唱家,1969年曾出演过帕索里尼导演电影《美狄亚》中美狄亚一角。

一个人正烤着大蒜。我多走几步路到附近的面包店,买了一杯咖啡和一块糖酥蛋糕,然后坐在德莫神父广场的长椅上吃喝起来。我看到有一个男孩把他妹妹高举起来,让她能够喝到喷泉里的水。等她喝完了之后他自己才喝。鸽群已经都聚拢过来。我打开蛋糕包装的时候犯下了一桩紊乱的罪行,其中牵涉到一群激动的鸽子、褐色的糖粒和大队极端积极进取的蚂蚁。我低头看着一小撮一小撮的草从破碎的水泥块缝隙中钻出头来。所有的蚂蚁都到哪儿去了?还有我们以前到处都能看到的蜜蜂和小白蝶呢?还有那些水母和流星呢?我打开日记本,看着里面画的几幅画。有一只蚂蚁居然爬过了其中一页,上面画的是一株在比萨的帕多瓦植物园中看到的智利酒棕榈。有一幅小小的素描,画了那株棕榈的树干但是没画树叶。也有一幅小小的素描,画了天堂但是没画地球。

来了一封信。是弗里达·卡洛故居"蓝屋子"的管理主任所寄,问我愿不愿意去演讲,主题是有关于这位艺术家革命性的一生和她的作品。答谢是我可以获准去拍摄她生前的遗物,她生命中的护身符。又是出门旅行的时候了,我对命运只好无言同意。因为虽然我渴望一个人的孤寂,但我也决定不推辞能在一个自我小女孩时期以来就盼着能够去参观的花园里演讲的机会。我将会走进弗里达和迭戈·里维拉所住的房子，然后一间一间浏览我之前只在书上看过的房间。我可以再回到墨西哥。

我当年读到的关于蓝屋子的那本书名叫《迭戈·里维拉的精彩人生》，是我十六岁生日的时候妈妈给的礼物。那是一本引人入胜的好书，促使我愈来愈想要投身于艺术。我当时就梦想着要旅行到墨西哥，感受一下他们的革命，踩在他们的泥土上，然后在他们那些不可思议的圣人所居住过的树前祈祷。

我把信再读一遍，对这个邀请愈来愈感兴趣。我心里想接下来要做的事情有哪些，也想起1971年春天，年轻的我去到那里旅行的往事。那时候我才二十出头。我自己存够了钱，然后买一张机票去墨西哥城。途中得在洛杉矶转机。我记得看到一个广告牌上有一张女人被绑在电线杆上的受难图——《洛杉矶女人》。收音机里正播放着大门乐队的单曲《驾驭着暴风雨的骑士》。当时我没有这样的一封邀请信，也没有真实世界该有的计划，但是我有一个心中的使命，这对我就够了。我那阵子想要写一本名叫《爪哇头》的书。威廉·巴勒斯曾经告诉我，世界上最好的咖啡生长在环绕着韦拉克鲁斯州的山里面，我决心要去找到这个地方。

我一到墨西哥城就马上去火车站买好来回车票。在火车上过夜的卧铺车再有七个小时就要开了。我找了一个麻布背包，塞进一本笔记簿，一支 Bic 牌圆珠笔，一本墨迹斑斑的阿尔托的《选集》，和一台小型的 Minox 相机，其他的东西都留在一个寄物柜里。换了一点钱之后，我从现在已经倒闭了的奥尔特加旅社随便逛进街上的那家自助餐馆，点了一碗炖鳕鱼。我还记得鱼骨浮在番红花色的汤汁里，有一根长鱼刺卡到了我的喉咙。我一个人坐在那里，被呛到。最后我总算用拇指和食指把它拔了出来，所幸没出洋相，也没引起旁人注意。我用一张餐巾纸把那块鱼骨包起来，放到口袋里，然后叫来服务生，把钱给付了。

我重拾镇定，搭上了一辆巴士，去位于城市西南方的科约阿坎区，口袋里放着蓝屋子的地址。那一天风和日丽，我满心期待。但是我到了才发现那边关门整修了。我茫然站在巨大的蓝色围墙前。完全没有办法可想，找不到人可以去求情请愿。那一天注定无法进入蓝屋子。我走了几个街区，到托洛茨基被杀的那栋房子；经过那样亲近的背叛，热内可能会把那个暗杀者推崇为圣徒。我在浸信会的教堂里点了一根蜡烛，然后坐在教堂长椅上双手交握，不时还评估一下鱼刺挫伤的喉咙还痛不痛。回到火车站，有个乘务员准许我提前上车。我有一间小的卧铺隔间。旁边有一张翻下来的木头椅子，我把一条彩色条纹披巾铺在上面,再用阿尔托的书把脱落的镜子架住。那时候我真的很开心。我正在去往韦拉克鲁斯的路上,那可是墨西哥咖啡产业重要的集散中心呢。就是在那里,我幻想能够写一本自己决定内容主题的"后垮掉派"沉思录。

整趟火车的旅程平顺无事,没有任何希区柯克式的特效。我把我的计划再审视一遍。我不追求什么特别了不起的旅行体验,只想找到还不错的地方住宿,能喝上那杯完美的咖啡。我可以喝十四杯咖啡都不会影响正常睡眠。我遇上的第一家旅社各方面都符合我的期望。国际饭店,他们给我的房间四壁刷了白漆,房里有个洗脸台,天花板上有架风扇,还有窗户可以俯瞰镇上的广场。我从我的书上撕下一张阿尔托在墨西哥的照片,把它放在石膏壁炉台上一根许愿蜡烛的后面。阿尔托热爱墨西哥,我推想他也会很高兴回到这里来。简单地休息一下之后,我把我的钱算好,拿了需要的金额,其他的塞进一只脚踝部位有一朵小小玫瑰的手编棉袜里。

我走到街上,选了一张位置很好的长椅作为基准,把整个区域环视了一番。我看到有些男人每隔一段时间就会从一两家旅馆走出来,往同一条街走下去。上午十点钟左右,我不动声色地尾随着其中一个男人走下蜿蜒的小巷,到了一家咖啡店,虽然外表不太起眼,却似乎是咖啡交易的心脏地带。不能算是一家真正的咖啡店，而是一家咖啡经销商。这里连店门都没有。黑白棋盘花色的地板上蒙了一层木屑。咖啡豆用一大口一大口的粗麻布袋装着，堆排在墙边。有几张小桌子，不过所有的人都站着。里面没半个女的。这一路都没半个女人。所以我只好继续往前走。

我"在路上"的第二天，从容逛着街，仿佛就是个当地人，拖着脚步走过一路的木屑。我戴着我的雷朋Wayfarer太阳镜，那是之前在谢里登广场一家烟草店买的，身上穿着包厘街上买的二手雨衣。这件雨衣可是高级品，材质像纸一样薄，可惜有点儿磨损。我假称是《咖啡交易商杂志》的记者。坐在那种小圆桌前，端着杯子翘起两根手指。我不很确定这意味着什么，不过所有那些男的都这么干，好像很厉害的样子。我一直在我的笔记本上写个不停。旁人似乎也都不以为意。这样慢动作悠闲度过的几个小时只能用绝妙来形容。我注意到有一幅月历挂在一口豆子都洒出来的麻袋上，麻袋上标着产地恰帕斯。这天是2月14日情人节，我即将要把我的心献给一杯完美的咖啡。这杯咖啡端来给我的时候，带着一点仪式性的气息。店主人还继续站在我跟前等着。我给了他一个灿烂的感谢微笑。漂亮，我用西班牙语这么称赞，他也回报我一个咧嘴的微笑。蒸馏出这杯咖啡所用的豆子,原来是长在高地上,和野兰花交缠而生,豆子上布满了兰花的花粉。大自然中的极端结合而成的精华产物。

上午剩下来的时间,我就坐着看那些男人进进出出品评咖啡,把各种豆子闻了又闻。握一把豆子摇一摇,放到耳朵旁边像是听着海螺的回声,然后在桌上用他们小而厚的手滚着豆子,像是在占卜。这样折腾完了,他们就会下订单。那几个小时里,店主人没再跟我说一句话,但是咖啡一直不断地端上来。有时候是用瓷杯,有时候是玻璃杯。午餐时间所有人都离开,连店主人也跟着走了。我站起来逐一检查那些麻袋,挑几颗豆子塞进口袋当纪念品。

这个套路在接下来的几天重复演练。到最后我只好跟他们承认说,我并不是在帮杂志写文章,而是为了后世子孙而写。我想要写一篇献给咖啡的咏叹调,我毫无歉意地对他们解释,能够传世永恒的,就像巴赫的《咖啡康塔塔》那样的作品。店主人两臂交叉站在我的面前。对我这样的狂妄自大,你要他怎么反应呢?然后他只好走开,做个手势示意我留在原地。我不知道巴赫的《咖啡康塔塔》是不是天才之作,然而他对咖啡的狂热,在那个咖啡还被当做药品而蹙眉以对的时代,是广为人知的逸事。多年后格伦·古尔德在如火如荼融入《哥德堡变奏曲》的时刻，一定也陷入了相同的狂热，他不由自主地从钢琴上躁狂地嚎叫出声，我就是巴赫！话说回来，我当然谁也不是。我只是在一家书店工作，请了假，想写一本我一直都没有真正写出来的书。

没多久他又出现在我面前，手里拿着两碟黑豆子、烤玉米、加糖的墨西哥薄饼和仙人掌切片，跟我一同吃起来，然后端给我一杯最后的咖啡。我付了账之后还给他看了我的笔记本。他邀我跟他走到他的工作桌前。他取出一张他作为咖啡代理商的正式印章，一本正经地盖在我笔记本上的某页空白处。我们握了握手，心知很可能未来都不再有机会见面，未来我也不再有机会喝到他所煮的这样让人激动的咖啡了。

我迅速地开始打包行李，把《发条鸟》丢到我小号金属旅行箱的最上层。要带的东西包括：护照、黑外套、工装裤、四件T恤、六双蜜蜂袜、宝丽来相纸、Land 250相机、黑色针织帽、一罐山金车油膏、方格纸、Moleskine笔记本、埃塞俄比亚十字架。我从破旧的麂皮小袋里拿出我的塔罗牌，抽出其中一张，出门旅行前的小小习惯。这是一张命运之牌。我坐在那里睡眼惺忪地盯着牌上那具巨大的转轮。好了，我心里想，应该差不多了。

我醒过来之前梦见了《幸运之轮》节目的主持人帕特·萨加克。事实上，我不确定那是不是真的帕特·萨加克，因为我只看到双男性的手把一张张大号纸牌掀开，显露出下面的字母。怪的是我在梦里觉得我是重新又做了一回之前做过的梦。那双手掀开了几个字母，足够我猜出到底是什么词了，但是我醒过来时却想不起来是什么。在睡梦里我很勉强地想要看到梦的边缘。可是眼前都是特写。没办法看到眼前影像之外的东西。事实上外圈的边缘好像有一点儿扭曲变形了，他身上衣服的华达呢布料都走形了，像是打结的生丝。他看起来好像刚修过指甲，整齐利落。小指头上戴了一只金质的私章小戒。我当时应该好好看个清楚，也许可以辨识出上面的字样是不是他的首字母缩写。

之后我想起来，现实生活里帕特·萨加克根本不会自己揭开这些字母。虽然电视节目能不能算得上是现实生活，这一点还是有争议的。大家都知道负责掀开字母的是瓦娜·怀特而不是帕特。不过我已经忘记了，而且更糟的是，不管怎么拼死拼活，都没办法想起来她的脸孔长什么样子。我脑子里可以浮现出一件又一件的亮丽紧身连衣裙，但是脸就是想不起来，这件事让我很困扰，就好像被有关当局盘问某个特定日期里的行踪，却提不出有力的不在场证明那样的很不自在的感觉。我那时候在家里，我可能就会弱弱地这样回答，正在看电视上帕特·萨加克掀开字母牌，排出来的那些词我都不知道是什么意思。

我的车子已经来了。我把行李箱锁好，护照收到口袋里，上车坐到后座。一路上车流很拥挤，我们就枯坐在荷兰隧道外等着通过。我不由得还是想着帕特·萨加克的手。有一个说法是，如果你能够在梦里看到自己的手，那就会交上好运。所以这样应该算是梦寐以求的好兆头，不过那必须是自己的手——而不是帕特·萨加克特写的手，做着本来应该是瓦娜的工作。然后我又打盹睡着了，做了一个完全不同的梦。我在一座森林里，所有的树上都挂着神圣的装饰，在阳光下闪闪发亮。挂得太高了我够不着，所以从旁边的草地上就近捡了一根木棍，想把那些装饰挥下来。当我去戳那些枝叶的时候，一大堆小小的银手洒下来，落到我的鞋边。那是一双已经磨损得很厉害的咖啡色牛津鞋，就像我念书的时候所穿的那种，我俯身去捞起那些手，看到一只黑色的毛毛虫爬上我的袜子。

车子停到机场 A 航站楼前的时候，我已经分不清东南西北。这就是我要去的地方吗？我问司机。他含含糊糊地说了点儿什么，我就下车了，还确认没有把针织帽落在车里，往航站楼走了过去。结果他放我下车的地方是搞错边了，害我得钻过几百个谁知道要去哪的旅客，才能走到正确的登机柜台。柜台后面的女孩坚持要我去用自助值机柜台。我真不知道这十年来我都到哪儿去了，自助值机柜台是什么时候占领了机场航站楼？我要找个人给我登机牌，可她却坚持要我在这该死的自助值机柜台的屏幕上把我的信息打进去。我只好翻遍我的袋子，找出看书的眼镜，回答相关问题之后扫描护照，机器建议我花108美元把我的累积里程乘以三倍。我按下不用的按钮，屏幕就停在那里不动了。我只好去跟那女孩说。她叫我继续不断地按。然后她建议我再试试另外一台自助值机柜台。我被搞得很毛，登机牌卡住了，那女孩只好用一支写着"遨游天际，友善体验"字样的圆珠笔把它勾出来。之后她还得意洋洋地把皱巴巴的、像菜干一样的登机牌递给我。我走到安检口，把电脑从袋子里拿出来，脱下帽子，手表，靴子，全部放到一个盒子里，还有我放牙刷、玫瑰乳霜和Powerimmune滴剂瓶的塑料盥洗包，然后我走过金属侦测器，重新把我的东西收拾好，登上飞往墨西哥城的飞机。

我们在飞机跑道上坐了大概有一个小时，《捕虾船》这首歌在我的头脑里反复播放。我开始对自己提问。为什么我在办理登机手续的时候那么火大呢？为什么我会想让那个女孩给我登机牌呢？为什么我就不能自己去把那些事情搞定？都已经21世纪了；现在很多事情都跟以前不一样。我们即将要起飞。我安全带没有系好被纠正了。我忘了要用外套盖起来不让他们发现。我讨厌被绑住，尤其当这样做的原因只是为了我自己好时。

我飞抵墨西哥城，然后乘车到我那个区。我在旅馆登记入住，房间在三楼，可以俯瞰一个小公园。浴室有一面大窗户，我从那里往下看的同时，被我看的那个人也抬起头来看我。已经过了午餐时间，我想吃点儿墨西哥菜，但是旅馆的菜单都被日本料理给占据了。这让我有点困惑，同时却也使我对所在地的意识产生了微妙的交融：在一家主打寿司的墨西哥旅馆里读着村上春树。我最后点了虾肉塔可，上面淋了芥末，配一小杯龙舌兰酒。吃饱之后我信步走到外面，发现自己在韦拉克鲁斯大街上，不禁燃起希望，觉得在这里也许会找到好喝的咖啡。逛着逛着我经过一面窗户，里面满是肉色的石膏手。我心想我一定是到了该到的地方，不过这周遭的事件似乎稍微有点断错，看起来像星期天报纸连环漫画《魔术师曼德雷克》中的某个景象。

天色渐渐近了黄昏。我上上下下走过荫蔽的街道，行经一排又一排的塔可快餐车和卖着摔跤杂志、鲜花和彩票的报摊。我走累了，就在韦拉克鲁斯大街对面的公园里停下脚步。有一只中等大小的黄色杂种狗从他主人身边跑开，居然就跳到我身上来。我觉得我被他深棕色的眼珠给打动了。他的主人很快就把他往回拉，但是他还继续顽抗着要留在看得到我的范围里。你看这有多容易，我心里想，要跟一只动物产生感情。我突然觉得很累。今天早上五点钟就醒了。我回到房间，刚刚不在的时候有人来整理过了。我的衣服被好好地折叠了，脏袜子也泡在水槽里。我衣服都没脱，就噗通一声倒到床上。脑海里浮现出那只黄狗，不晓得会不会有机会再看到他。我闭上眼睛，慢慢失去意识。但就在这时候有个透过扩音器的失真人声把我吵起来。残缺不全的字句随风飘过来，停在我的窗台上，像一只迷途的鸽子。时间已经过了半夜，这个时候透过扩音器讲话有点儿奇怪。

隔天我起得晚，要加快动作了，因为美国大使馆之前就邀请我过去。我们喝着不冷不热的咖啡，做了一个还算成功的文化座谈。不过让我惊讶的是使馆实习生在我的车快要开走的前一刻所讲的话。昨天晚上有两位记者、一个摄影师和一个小孩在韦拉克鲁斯被谋杀了。其中一个女人和那个小孩是被勒死的，其余两个男的都被开肠剖肚。摄影师被人丢进一个土坑里的仓皇景象闪过我的眼前；他在黑暗中坐起来，发现床上的毯子是草皮织成的。

我饿了。就在一家叫做"波希米亚小馆"的地方吃了有点像墨西哥乡村蛋饼的午餐。一大碗油渍渍的玉米片、煎蛋和绿色萨尔萨辣酱，不管怎么样我都吃掉了。咖啡只有半温，还带着一股巧克力余味。我把我少数会讲的西班牙字都想遍了，勉强凑成了 *más caliente*（要更热一点儿）。年轻的服务生听了咧嘴而笑，帮我另外煮了一杯完美的热咖啡。

那天傍晚时分我坐在公园里，喝着从街上摊贩手里买的一个圆锥形纸杯装的西瓜汁。每个路上笑着的小孩都让我想起那个被杀的小孩。每只吠叫的狗在我眼里都是黄狗。回到旅馆房间，我还是可以听到底下的动静。我对着窗台上的几只小鸟唱起一些小曲。为在韦拉克鲁斯被杀的记者和摄影师，为那女人和小孩而唱。我为那些被丢在壕沟里、掩埋场里、废弃堆里任其腐烂的人们而唱，他们就像某个波拉尼奥的故事里已经融会贯通的素材。月光有如天然的聚光灯，打在底下公园里的人群脸上。他们的笑声随风升起，在这个短暂的时刻里没有悲哀，没有苦痛，只有一片和谐。

《发条鸟》就放在床上我的旁边，但我没翻开来看。我反而想的是接下来要去科约阿坎拍的照片。我睡着了，梦见我有绝佳的协调性和迅速的反应。突然间我醒了过来，却发现自己没办法动。我的肠子翻搅爆炸，吐得整张床都是，还伴随着很剧烈的偏头痛。没办法爬起来，我就只好躺在那里。朦胧中我摸到我的眼镜。很幸运地没有被压碎或摔坏。

早上晨光一照进来，我就抓起电话告诉旅馆前台我病得很严重，需要人帮助。一位女佣进来我房间，打电话下去求医。她帮我宽衣洗澡，把浴室擦干净，床单换新。我对这位女性的感激之情真是汹涌澎湃，沛然莫之能御。她一边漂洗我弄脏了的衣物还一边唱歌，之后把它们挂到窗台上方晾着。我的头还是在被持续重击。我握住她的手。当她微笑的脸凑近我的脸上方，我头一晕，陷入沉沉的睡眠。

我睁开眼睛，以为我看到了那女佣坐在我床边的椅子上，发出一阵歇斯底里的笑声。她挥动手中几页我塞在枕头下面的草稿。我说什么她都不理。她不只是在读我的草稿，而且这些草稿还是用西班牙文写的，看起来很像我的笔迹，但是我完全看不懂。我回想之前到底写了些什么，无法想象她是读到了什么才变得这样喧嚣。

——妈的有什么好笑？我问她，虽然我也不由得有点想笑，她笑得很有感染力。

——是一首诗，她回答我说，一首完全没有诗意的诗。

我吓了一跳。这样是好还是不好？她让我那些纸页滑落到地板上。我起床跟她走到窗户边。她拉起一条细细的绳索束起一个网兜，里面有一只还在挣扎的鸽子。

——晚餐!她得意地大声说,把袋子甩过肩膀。

她走向门口的时候看起来变得愈来愈小,从她的衣服里溜出来,变成只有一个小孩那样大。我跑到窗口去看,她跑过韦拉克鲁斯大街。我站在那里呆住一动也不能动。空气好得不能再好,像挚爱的母亲的胸脯泌出的乳汁。她所有的子女都能吸吮的乳汁——那些华雷斯城、哈莱姆区、贝尔法斯特市、孟加拉国的孩子们。我还能继续听到那女佣的笑声,活泼轻快的小小声音有如一缕一缕透明的轻烟,像是从另外一个世界许下的愿望。

到了早上我评估一下自己的感觉。最糟的似乎已经过去了,但我还是很虚弱,极度口渴,头痛似乎转移到脑壳底下去了。要载我去蓝屋子的车到了楼下的时候,我只希望头痛可以稍微缓解,好让我把该做的事情顺利完成。当那边的主管欢迎我的那一刻,我想到年轻时的我,就站在那扇紧闭着的蓝色大门前。

虽然蓝屋子现在已经成了一个博物馆,这两位伟大艺术家活生生的气息仍然保留在原地。在工作室里,他们为我准备得很周到。弗里达·卡洛的衣服和皮革马甲都摊开来放在白色薄纸上面。她的药瓶都摆在桌上,她的拐杖倚墙立着。我忽然觉得站不稳有点恶心,但还是能够强打起精神拍一些照片。我在低光之下迅速拍摄,把没撕表膜的宝丽来相纸塞进口袋。

他们带我进弗里达的卧室。在她的枕头上方还装置有一些蝴蝶标本，让她躺在床上的时候可以观赏。这些蝴蝶是雕塑家野口勇所送的礼物，为了让她在没了腿之后有一点美丽的东西可以看。我为她躺在上面受尽苦痛的床拍了一张照片。

我身体不舒服的实情终究瞒不住。主管给我倒了一杯水。我坐在花园里把头埋到双手间。我觉得自己快昏倒了。她跟同事商量之后坚持让我先在迭戈的卧室里休息一会儿。我想谢绝她们的好意，但是没办法讲话了。那是一张简朴的木床，上面铺着白色的床罩。我把照相机和一小沓拍好的照片放在地板上。两个女人在房间的入口处系上一块长长的粗帆布。我探身去把照片拿起来撕开，但没办法看拍得怎么样。躺在那里我想着弗里达。我可以感觉到她近在咫尺，感觉她以革命性的狂热适应了苦痛。她和迭戈是我十六岁时的秘密指引。当时我把头发编得像弗里达，戴一顶像迭戈那样的草帽，如今我亲手摸过她的衣服，还躺在迭戈的床上。有个女人走进来，在我身上盖了一件披肩。那房间原本就很暗，感谢上苍，我就这样睡着了。

主管表情关切地轻轻叫醒我。

——听讲的人很快就会来了。

——别担心，我说，我现在好多了。不过我需要一张椅子。

我从床上起来,穿上我的靴子,把我的照片给收起来:弗里达的拐杖,她的床和楼梯井里的幽灵,这些东西的外形轮廓。打从这些东西的内里散发出一股病恹恹的气息。那天傍晚,我坐在花园里将近两百个来宾的面前。我所要说的话我几乎都快说不出来,但是到了最后我居然还唱歌给他们听,就像之前唱给我窗台上的鸟群听那样。那是一首我躺在迭戈床上时刚刚想出来的歌。是有关于野口送给弗里达的蝴蝶。我看到泪水从主管和先前细心照料我的女人们的脸上滑落。但那些脸我现在想不起来了。

那天夜里很晚的时候,我旅馆对面的公园里有一个派对。我的头痛已经完全好了。我正在打包行李,那时向窗外望了一望。一棵棵的树都装点了小小的圣诞节彩灯,尽管那时才5月7日。我下楼去到酒吧,喝了一杯龙舌兰新酒。酒吧里都没有人,因为大家都去公园了。我坐了很长时间。酒保把我的杯子再斟满。酒很淡,像花草汁。我闭上眼睛,看到一列标有一个M字样的绿色火车正在绕着圈圈跑;是一种褪了色的绿,就像螳螂的后背。

弗里达·卡洛的拐杖,蓝屋子

弗里达的裙子

我如何搞丢了发条鸟

我收到扎克给我的短信。他的海滨咖啡馆开起来了。免费的咖啡随便我喝。我为他高兴,但是很不想出门,因为这是阵亡将士纪念日[1]的周末。整个城市都空掉了,正好是我最喜欢的情况,而且星期天会播新的一集《谋杀》。我打算星期一再去看扎克的咖啡店,周末就留在城里跟探员林登和霍尔德为伍。我的房间正处于完全混乱的状态,而我的蓬头垢面更胜以往,正好可以跟他们无声的狼狈同甘共苦,他们在寒风刺骨的盯梢行动中苦守在磕痕累累的车里,胡乱喝着同样冰凉的咖啡。我在韩国熟食店用保温瓶装了食物,放在床边准备待会儿再吃,挑了一本书,然后走路去贝德福德街。

伊诺咖啡店里空空荡荡,所以我开心坐下读起罗伯特·穆齐尔的小说《学生托乐思的迷惘》。书中开头的第一行耐人寻味:通往俄罗斯的长途铁路上,一个小火

---

[1] 阵亡将士纪念日,美国联邦法定纪念日,为每年5月的最后一个星期一。

车站。有意思的地方在于，这么一个普普通通的句子，却带领着读者不知不觉途经没完没了的麦田，奔向残暴掠夺者的巢穴，亲眼看见一个清白无瑕的男孩遭到毒手杀害。

整个下午我就读书度过，完全没做什么事。厨师一边烤大蒜一边用西班牙语唱歌。

——你唱的这首歌在讲什么？我问。

——死亡，他笑着说。不过别担心，没有人死掉，是爱死掉了。

阵亡将士纪念日这一天我起了个早，把房间整理干净，用个大袋子把我需要的东西装起来——墨镜、碱性水、一块麦麸玛芬和我的《发条鸟》。从西四街车站我搭上到布罗德通道站的地铁 A 线，然后在那边转车；车程是五十五分钟。沿着罗卡韦海滩的木板栈道所规划的那一片孤零零的商店区里，扎克的店是唯一的咖啡馆。扎克看到我很高兴，把我介绍给在场的所有人。然后就像他所承诺的一样，请我喝不用钱的咖啡。黑咖啡，我站着喝起来，端详着周遭的人。现场是由正在休息的冲浪客和劳动阶层的家庭混杂组成的友好人群，气氛一派愉快轻松。这时，我很意外地看到我的朋友克劳斯骑着自行车向我而来。他穿着衬衫打了领带。

——我先前去柏林看我爸爸,他说,刚从机场过来。

　　——对呀,肯尼迪机场离这里非常近,我笑说,看着一架低飞的飞机正在降落。

　　我们坐在一条长椅上看着一些小孩子在波浪间戏水。

　　——最大的冲浪海滩就在沿着防波堤往下走五个街区的地方。

　　——你好像对这个区域很熟悉嘛。

　　克劳斯忽然严肃了起来。

　　——你一定不会相信,不过我刚买下这里的一幢维多利亚式的老房子,就在海湾边上。有个很大的院子,我打算开辟一个大花园。以前在柏林或在曼哈顿都没有办法这样。

　　我们穿过木板栈道走回店里,克劳斯也喝上了咖啡。

　　——你认识扎克吗?

　　——大家都彼此认识,他说,这里是个真正的社区。

　　我们互道珍重,我还答应不久就来看他的房子和花园。说真的,我自己当下就喜欢上这个地方了,绵长无尽的木板栈道和俯瞰海景的红砖建筑。我脱了靴子沿着海边走。我一直都喜欢海,却不曾学会游泳。或许唯一一次泡在水里的经验是当年并非出于本意地突然接受浸信洗礼。后来差不多十年之后,小儿麻痹症大肆流行。我一个身体不好的孩子,连跟别的小孩去浅水湖或者池塘都不被允许,因为说病毒会通过水来传播。只有海边还可以去,可以在水陆交界的地带走走路,嬉闹戏水。所以没多久我就产生了一种自我保护的畏水心理,后来还演变成害怕浸水。

弗雷德也不会游泳。他说印第安人都不会游泳。不过他很喜欢船。

我们花很多时间跑去看旧的拖船、船屋和捕虾拖网船。他特别喜欢老式的木船,有一回我们去密歇根的萨吉诺旅游,在那里发现有一艘船正在出售:五零年代末出厂的 Chris Craft Constellation 游艇,不保证能够出海。我们买得相当便宜,把它拖回家,停放在我们家院子里面,对着流向圣克莱尔湖的运河。我对乘船下水没什么兴趣,但还是跟弗雷德两个人一起剥开船壳,把船舱擦洗干净,木质的部分上蜡磨光,然后帮舷窗缝上帘子。夏天的晚上,我带上保温瓶装的黑咖啡,再帮弗雷德提一个六连包的百威啤酒,我们就坐在船舱里,听广播里的老虎队比赛。我对运动一无所知,但是弗雷德对底特律球队的死忠逼得我只好也搞清楚基本规则、我们的球队成员和我们的对手。弗雷德年轻的时候曾经被球探选进老虎队预备队的游击手位置。他的手臂非常有力,却选择只用来弹吉他,然而他对运动的爱好从来不曾稍减。

后来发现我们的木船有一根船轴坏掉了,但当时我

们没有办法把它修好。有人劝我们把它拆掉报废,但我们没那么做。我们决定把这船还是放在原地,占据了我们院子里最好的位置,邻居看了都不禁莞尔。我们还很慎重地帮船取名字,最后选了"诺华达",是一个阿拉伯词,意思是稀有之物,来自热拉尔·德·奈瓦尔所写的《开罗妇女》中的一个段落。冬天的时候我们在她上面盖一块厚重的油布,到了棒球又开季,我们就把油布移开,用一台短波收音机在船上听老虎队的比赛。如果比赛延迟了,我们就坐在那里听手提音响放的卡带。没有歌词的音乐,通常是约翰·柯川的专辑,像《欢呼》或《鸟园现场演奏专辑》。有一回很不巧下起雨来,比赛取消,我们就转过去听贝多芬,弗雷德特别喜欢贝多芬。一开始听一首钢琴奏鸣曲,然后因为雨还继续下个不停,我们就听贝多芬的《田园》交响曲,跟着这位伟大作曲家走进壮丽的乡间散步,听着维也纳森林里的群鸟歌吟。

棒球季快要结束的时候,弗雷德突然给我一件底特律老虎队橘蓝相间的官方夹克。那时候还是初秋时节,刚有一点凉意。弗雷德在沙发上睡着了,我就披上夹克走到院子里。我捡起一颗之前从我们的果树上掉下来的梨,用袖子擦一擦,在月光下坐在木制的草坪椅上。我把我的新夹克拉链拉高,感觉到了一个年轻运动员在赢得校队奖章时的那种心满意足。咬了一口手上的梨,我想象自己是一个年轻的投手,不知道从哪里来的,一口气连续赢了三十二场比赛,终结了芝加哥小熊队长期的冠军荒。比丹尼·麦克莱恩还多一场。

在一个深秋的温暖下午,天空转为一种异于寻常的黄绿色。我打开阳台上的窗户想把天色看清楚;我从来没看过这种景象。突然间天空变暗;随着巨大闪电,一道炫目的强光充满了我们的卧室。先是完全的静默无声,之后是震耳欲聋的声响。闪电击中了我们那株巨大的垂柳,它倒了下来。这是圣克莱尔岸边最古老的一株柳树,垂枝所及由运河河堤一直延伸到街的对面。当它倒掉的时候,巨大的重量把我们的诺华达都给压垮了。

柳树,圣克莱尔湖岸

弗雷德当时站在纱门边,我站在窗口。我们同时目睹事情发生,心意相通感受一致。

我拎起我的靴子,赞叹这木板栈道一望无际、绵延不断的柚木拼接,就在这时扎克突然出现,拿着一大杯外带咖啡。我们站在那里向外望着海水。太阳正要西下,天空转成淡玫瑰色。

——下回见了,我说,也许要不了多久。

——没错,这个地方讨人喜欢。

我看着那些冲浪客,在海洋跟高架火车之间的街道上走来走去。走回到车站的路上,我被一处四周由饱经风霜的高高围篱圈起来的地产所吸引了。那地方很像我弟弟跟我小时候盖的那种阿拉莫[1]式要塞城堡。残存的防风围篱撑起木头栅栏和一面用白绳系着的招牌,上面手写着"屋主自售"的字样。围篱太高了,看不到后面的样子,所以我踮起脚尖从一个破掉的板条缺口偷看,就好像当年参观者从美术馆墙上的孔洞里窥视《给予》——马塞尔·杜尚的最后一件展览作品。

那块地大概25英尺宽,纵深不会超过100英尺,

---

[1] 阿拉莫,美国得克萨斯州第三大城市圣安东尼奥附近的一座要塞。在得克萨斯独立战争期间(1835-1836),于此发生了著名的阿拉莫战争,在美国深入民心,曾被多次改编成电影。

是20世纪初期附近兴建游乐园时，分配给工人居住的标准格局大小。有些人当时盖了一些可以住人的临时居所，到现在所剩无几。我找到围篱上的另外一处破洞，把里面看得更清楚些。小小的院子长满了杂草，散布着生锈的瓦砾残骸、堆栈的轮胎，还有一辆拖车上载着一艘钓鱼小船，几乎挡住了小屋。回程的火车上我想要读点书，却没办法集中注意力，满脑子都是罗卡韦海滩和那栋木头围篱后面年久失修的破落小屋，无法思考别的事情。

几天之后我漫无目的地散步到了唐人街。我想那之前自己应该都在做着白日梦，心不在焉，因为我行经一个商店橱窗时，看到里面晾挂着一排整只烤鸭，真吓了一跳。我强烈需要喝杯咖啡，所以我就走进一家小咖啡店，找个位置坐下来。很不幸的是这家"银月咖啡店"根本不是什么咖啡店，可是既然已经走进到店里，几乎也不可能就这样拍拍屁股走人。木头的桌子和地板都用茶水揩过，空气中还残留着淡淡的清香。有一个钟，但是上面没有时针，还有一幅褪色的航天员照片裱在婴儿蓝的塑料画框里。桌上没有菜单，只有一张薄薄的卡片，上面展示着四碟看起来都差不多的蒸糕，每块糕的正中间都有一个小小的红、蓝或银色的方形，像褪色的火漆。至于里面到底包了什么内馅，我则觉得很玄。

我当然失望，因为我迫切需要喝杯咖啡，但是又没办法站起来走掉。乌龙茶的味道里似乎有一种奥兹国的罂粟花田那般令人昏昏欲睡的效果。有个老妇人戳了戳我的肩膀，于是我脱口说出：套餐。她用中文嘟囔了几个字，然后就离开了。有一只小狗乖乖坐在一张桌子底下，盯着一位年长的男人在玩悠悠球。他反复地想用悠悠球去逗那只狗，不过它把头转到一边去。我尽量不去目随悠悠球的滚动，它顺着那轴线忽上忽下，然后左来右往。

我一定是打盹睡着了，因为当我睁开眼睛时，一杯乌龙茶和盛在细细竹篾上的三块蒸糕已经摆到我的面前。中间那块蒸糕上面有淡蓝色的方印。我不知道那意味着什么，但我决定要把它留到最后再吃。旁边那两块包的是好吃的菜馅。但是中间那块的内馅是惊人的新发现——细腻质地的红豆馅的味道，在我口中久久不散。我付了账才刚走出去关上门，那老妇人就马上把"营业中"的牌子给翻到反面，尽管里面明明还有客人，也还有那只狗和悠悠球。我深信下回我再逛到那里时，一定完全找不到银月这家店的踪迹。

可是我还是需要喝咖啡，于是我就在"阿特拉斯咖啡馆"停下脚步，然后走到对面坚尼街去搭地铁。我从机器上买了一张地铁卡，心里想到头来一定又会搞不见掉。我比较喜欢代币，可是那个时代已经过去了。我等了大概十分钟，搭上前往罗卡韦的快车，很奇怪地感觉到自己雀跃起来。我的脑子快速往前冲，速度快到光是语言无法充分表达的地步。火车上很空，这是好事，因为这一路上我要花很多时间来质问自己。火车都还没到布罗德通道站，还有两站才会抵达罗卡韦海滩时，我已经知道接下来要怎么做了。

我站在那围篱前，踮着脚尖从破掉的板块处偷看里面。各种不太清晰的回忆纷至沓来。空着的建筑用地，擦破皮的双膝，火车调度站，神秘的游民区，神奇的废品站天使所居住的、不可靠近却妙趣无穷的地方。我最近也曾经被一本书上所描述的一处荒废地产深深吸引，但这可是一块真实的地。那块"屋主自售"的牌子似乎闪闪发光，就像荒原狼在那个独自散步的夜里遇上的电灯招牌：神奇剧场。不是人人都能进入。只限狂人！不知为什么，这两块招牌似乎是等同的。我把售屋者的电话号码抄在一张小纸片上，然后过街去扎克的店里要一大杯黑咖啡喝。我在木板栈道旁的长椅上坐了很长一段时间，眺望着海。

这个地区完全把我迷住了，不知道是什么在我身上下的魔咒，甚至可以追溯到我有记忆之前。我想起书中那神秘的发条鸟。是你把我带到这里来的吗？我不禁好奇。就在海的旁边，虽然我不会游泳。就在火车站附近，因为我不会开车。这里的木板栈道让我回想起年轻时在南泽西的几处木板栈道——怀尔德伍德，大西洋城，大洋城——跟这里比起来也许更热闹一些，但却不如这里美。这里似乎是个理想的地方，没有什么广告牌，也绝少畸形发展的商业招牌。还有那栋隐藏难见的小屋！这么快它就把我迷住了。我想象这栋小屋经过改造之后的样子。是一个可以在里面想事情、煮意大利面、冲泡咖啡，甚至于写作的地方。

回到家，我看着抄在小纸片上的电话号码，却一直没能鼓起勇气去拨打。我把号码放在床头柜上的小型电视机前，奇怪的护身符。最后，我打电话给我的朋友克劳斯，请他帮我打这个电话。我想有一部分的我是害怕那栋小屋并不是真的要卖，或者根本就已经被别人买走了。

——好办，他说，我来跟屋主谈，把相关的细节问出来给你。如果我们能够做邻居就太好了。我已经在装修我的房子了，离你这栋小屋只有十个街区远。

克劳斯想要有一座花园，也找到了可以实现的土地。我相信我一直梦想着一个像这样的地方，只是自己都不知道。发条鸟唤醒了一个古老但却反复出现的欲望——一个跟我的咖啡馆梦同样古老的梦——想要住在

海边,有一个属于我的荒废花园。

几天之后这位屋主的媳妇,一位善良的年轻女性带着两个小男孩,跟我在那排围篱前碰面。我们还没办法进到门内,因为屋主为了安全把它上了锁。克劳斯给了我所有需要知道的信息。因为屋况不是很好,又有一些税务留置权的问题,这处地产银行可能不太愿意贷款,所以买方被迫必须付现。其他还有一些想买的人,因为希望便宜买到,出价都低得离谱。我们讨论出了一个合理的金额。我跟她说我需要三个月的时间凑钱,在跟屋主也几番讨论之后,大家都同意了。

——我接下来的整个夏天都会去工作。等我九月回来时就会有这笔钱。我想我们得要相互信赖,我说。

我们握手成交。她把"屋主自售"的牌子移开,挥手跟我再见。虽然我还没办法看到屋子里面的状况,却毫不怀疑自己做了正确的决定。里面如果发现什么好的东西我就保留,不好的部分我就加以改造。

——我已经爱上你了,我跟这栋房子说。

我坐在我的角落小桌,梦想着那栋小屋。按照我的计算,不用到劳动节[1]我就能凑够钱来买那处地产。我已经把工作排得满满,而且从六月中旬到八月,只要有事可以做我都来者不拒。我的行程表上有着各种各样的朗读、表演、演唱会和演讲。我把我的书稿放进活页夹里,把我那成沓的餐巾纸涂鸦装进一个大塑料袋,相机用亚麻布包起来,然后全部都好好锁起来。我用小型金属旅行箱打包行李,然后飞到伦敦去住一晚,享受客房服务,并收看ITV3的侦探剧集,然后去布赖顿、利兹、格拉斯哥、爱丁堡、阿姆斯特丹、维也纳、柏林、洛桑、巴塞罗那、布鲁塞尔、毕尔巴鄂和博洛尼亚。之

---

[1] 美国的劳动节为每年九月的第一个星期一。

后又飞到哥德堡，开始着手在斯堪的纳维亚半岛上的一个小型巡回演出。我很高兴自己这样猛地投入到工作当中，在死缠着我不放的热浪里小心斟酌着自己的体力。到了晚上睡不着时，我写完了一篇《距骨》的导读，一篇关于威廉·布莱克的专论，以及一些关于伊夫·克莱因和弗朗西丝卡·伍德曼的沉思冥想。时不时我就回头再继续写我那首献给波拉尼奥的诗，当时还在第96行到第104行之间苦苦推敲。这已经有点变得像一个嗜好，平白地把时间投入却没有什么结果。如果我的时间是用在组装小飞机模型上，那不是要简单得多了吗，把那些小小的贴纸贴上去，然后轻轻地涂上定型漆。

九月初我回到了家，有点累但却心满意足。我完成了自己设定的任务，期间只丢了一副眼镜。最后还有一个答应人家要去墨西哥蒙特雷的事情要履行，之后我就可以休一个等待已久的假。我去参加的是一个女人支持女人的论坛，担任一群发言人中的一个，主办活动的这些人是真的非常致力于这些我没办法了解的运动目标。在她们面前我觉得自己远远不及，不晓得为什么我可以帮上她们的忙。我朗读诗篇，唱歌给她们听，然后讲一些话逗她们笑。

到了早上，我们几个人经过两个警方的检查哨，来到瓦斯特卡一座陡峭山崖的底部，一处由管制线围起来的山谷。那是个美得惊心动魄但也确实危险的地方，我们置身其中，只有赞叹敬畏的份儿。我对着白雪覆盖的峰顶祈祷，接着注意力被二十英尺外一块小小的矩形光斑所吸引。是一块白石头。说是石头，实际上应该算是一块石板，书写纸那种颜色，有点像是在那边等着十诫之外的第十一诫被蚀刻在它磨平的表面上。我走过去毫不犹豫地把它捡起来，放进我的外套口袋里，仿佛是有人写了指示让我这么做。

我心里想的是要把这山的力量带到我的小屋去。我对这块石头当下就有了好感，之后就一直把手插在口袋里，只为了要摸它，一本石头材质的祈祷书。稍后到机场时，一位海关检查员把它没收了，我才意识到我之前都没有问过那座山可不可以拿这块石头。狂妄失敬啊，我颇感痛心，不折不扣的狂妄失敬。检查员坚定地跟我解释石头可能会被当做武器来使用。我跟他说这是一块圣石，求他千万不要把它丢掉，他不为所动，照丢不误。这让我深深感到内心难安。我拿走一件大自然形成的美丽事物，把它带离原来的栖息地，害它被丢到一堆安检垃圾里。

我在休斯敦下飞机要去转机的时候，去了一趟洗手间。我随身还带着《发条鸟年代记》跟一本《居家》杂志。厕所右边有一个不锈钢的台子。我把书和杂志放在上面的时候,心里还想说真是一个体贴的设计,但是等我坐上了联运航班,才发现自己双手是空的。我觉得很难过。那本平装本上面密密麻麻画满了标注记号,还沾上了咖啡渍和橄榄油,一路上已经成了我的旅伴,也成了帮助我重新得到力量的吉祥物。

先是那块石头,现在又是这本书:这到底意味着什么呢?我把那块石头从山上带下来,然后又被别人给拿走了。道德上算是一种平衡,我完全可以理解。但是丢书就显得不太一样,比较难以捉摸。无意之间,我把连接到村上那口井、那块荒地和那座鸟雕像之间的绳子给放开手弄掉了。也许是因为我找到了一块我自己的地方,所以现在宫胁家也可以转回去了,转回到村上那个与之相连的世界。发条鸟的任务已经完成了。

九月快结束了,天气已经变冷。我走上第六大道,然后停下脚步,跟一个街上的小贩买了一顶新的针织帽。我正把帽子戴上的时候有一位老人走向我。他蓝色的眼睛里似乎有什么东西在燃烧,头发则像雪一样白。我注意到他的羊毛手套都破损散开了,同时他的左手缠着绷带。

——把你口袋里的钱都给我,他说。

如果不是有人在测试我,我心里想,那我一定是无意中走进了一个现代童话故事的开头。我有一张二十元的钞票跟三块钱零头,我都一起放到他的手里。

——好,他想了一会儿说,然后把二十元还给了我。

我跟他说声谢谢继续往前走,心情变得比之前更轻松愉快。

街上许多人都行色匆匆,仿佛是圣诞节前夜要去做最后的采购。我刚开始也没有特别注意,但是这种人似乎很稳定地倍数增长。有个年轻女人单手抱着一怀花从我身边走过去。让人头晕的香水味久久不散,等到气味好不容易散开,取而代之的却是一阵一阵晕眩。周遭每一样东西我都感觉得到:一颗跳动的心脏,乱风中传来的歌声的味道,和朝着家的方向前进的人潮。

少了三块钱,却因为博爱而更觉富足。

种种迹象都是好的。成交的日期是10月4日。我的房地产律师一直想办法劝我不要买这一栋小屋,因为房子目前已经处于摇摇欲坠快要解体的状态,将来如果想要再出售,有没有那个价值也很难说。他就是没有办法了解在我看来这些都是积极正面的特性。几天以前,我把凑到的金额付给他们之后,拿到了这栋荒地上没办法居住的小屋的钥匙和房地产契约书,出门右手边走几步路就是火车站,然后左边就是海了。

心的转变是一件令人赞叹的事情,不管当初是什么促使你开始转变。我把一些豆子加热然后迅速地吃掉,步行到西四街车站，搭上火车到罗卡韦海滩。我想到了我弟弟，我们小时候下雨天的早上，花几个小时组装的 Lincoln Logs 牌玩具堡垒跟小屋。那段时间我们每个礼拜守着电视看费斯·帕克，他饰演我们都热爱的戴维·克洛科特。确定你是对的，然后就勇敢向前，这是他所奉行的座右铭，后来很快也变成我们的座右铭。他是个不折不扣的好人，价值远超过一座豆子山。我们当时对发生在他身上的事情感同身受，就好像现在我对发生在林登探员身上的事情感同身受一样。

我在布罗德通道站下车，搭上了摆渡车。那是十月中温和的一天。我很喜欢从火车站走到安静的街上那段短短的路程，每走一步就距离海更近一步。这回我不必再眼巴巴地从损坏的板条上偷看那栋小屋了。我第一次可以不管那一块"请勿侵入"的警告牌，直接就走进我的房子。里面空空的，只有一只小孩子用的吉他，弦都断了，还有一块黑色的橡胶马蹄。这样空空的最好。小小的房间，生锈的水槽，拱形的天花板，上百年的陈旧味道混合着发霉的怪味。我没有办法在里面待很久，因为那些霉菌和强烈的湿气引得我一直咳嗽，不过这并没有浇熄我的热情。我确切知道该怎么做：一个大房间，一架吊扇，几个天窗，一个乡村水槽，一张书桌，一些书，一张长沙发，墨西哥瓷砖地，和一个炉子。我坐在我那个歪向一边的门廊上,怀着小女生般的雀跃心情,看着我院子里随处乱长、适应力超强的蒲公英。一阵风吹过来,我可以从中感受到海。在我把房子的门锁起来外面大门关上之际,有一只野猫正钻过一块开了口的板条。真抱歉今天还没有牛奶,只有满心欢喜。我站在饱经摧残的围篱前面。我的阿拉莫,我这么说着,于是从那一刻开始,我的房子就有了名字。

她的名字叫桑迪

韩国熟食店外面卖起了南瓜,又到了万圣夜。我买了咖啡,然后站在那里看着天空。远处有暴风雨正在形成,我从骨头里都可以感觉得到。光线已经转为灰暗泛着银边,我突然有一个冲动,想要跑去罗卡韦帮我的房子拍几张照片。正当我收拾东西准备出门之际,天意把我的朋友杰姆带到了我的门前。他总是时不时就突然冒出来,不过我每次也都很高兴看到他。杰姆是一个电影工作者,这一回他带着他的 Bolex 16 毫米摄影机和一个三脚架。

——我正在附近拍摄,他说,要不要去喝点咖啡?

——我刚刚已经喝了,不过你跟我去罗卡韦海滩吧。你可以见到我的房子和全美国最漂亮的木板栈道。

杰姆准备好了要舍命陪君子,所以我就抓了我的宝丽来相机出发。我们跳上地铁 A 线,一路上聊一些有的没的,把世界上的忧患都挖出来品评一番。我们在布罗德通道站换了车,走下高架铁路长长的金属楼梯,然

灾后,罗卡韦海滩

后走去我的房子。走进我的房子不需要传送门；我有钥匙，钥匙圈是从我父亲的书桌抽屉里找到的一只旧的幸运兔脚。

——你是我的，我低声地说，把门给打开。

对我来说里面灰尘太多，没有办法待很久，但我还是很高兴地把未来的装修计划大致描述了一番，杰姆一边听着，一边为这房子拍摄了一点影片。我自己也拍了一些照片，然后我们就走过去海滩那边。

海面上方的冷光正迅速褪去。我沿着水边走，和几只海鸥站了一会儿，它们对我的存在似乎一点也不怕。杰姆架起来他的三脚架，弯着腰在那边拍摄。我拍了一张他的照片，还拍了几张空无一人的木板栈道。然后我坐在一张长椅上等杰姆收拾东西。回程走到半路，我才发现我把照相机落在长椅上了，相片倒是都还在，因为当时就已经塞进了口袋。那并不是我唯一的一台相机，但却是我最喜欢的一台，因为它的折箱是蓝色的，而且一直都用得很顺手。想到它孤零零地在长椅上，因为没有底片，没办法记录下自己转到一个陌生人手上的过程，我的心里真不是滋味。

地铁到了杰姆要下的那一站，我们互道珍重。暴风雨要来了，车门快要关起来的时候他这么说。我到达西四街车站的时候天已经黑了。我半路在"马蒙家"停下脚步，买了一份油炸鹰嘴豆饼外带。空气很凝重，我注意到我的呼吸变得很浅。一到家，我先倒一点干猫粮出来给猫群，把电视转到《CSI：迈阿密》，声音关小，然后外套也没脱就沉沉睡去。

起来的时候已经很晚了，感觉有点担心，我很想摆脱这种放心不下的状态。我告诉自己这只是因为暴风雨要来了。但是我心里知道还有别的原因，一年当中的这个时候，同样的季节两种心情。对小孩子来说是开心的时刻，对我来说却是弗雷德去世的纪念。

我在伊诺咖啡里坐立难安。点了豆子汤当午餐，咖啡都没有怎么碰。我心里一直在想把照相机忘在栈道上会不会是个坏的预兆。我想是不是该回去看看，虽说没什么道理，但心里却希望照相机还在原来的长椅上。这个机型其实很过时了，对大部分的人来说也值不了多少钱。我决定回罗卡韦，然后再很快赶回来，免得又触景伤情，想起弗雷德快要过世的那一段日子。我把东西都丢进袋子，然后半路想在熟食店买一块玉米玛芬带上火车。

人类的情绪真的很疯狂。平常生意清淡的熟食店现在挤满了人，大肆采购，准备迎接即将到来的暴风雨。风暴在几个小时前有些消散，可是又继续增强变成了一级飓风，而且现在正朝着我们而来。我本来慢了好几拍，现在突然间觉得跟自己扯上了边。刚刚发布了海岸紧急计划，我们大家一起站在那里，听着收银台上方的短波收音机。飞机都停飞了，地铁也关闭，滨海地区的大型疏散计划也已经启动。今天去不了罗卡韦海滩了，一时之间哪里都去不了了。

回到家我检查了一下家里的粮食供给——猫粮充足，还有一些意大利面、沙丁鱼罐头、花生酱和瓶装水。充饱了电的笔记本电脑、蜡烛、火柴、几只手电筒，和我与生俱来、到头还是免不了要被挑战的自以为是。天还没黑以前，我们这个城市的瓦斯和电力都已经被切断。没有了灯光也没有了暖气。温度急剧下降，我坐在床上跟我那三只猫一起围着一床鸭绒被。它们都知道正在发生什么事，我觉得，就好像那些伊拉克的鸟在春季第一天的"震慑行动"发动时一样。听说那时候麻雀和鸣禽都突然停止歌唱，它们的沉默预示了接踵而至的炸弹如雨而落。

我从很小的时候起就对暴风雨非常敏感，通常暴风雨要来的时候我可以感觉到，而且可以从我四肢的疼痛程度推算暴风雨的强度。我所能记得的最强的一次是黑兹尔飓风，在1954年吹袭了东海岸。那天晚上我爸爸上夜班，我妈妈和弟弟妹妹都一起缩在厨房的桌子底下。我偏头痛躺在沙发上。我妈很害怕暴风雨，但是它却令我觉得很兴奋，因为当暴风雨真正来临的时候，我原先的不舒服就会被一种高涨的兴奋所取代。但是黑兹尔飓风那一次感觉很不一样;空气中蓄满了能量,我觉得恶心想吐,还有一点喘不过气来。

从巨大的满月投射出皎白的光线穿过我的天窗,像一条绳梯,垂到我的中国地毯和拼布被子的边缘。所有的东西都是静止的。我靠着一个电池供电的灯看书,它投射出一道白色的彩虹,照亮离我的床不到六英尺的书架上排列的东西。雨一直敲打着我的天窗。我感觉到十月底的那种战战兢兢,被渐圆的月亮放大了,而在海中逐渐形成的暴风雨就像是为了纪念这个历程。

一点一滴的力量聚合起来,似乎就是为了让所有这些回忆历历在目。万圣夜。诸圣节。诸灵节。[1] 弗雷德逝世的日子。

万圣夜早上,我和弗雷德一起在救护车里,车子急速驶过底特律,到达我们的孩子出生的同一家医院。午夜之后,我一个人回家,一路上狂风暴雨。弗雷德当年不是生在医院。他是在一个雷电交加的暴风雨里,生在位于西弗吉尼亚他祖父母的家里。紫色的天空里一道道闪电,助产婆根本就来不了,所以他祖父只好自己动

---

[1] 万圣夜为10月31日,诸圣节为11月1日,诸灵节为11月2日。

手，就在厨房里把他接生出来。弗雷德深信自己如果进了医院就出不来了。他的印第安血统使得他一直都相信某些让人费解的事。

洪水高涨，风势惊人，运河泛滥倒灌。杰克逊跟我在淹了水的地下室门口堆起沙袋，大雨肆虐过的街道上，金属垃圾桶和扭曲的自行车东倒西歪。弗雷德，当时正在跟死神搏斗，我可以在狂嚎的风中感觉到他。从我们家的栎树上，一根大树枝折断掉下来，挡在我们的车道上，那是这个寡言少语的男人给我的一个讯息。

到了万圣夜，孩子们很能适应地在原来的装扮外面加上了雨衣，带着一袋袋糖果，跑过雨打过的黑糊糊的街道。我们的小女儿穿着化妆服睡觉，因为她相信这样爸爸回来时就会看得到。

我把灯给关掉，坐在那里听着风强雨骤的声响。暴风雨的能量引出了这些日子的所有回忆，一段黑暗的秋之旅。我可以感觉到弗雷德跟我比以往离得更近。他被带离我时的那种愤怒和悲伤。天窗漏得很厉害。那是一段泪流不止的日子。我从黑暗中站起来，把书移开，去拿了一个桶。月亮现在看不清楚了，但我还可以感觉到它。又大又圆，吸引着潮汐，融合了巨大的自然力量，把我们原来的海岸线，改变成歪七扭八的模样。

这一回飓风的名字叫桑迪。我可以感觉到她要来，但却没办法预测她的力量有多大，或者之后将会留下多大的破坏。暴风雨之后的那几天，我还是继续走路去伊诺咖啡，心里非常清楚它不会开门做生意，就跟城中我们这个区域一样。没有瓦斯没有电力，所以也就没有咖啡，但这个习惯真的很有抚慰的作用，我不想把它给破坏了。

在诸圣节这一天，我想起来是魏格纳的生日。我想要贡献一点心力来追思他，但是我其实都在担心罗卡韦。一点一滴，我收到来自那边的讯息。木板栈道没了，扎克的咖啡店也没了。火车轨道受损，到处肝肠寸断，数以千计的电线泡水故障，造成各处无法运作。道路无限期关闭。没水没电没瓦斯。十一月的风非常强劲，几百栋房子被烧毁，几千栋泡在水里。

但是我那一栋小房子，一百年前就盖起来的，平常被房地产经纪人冷嘲热讽，被各级检查拼命挑毛病，而且还被保险公司拒保，却显然地挺过了这一番风雨。我的阿拉莫虽然严重受损，却在这21世纪的第一场巨型暴风雨中幸存了下来。

十一月中旬我飞去马德里，为了逃避桑迪过后那种透不过气的感觉，去那边看看朋友，听听他们各自的问题。我在路上带着《小偷日记》，这本书是热内给西班牙的赞美诗，搭乘巴士，从马德里到巴伦西亚，一路旅行。途经卡塔赫纳，我们下车在一家叫做胡安妮塔的餐厅稍事休息，隔着宽阔的公路对面还有另外一家餐厅，店名也叫做胡安妮塔，两家餐厅一模一样，隔着公路看起来好像在照镜子，除了对面那一家多了一个小型的装卸货平台，同时有辆柴油卡车停在后面的停车场。我坐在吧台的位置，点了温温的咖啡，和一碗也许是用世界上的第一台微波炉加热出来的卤豆子。这时有个男人偷偷地站到我的面前。他打开一个已经用得旧旧的棕红色皮夹，拿出一张彩票，上面的号码是46172。我并不觉得这个号码会中奖，但是最后我还是付了六欧元把它买了下来，对一张彩票来说应该算很贵了。然后他就在我旁边坐下来，点了一瓶啤酒和一盘冷肉丸，就用我给他的欧元付账。我们就那样并肩坐着，没有交谈。之后他站起来，正面看着我的脸，对我露齿一笑，用西班牙语对我说祝你好运。我还以微笑也祝他好运。

当时有想到那张彩票也许一毛钱也不值，但是我不在乎。我是心甘情愿被卷入这个场景当中的，就像在B.特拉文的小说里偶尔会出现的一个角色。不管运气好还是不好，我都要把原来设定扮演的角色进行到底。这回的角色是从到卡塔赫纳的巴士下车来休息的好骗对象，简简单单就掏钱买了来路不明的彩票。我看待这件事情的角度是，命运碰了我一下，有个邋遢潦倒的人因此得以吃上一顿肉丸子和温啤酒。他高兴了，我也被这个世界所触动——真不失为一笔好交易。

等我回头上了巴士，就有一些乘客告诉我说这张彩票买贵了。我跟他们说没关系，万一中了奖就把奖金捐给这个地区的狗群。我要把奖金都给这些狗，我说得太大声了点，要不然就给海鸥。我最后决定要是赢了钱就都送给鸟群，不过旁边大伙儿都还在讨论狗要怎么好好地花这笔钱。

后来在旅馆我听到海鸥在外面刺耳尖叫，还目睹其中两只对我露台外倾斜屋顶的凹陷处猛刺。我相信它们是在交配，不晓得鸟类做爱应该怎么说，反正过了一段时间它们就安静下来，如果不是已经得到了满足，就是屡试不成已经死翘翘了。我被一只恶毒的蚊子整得很惨，到了最后才睡着，可是清晨五点就醒过来。我走出房间到露台上，看着那个倾斜的屋顶，清晨的薄雾迎面吹来。那里掉满了海鸥羽毛，分量足够拼成一顶做工精细的羽毛头饰。

早上的报纸刊出了彩票的中奖号码。无论是狗群还是鸟群都没中。

——你不觉得那张彩票是买贵了吗？吃早饭的时候有人问我。

我再倒上多一点黑咖啡,伸手去拿一点深色面包,然后浸到小碟的橄榄油里。

——只要心灵平静,花再多钱都不算贵,我这么回答。

我们鱼贯上了巴士,一路开往巴伦西亚。有一些乘客是去参加当地的一个罢工,反对卡班牙附近的一个既定的拆除计划。要被拆掉的是一些屋瓦五颜六色的老房子、渔夫搭建的简陋棚屋,和一些跟我那一栋差不多的小屋。结构都很脆弱,拆掉了就没有了,只能惋惜。就像蝴蝶,到某一天突然就消失了。我参加了他们的抗议,感受到他们骄傲的愤怒之中也混杂着一定程度的无助。大卫与歌利亚的对峙,在巴伦西亚。我又开始咳嗽了,该是回家的时候了。但是这回要回哪个家呢?我已经开始把阿拉莫当成是我的家了。不过还需要很长的一段时间那个地方才能够真正住人。现在海岸线被摧残成这样,木板栈道也被冲垮了,本来那么雄伟的云霄飞车现在也泡在海浪里载浮载沉,像一具鲸鱼的骨骸,比《白鲸》里面的莫比·迪克还要悲惨,说起来这座云霄飞车可是承载了好几代愿意冒险犯难的游客所经历的兴奋刺激呢。在这样的经验里,一切都是现在时,在物理定律之下不可能往回看。

我为了一长串浮在水上的东西辗转难眠,最后一只一只数着羊才终于睡着。但我已经超越了所有的一切,连再普通不过的像睡眠这样的东西也被抛在脑后。睁开你的眼睛,有一个声音这样说,把你自己摇醒,不要再懒散了。时间曾经是画着同心圆在移动。醒过来去大声疾呼吧,就像当年巴士底街上的鱼贩一样。我从床上起来打开窗户。迎面吹拂而来是最甜美的微风。到底要怎么样,搞革命还是回笼觉?我把一面用西班牙文写着"拯救卡班牙"的旗帜裹在枕头上,蜷起身子,进入到我的内里,寻找只要对自己要求就能得到的慰藉。

感恩节的前几天我回到了家。我还是得去面对罗卡韦那边的改变。我搭克劳斯的车去参加一个地方上的聚会,在一个用发电机取暖的帐篷下面。我未来的邻居们:住在那里的家庭、冲浪客、当地的公务员、年轻气盛的养蜂人。我沿着海滩走了一下,视力所及的范围里,水泥柱一根一根连绵不断。曾经是它们支撑着木板栈道。纽约的古罗马遗迹,按照 J. G. 巴拉德的思维无法想象可以保存下来的东西。一只老黑狗朝我走过来。它停下来,于是我就拍拍它的背,然后就像这是世界上最自然的事,我们就站在一起面对着海,看着海浪一波波潮来潮往。

这真是一个完美的感恩节。天气比平常要温和得多,克劳斯跟我一起走过去看看阿拉莫。邻居们帮我把

碎掉的窗户用板子挡起来,破损的门上面加了一个锁头,然后在房子正面盖上了一面大幅的美国国旗。

——他们为什么要这么做?

——怕有人来偷东西。用来表示这栋房子是有人保护的。

克劳斯有锁的密码,于是他就把门打开。里面霉菌的味道实在太强烈了,我觉得快要昏倒。墙上有一道四英尺高的淹水线,地板泡在水里都烂掉了。我注意到门廊已经倾斜,院子现在也成了一小块沙漠。

——但是你仍然屹立在这儿,我骄傲地说。

我感觉到有什么东西暖暖的又有一些颗粒。原来是开罗在我的枕头边缘呕吐了。我坐起身来，完全醒了，试图回忆之前发生了什么事。我看了一下时钟。比平常还要早一点，还没到六点。噢，对了，是我的生日，我一会儿睡着一会儿又醒过来。

最后还是起床了。我有一只靴子里被放了一个小小的奇形怪状的猫玩具。我从镜子里看了一下自己。我把辫子最末端的头发剪掉，因为摸起来已经很像稻草，把这几束干掉的头发装进一个咖啡色的信封保存起来，货真价实的DNA证据。

就跟每年的生日一样，我先静静地感谢父母赐给我生命，然后下楼去喂猫。我真不敢相信又是一年到了尽头。感觉上好像才刚刚射了银气球，开始了新的一年。

门铃响的时候我很惊讶。克劳斯和他的朋友詹姆斯站在我的门口。他们带了花还开了车来，坚持我们一定要一起出海去。

——生日快乐！跟我们去罗卡韦吧，他们说。

——我哪儿都不能去，我持相反意见。

不过在海边过生日的这种期待实在是难以抗拒。我抓起外套和针织帽，然后我们就开车去罗卡韦海滩。天气是刺骨的寒冷，不过我们还是在我的房子前停了一会儿，跟它打个招呼。门被人家用钉子钉了起来，不过国旗还是好好的。有个邻居叫住了我们。

——它会被整个拆掉吗？

——不会，别担心，我会把它保住。

我拍了一张照片，许下承诺说我很快就会回来。可是我心里知道这将会是一个漫长冬天的等待，损坏得实在太严重了。我们沿着克劳斯住的那条街走。泡沫塑料雪人和泡了水的沙发上挂着拉花彩带。他那个巨大的花园也被踩躏得面目全非；只有一些适应力强的树勉强活了下来。我们从仅有的一家还开着的熟食店买了撒糖霜的甜甜圈和咖啡，然后他们就唱起生日快乐歌。回到车子里，我们一路经过堆积如山的泡水家电，是从淹水的地下室里拖出来的。就像罗马七丘：电冰箱、暖炉、洗碗机、床垫所构成的山丘，堆得比我们人还高，就像一个纪念20世纪的巨型装置艺术。

我们车子继续开到微风角，那边有两百多间房子都被烧为灰烬。焦黑的树。原来通到海边的小路现在被一些乱七八糟的东西盖住了，成堆奇怪的工业原料纤维，洋娃娃的断手断脚，碎掉的瓷器。就像一座小型的德累斯顿，小小的舞台上重演了战争的艺术。不过这回没有战争也没有敌人。大自然对这些都毫不在意。她派很多信使来宣读她的旨意。

这个生日剩下来的时间我用来看埃尔维斯·普雷斯利的《手足英雄》，这部电影反映出某些人实在太早去世了。弗雷德。波洛克。柯川。托德。我现在已经活得比他们都久。我在想会不会有一天对我来说,他们都看起来像小男孩一样。我还不想睡,所以就去煮了咖啡,钻进一件帽衫里,然后去坐到门廊上。我认真想着六十六岁到底是什么意思。这个数字跟美国最早的那条公路的号码一样,这条为人所称颂的道路之母,当年乔治·马哈里斯饰演的巴兹·默多克,开着他的雪佛兰Corvette跑车,走这条路横越整个国家。在钻油平台和拖网渔船上工作,沿途伤透了不知多少颗心,也拯救了不知道多少人。六十六,我心里想,去他妈的。我可以感受到我的年表变得越来越长,下雪的季节就快要来了。我可以感觉到天上有月亮,但是没办法直接看到它。天空蒙上一层厚厚的雾,不夜城的灯光照耀着它。当我还是个小女孩的时候,夜空是一张巨大的星座地图,是一只丰饶角,一路洒落银河里的晶莹尘埃至漆黑的浩瀚无垠,是我可以在心里熟练展开的一层一层的群星。

我注意到我工装裤上膝盖凸出的部分有线头松脱了。我还是那个同样的我,我心里想,所有的缺陷都还是原封不动,同样的没什么肉的老膝盖,感谢归于上帝。颤抖着,我站了起来;该是进屋的时候了。电话响了起来,一位老朋友从很远的地方打来祝我生日快乐。在我跟他说再见的时候,我意识到有一个特别版本的我不见了，那个兴奋狂热、不把神放在眼里的我不见了。她就这样飞走了，这一点我很确定。上床睡觉以前，我从我的塔罗牌里抽出一张——宝剑———内心里的力量和坚忍。很好。我没有把它再插回牌里，还是让它面朝上躺在我的工作桌上，这样早上当我醒过来的时候就会看到。

再见了旧外套

倏忽一阵风吹动枝头,树叶飘零,随之旋舞在穿越云层的明亮光线中,令人费解地闪烁。把一片一片树叶当做元音,一字一字构成的低语就像交织的吐息。我把它们扫向空中,希望能够找到我苦苦追求的组合,力有未逮的上帝之语。那么上帝自己会怎么办?祂的语言会是什么样子?怎么书写祂才会觉得有乐趣?祂会把华兹华斯的诗句和门德尔松的乐章融合起来,然后像天才构思的那样去体验自然吗?幕布升起,人类的歌剧由此展开。在给君王保留的包厢里——与其说是包厢更像是御座——安坐着全能的神。

见习修士们回旋衣摆,吟咏着《玛斯纳维》,赞颂迎接祂来到心中。祂自己的儿子被刻画成广受世人喜爱的羔羊,然后又被描写成《天真之歌》里的牧人。普契尼透过《波希米亚人》,献给世人一位贫困的哲学家柯林,当柯林迫于无奈,只好典当仅有的大衣之际,唱出卑微的咏叹调《再见了旧外套》。对着他破烂但却挚爱的大衣道出永别，一边心想这件大衣从此就会步步高升，到达虔敬的圣山峰顶，而他自己却还是瞠乎其后，奔波在艰苦的世间。全能的上帝闭上祂的双眼。祂从人的井中饮水，消解了谁都无法领会的渴。

我本来有一件黑大衣外套。几年前，一位诗人在我五十七岁生日时送给我的。本来是他的衣服——他穿起来不太合身，那是件无衬里的 Comme des Garçons 外套，我暗地里一直都很想要这件大衣。我生日那天早上，他跟我说他没有什么礼物可以给我。

——我不需要什么礼物，我说。

——但我还是想给你一点什么，任何你想要的东西。

——那我想要你的黑大衣，我说。

他听了微微一笑，没有丝毫犹豫就把大衣给了我。每回我穿上这件大衣就觉得这样很像我。蛀虫也都很喜欢这件大衣，因此缝边上有一些小洞，但是我不介意。口袋的接缝处没有用线缝密，我常常漫不经心地把东西塞进这些别有洞天的窨穴，之后就全都不见了。每天早晨我起床，穿上大衣戴了针织帽，抓起笔和笔记本，然后就出发横越第六大道，到我的咖啡店去。我爱我的大衣和那家咖啡店，也爱这每日必不可少的惯例，这是我孤独存在最清晰也最简单的表达方式。不过近来这样严酷的天气里，我会穿另外一件比较暖和的大衣，保护我不受寒风之苦。我的黑大衣，比较适合春秋天穿，因此跌出我的意识之外，在这个时间相对比较短的季节暂不露面。

某天，我的黑大衣就不见了，如同赫尔曼·黑塞的《东方之旅》中珍贵的盟会戒指，转眼就从那位犯错的信徒手指上消失了一样。我持续不断地到处寻找，可是都找不着。只好盼望它会突然出现，就像灰尘微粒突然被一道光照见。那段时间，在我幼稚的难过心情中，我羞愧地想到了布鲁诺·舒尔茨，被困在波兰的犹太隔离区里，偷偷摸摸地把他留给人类最珍贵的东西托付给别人：《弥赛亚》的手稿。布鲁诺·舒尔茨这部最后的作品，就这样被二次大战这一股洪流给冲到不晓得哪里去，留也留不住，永远消失了。这些失去了的东西也曾经抓破封膜，试图用难于辨识的求救信号吸引我们的注意。字句以无助的凌乱顺序坠落而下。死去的事物发出了声音。但我们已经忘记该怎么倾听。你曾经看到过我的大衣吗？是黑色的，款式没什么特别，袖子都磨损了，缝边也破破烂烂。你曾经看到过我的大衣吗？正是死去的事物通过大衣对我们发出声音。

无

一个年轻的男人用藤蔓把一大捆树枝绑在背上,徒步走过满地的雪。因为很重,他弯着腰走,但是我还可以听到他正在吹口哨。偶尔会有一根树枝从整捆中滑出来,我就过去把它捡起来。这些树枝是完全透明的,所以我就给它们填补上颜色和材质,也加上几根刺。过了一段时间,我发现这雪里面根本没有路。无所谓后退或前进,只有一片空白中,间歇散落着几处细微的红点。

我想要把这些纤细的喷溅点标示出来,但是它们一直不断地重新排列,等我张开眼睛,它们就完全消散不见了。我到处摸找遥控器,找到以后把电视打开。小心地避免任何去年回顾或者新年展望之类的节目。马拉松式播个不停的《法律与秩序》剧集这种温暖的嗡嗡声正是我所需要。伦尼·布里斯科探员很明显地喝开了,而且正凝视着一杯廉价威士忌的底部。我站起来在一个小水杯里倒了一点龙舌兰酒,然后坐在床边跟他一起喝,神志不清寂然无声地看着，回放了又回放。新年里喝这一杯，不敬任何人任何东西。

我幻想我的黑大衣这时正点点我的肩膀。

——抱歉啦，老朋友，我说，我有努力找你。

我大声呼喊可是没有人响应；交错的波长让人完全没有办法分清楚声音大概是从哪里发出来的。有时候呼喊与听闻之间就是这个情况。亚伯拉罕听到了上帝考验他的呼喊。简·爱听到了罗切斯特先生恳求她的哭喊。但是对我的大衣来说，我是个聋子。最有可能的情况是，它被不小心丢在一个石墩上，石墩底下居然有轮子，滚滚滚就滚远了去到遗失之谷。

这样子会不会太愚蠢，为了一件大衣悲痛万分，跟世界上更重要的事情比起来，这只是件小东西嘛。但这不只是大衣而已，是一种统御天地万物的无可逃避的沉重，这种沉重可以很容易地追溯到桑迪。我没办法再搭火车到罗卡韦海滩，然后手持一杯咖啡走在木板栈道上了，因为现在火车不开了，咖啡店和木板栈道也都没了。只不过是在六个月以前，我才刚以一股十几岁女孩那种过度流露的真诚，在笔记本的一页里潦草地写下我爱这木板栈道。那份迷恋就这样没了，那样曾经得到拥抱接纳的，未经世事的单纯。只剩下我留恋着曾经有过。

我下楼去喂猫，结果却在二楼就被挡下。我机械性地从活页夹里拿出一张图画纸把它贴在墙上。我伸手摸了一下它的表面肌理。这是从佛罗伦萨买回来的高级纸,正中央还有一个天使的水印。翻遍了我的绘图工具,我找到一盒红色的 Conté 牌蜡笔,然后试着要把从我的梦境溜进我的清醒世界里的图案复制重现。它看起来像一座狭长的岛屿。我注意到在我画的时候猫就在旁边看着。于是我下楼去到厨房,把食物倒出来准备让它们好好吃一顿,也给自己做了一份花生酱三明治。

我回头继续画,但是从一些特定角度,它看起来不再像一座岛屿了。我仔细检查那个水印,比较像是那种有翅膀的小天使,让我想起几十年前的另一张图画。那时候我在一大张 Arches 牌水彩纸上印上一句天使是我的水印,这句话是从亨利·米勒的《黑色的春天》里摘录出来的,之后画了一个天使,把它划掉,并在下面手写道——但是亨利,天使可不是我的水印。我轻轻地拍拍那张纸,又走回到楼上去。我不晓得该拿自己怎么办。伊诺咖啡馆因为假日而关闭。我坐在床边朝着那一瓶龙舌兰酒看了一眼。我真的应该把房间打扫一下,我这样想,但是我知道我不会这么做的。

太阳下山的时候我走到"预兆",那是一家京都乡村风味的餐厅,我在那边喝了一小碗红色的味噌汤和他们免费赠送的加味清酒。我在那家餐厅多逗留了一会儿，盘算着明年该做什么事。至少要等到晚春时节，我才有办法开始重建我的阿拉莫；得先等我那些遭殃的邻居把他们的修补工作做好、一切就绪，才能轮到我的重建工程。梦想要先尊重真实生活，我告诉自己，一个不小心还把几滴清酒给洒了出来。我正想要用衣袖去把桌子抹一抹的时候，忽然发现那几滴酒很怪诞地形成一个拉长了的岛屿的形状，也许这是一个征兆。我感受到一股追根究底的能量，把账付了，祝福在场所有人新年快乐，然后打道回府。

我把工作桌给清干净，在面前摆上世界地图集，开始研究起亚洲地图。接着我打开电脑搜寻到东京的最佳航班。一边查我还一边时不时抬头，看看我那张图画。我在一张纸上写上那些航班和我想住的旅馆，这将会是今年的第一趟旅行。我将会一个人消磨一段时间，写点东西，住在大仓饭店，这是一家靠近美国大使馆的六零年代风味的经典旅馆。至于之后要做什么，我会随机应变。

那天晚上我决定要先写封信给我的朋友埃斯，他是一个为人谦虚又知识渊博的电影制片人，监制过的影片包括《最强兽诞生涅祖拉》和《垃圾食品》。他不怎么会说英语，但是他的同志兼翻译戴斯总是可以实时贴切地帮我们当场口译，使得我们两个人的对话感觉上得以无缝进行。埃斯知道哪里可以找到最好的清酒和荞麦面，

对所有日本最受尊崇的作家的长眠之所也了如指掌。

我上回去日本的时候,我们去探视了三岛由纪夫的坟墓。我们把坟上的落叶和灰尘扫干净,用木头水桶装满了水来清洗墓碑,摆上新鲜的花束,为他上香。之后我们就静静地站在他的墓前。我当时想象着京都那汪环绕着金阁寺的池塘。一条红色的大锦鲤在水面下疾速向前游动,与另外一条锦鲤会合,这另外一条的颜色像是披了一件土色的制服斗篷。两位年长的妇女穿着传统服装,带着水桶跟扫把朝着这边走过来。她们看到墓上已经被整理得这么干净,似乎有点喜出望外,对着埃斯讲了几句话,鞠了个躬,然后就走了。

——他们似乎很高兴看到三岛的坟墓已经有人来整理,我说。

——也不尽然,埃斯笑着。她们是他妻子的朋友,因为他妻子的遗骸也是葬在这里。她们从头到尾都没有提到他。

我看着那两位女士,像两尊手绘的娃娃,距离我们越来越远。我们离开的时候,我被赠予了一支稻草扫把,就是我之前用来扫《金阁寺》作者之墓的那支。如今它在我房间的一角靠着墙斜倚着,旁边是一把旧的捕蝶网。

我通过戴斯写信给埃斯。恭喜新年好!上一回我看到你们的时候是在春天,现在我打算冬天里来拜访。我把自己交到你们的手上。然后我写了一封短笺给我的日本出版社和译者,终于接受了他们已经提出很久的邀请。最后是写信给我的朋友由岐。日本将近两年前曾经遭受过强烈的震灾。后续的效应,到现在仍然挥之不去,把我曾经在那里经历过的每一样事物都稍微减损了。虽然我远在这里,也捐输支持她的草根赈灾活动,主要是针对那些失去了父母的灾区孩童所需。我当时就答应了说很快会来日本。

我希望能够把自己难以忍耐的悲伤放一边,去为人服务，如果有可能的话，也为我的宝丽来玫瑰经增加一些影像的装饰。我很高兴能够去到另外一个地方。我的思维现在所需要的是被引导到一些新的车站。我的内心现在最需要的，是去拜访一个曾经遭受了更大的暴风雨的地方。我从我的塔罗牌里翻出一张牌，然后又翻开另一张，随意得就好像只是在翻开一片叶子。找出你的真实处境，勇敢向前。我把那三个信封都粘起来，用圣诞节剩下的邮票贴上邮资，在去熟食店的路上把它们塞进邮筒。然后我买了一盒意大利面、青葱、大蒜和一罐鳀鱼，给自己做了一顿像样的正餐。

伊诺咖啡店看起来是空的。沿着橘色雨篷的边缘，形成一些小小的冰锥垂滴向下。我坐在我的桌旁，吃着我的杂粮吐司蘸橄榄油，一边打开加缪的《第一个人》。这本书我以前就读过了，但当时是如此的完全沉浸其中，事后什么也没有留在记忆里。这在我的人生当中是每隔一段时间就会发生、已经持续了大半辈子的难解之谜。从青春期开始，我就常常在日耳曼敦的铁道旁的一个杂草树丛里，坐上好几个小时读着书。跟冈比[1]一样，我会

---

[1] 冈比，美国黏土动画人物，在动画剧集中，它经常会走入书中，在不同的地区和时代冒险。

全心全意地进入一本书里,而且有时候实在陷得太深,我会觉得我好像就住在里面。我就这样在那边看完了好多好多本书,把书合起来的时候狂喜不已,可是不用等到回家,就把书中的内容都给忘了个精光。这让我很困扰,可是这种奇怪的折磨我也没机会跟别人讲。我看着这些我曾经读过的书的封面,可是它们的内容对我来说却仍然毫无头绪。有一些书我曾经很热爱,也曾经沉醉其中,可是却完全想不起来。

或许以《第一个人》这本书为例,打动我的主要是它的行文而不是它的情节,我是被加缪的手法给迷住了。但无论如何,我还是什么也想不起来。我原本打算这一次读的时候要保持在当下状态,但是不由自主又重读起第一段的第二个句子,这一串字螺旋飞舞,向东尾随着一团坚实的云层。我变得昏昏欲睡——像是被催眠了一样的困倦状态,即使是一杯热腾腾的黑咖啡也没办法与之抗衡。我坐起来,把注意力转移到接下来要进行的旅程,列一张去东京时要打包的行李清单。贾森,伊诺咖啡的经理,过来跟我打招呼。

——你又要出远门啦?他问我。

——对啊,你怎么知道?

——因为你又在列清单了,他笑着说。

这是我每次都会列的相同的清单;不过我还是觉得

非要把它写出来一遍不可。蜜蜂袜、内衣、帽衫、六件电动女士录音室 T 恤、照相机、工装裤、我的埃塞俄比亚十字架和关节痛软膏。我最难做的决定是到底要穿哪一件大衣,以及要带哪几本书。

那天晚上我做了一个有关于霍尔德探员的梦。我们一起走着,经过一个巨型的墓地,里面埋着引擎啦、床垫啦、拆开的笔记本电脑之类的东西——另类的犯罪现场。他爬上一座家电堆积成的山的顶峰,仔细检查周围的地区。他那个招牌的抽搐动作还是照常出现,而且似乎比在剧集《谋杀》里呈现的更加烦躁不安。我们爬过一堆瓦砾残骸,它们簇拥着一座废弃的飞机棚,飞机棚看出去是一条运河,河上有一艘我的拖船。大概有十四英尺那么长,船身由木头和锻铝打造。我们坐在一些板条箱上面,看着生锈的驳船在远处缓缓地移动。在我的梦里,我知道那是一场梦。梦里天空颜色好像一幅特纳的油画——锈色、金黄色,和几种明暗程度不同的红。我几乎可以猜出霍尔德心里的想法。我们一语不发地坐在那里,过了一会儿他站了起来。

——我得走了,他说。

我点了点头。驳船越开越近的同时,运河似乎也在逐渐加宽。

——比例很奇怪,他嘀咕着。

——这就是我所住的地方,我大声地说。

我可以听到霍尔德正在讲手机,然后他的声音变得越来越模糊。

——有一些原来想不通的地方现在懂了,他正这么说着。

接下来几天我又继续寻找我的黑大衣。徒劳无功,不过我在地下室找到一口大帆布袋,里面装着之前在密歇根的旧衣服——几件弗雷德的法兰绒衬衫,有一点发霉。我把这些都拿到楼上,去放在水槽里洗。我在冲水的时候发现自己居然在想着凯瑟琳·赫本。她在乔治·库克改编的电影《小妇人》里所饰演的乔·马奇完全把我给迷住了。多年之后我在斯克里布纳书店担任店员的时候曾经帮她找过书。她就坐在阅读桌前仔细检查每一本书。她戴着已故的斯宾塞·屈塞的皮帽,用一条绿色的丝巾固定起来。当她正一页一页翻着的时候,我站在后面看着她,心里很纳闷,不晓得斯宾塞如果还在世的话会不会喜欢这样。我当时还是个年轻女孩,并不是完全能够了解她的举止行为。我把弗雷德的衬衫挂起来晾干。假以时日,我们往往会变成我们当初没办法了解的那种人。

要带哪几本书去我还没有决定。我又走回到地下室，找出一箱书，上面标示着 J-1983，我的日本文学年。我把这些书一本一本拿出来。有些书里面密密麻麻地写满了注释；有些书里面夹着在一小条一小条的绘图纸上列出的待办事项——家里需要添购的物品，出远门去钓鱼的打包清单，还有一张弗雷德签了名的作废支票。我找到了我儿子当时在一本馆藏本《义经书》的空白页上的涂鸦，还顺便重读了太宰治的《斜阳》一开始那几页，已经很脆弱的封面上还被贴了变形金刚的贴纸。

我最后是选了几本太宰治和芥川龙之介的书。这两位作者都曾经启发我的写作，在十四小时的飞行航程中可以是很有意义的良伴。不过结果我在飞机上几乎没有看什么书。那个时间我用来看了电影《怒海争锋》。杰克·奥布里船长让我想起了很多弗雷德的往事，所以我就看了两遍。飞到一半我开始哭了起来。你就回来吧，我心里想。你已经去了够久了。就回来吧。我以后不会再出去旅行；我会帮你洗衣服。所幸，我睡着了，等我醒过来雪已经飘落在东京的上空。

一走进大仓饭店那个现代主义风格的大厅，我就有种自己的一举一动都被人监看着的感觉，而且监看我的那些人还正在歇斯底里地笑着。我决定将计就计，使出

鬼袍

我内在的"马固先生"[1],让他们一次笑个够,登记入住的时候就慢慢吞吞,之后又脚步沉重地顺着高挂在头顶上的一整排六角形灯笼直直走向电梯口。马上就到了我住的大安楼层。我的客房没有浪漫装饰,但是温暖舒适考虑周到,还特别把额外的氧气打到客房里。桌上摆着各种目录须知,不过都是日文的。我决定要去探索一下旅馆的设施和里面一家一家的餐厅,但是我在房间里都找不到咖啡,这真的很伤脑筋。我的身体失去了时间感。我不知道当时到底是白天还是晚上。《爱情灵药第九号》的歌词在我脑中反复播放,我摇摇晃晃地从一个楼层逛到另一个楼层。我最后是在一个有隔间的中国餐厅吃了点东西。我吃了一些用竹盒装盛的饺子,还喝了一壶茉莉花茶。等我回到房间,几乎已经没有力气可以把毯子掀开来了。我看了一下床头柜上的几本书。我伸手去拿《人间失格》。依稀还记得我的手指从书脊上滑落。

我跟着我的笔的动作,伸进一罐墨水里,然后划过我眼前的纸。在我的梦里,我精神集中画得又快又好,画过一页一页,在这个不是我房间的房间里,位于另外一个区域的小小的租来的房子中。有一块雕刻的牌匾,

---

[1] 马固先生,美国卡通人物,是一位近视相当严重的富翁,常常身陷险境却全然不知,不过最后总能化险为夷。

旁边推门拉开是一个大的衣橱，里面有一张卷起来的睡垫。虽然牌匾是用日文写的，但我可以破译出大概的意思：敬请保持肃静这是知名作家芥川龙之介的保护故居。我跪下来检查那张垫子，小心不要引起别人注意。纱窗是打开来的，我可以听到外面的雨声。等我站起来，觉得自己相当的高，就好像其他每样东西都矮到接近地面。藤椅上横披着一件束起来的闪亮袍子。我凑近一看，发现袍子居然是自己在编织着自己。一只一只的蚕正在修补着小破洞，同时把宽大的袖子加长。看着这些辛勤纺纱的蠕虫我觉得有点恶心，于是一个站不稳伸出手一撑，不小心就压到了其中两三只。我看着它们在我的手里半死不活痛苦挣扎，一边还吐出尚未凝固的细小丝线，铺散在我的手掌上。

我醒过来的时候在黑暗中摸索着盛水的玻璃杯，把里面的水都洒出来了。我猜我是想要冲洗掉那些倒霉扭动的半截虫子。我的手指摸到了笔记本，所以我就突然坐起来，看我之前到底写了些什么，但是似乎我什么也没写，一个字也没有。我从床上起身，从迷你吧拿了一瓶矿泉水，打开窗帘。夜里的雪。看到这个景象我的内心被激起一种疏远的感觉。虽然很难分辨这种感觉从何而来。房间里面有一个烧水的茶壶，所以我打算泡一点茶，来吃一点之前从飞机场休息室里夹带出来的饼干。

要不了多久太阳就会升起来。

　　我坐在可以搬动的金属桌旁，笔记本打开搁在面前，竭尽全力想要写点东西上去。整体来说，我想的要比我写的多，真希望我能够把脑中的东西直接就传输到纸上。我年轻的时候有一个想法，希望能够想和写两者同时间发生，但是我从来都没有办法跟上自己的速度。我放弃了这种努力，然后一边跟我的狗坐在一起，一边在脑子里写着，旁边有一道彩虹所形成的神秘亮光，太阳和汽油的混合，掠过水面，就像一群有着彩虹翅膀、轻盈无比的人鱼宝宝。

　　早晨的天光还被云雾遮着，不过雪已经没有那么大了。我怀疑到底是不是真的有额外的氧气被泵到房间里面来，我每次打开房门的时候，这些氧气是不是就跑掉了。旅馆楼下的停车场里，一长队女孩穿着精心缝制的和服，长长的袖子晃呀晃。这一天是日本的节日成人之日，一派慌乱的天真无邪。这可怜的小脚！看着她们蹬着夹脚拖鞋踩在雪地里，我不禁打了个哆嗦，但是她们的身体语言看起来是正在叽叽喳喳笑个不停。敷衍作势地合掌祈福，有如幡旗迎风招展，拖曳着她们五彩盛装的下摆前行。我看着这些女孩，直到她们走到了一个接近转角的地方，消失在一团弥漫的雾中。

　　我回到了我的岗位，盯着我的笔记本看。我决定不管怎么累也一定要写出一点东西，我会这么累毫无疑问是旅行带给我的深层效应。我不由自主地只好把眼睛稍微闭起来休息一会儿，眼睛一合，马上就看到一个正在延展的格子窗在重重地摇动，倾泻而下的片片花瓣覆盖了一个无懈可击的迷宫边缘。水平的云层正在远远的山头上形成：是李·米勒[1]的飘浮嘴唇。现在不要，我稍微大声一点和自己说，因为我不能在这个时候眼看着自己掉进某个超现实的迷宫中。我现在不应该想这些谜团和沉思。我要想的是有关于写作的人。

在我们的儿子出生之后，弗雷德和我都不会离家太远。我们常常去图书馆借一大沓书出来，然后通宵达旦地阅读。那段时间里弗雷德专注在阅读有关飞行的各个方面，我则沉浸在日本文学里。为了能全神贯注于某几位作家的气氛当中，我把我们卧室隔壁的小储藏室变成我自己的房间。我买了好几码的黑色毛毡，把整个地板和踢脚板都覆盖起来。我有一把铁茶壶和一片加热板，还有四个本来是用来装柳橙的板条箱放书，弗雷德帮我把这些箱子漆成黑色。我盘腿坐在黑色毛毡盖起来的地

---

[1] 李·米勒（1907–1977），超现实主义艺术家，曼·雷的模特、助手和情人，曼·雷以她的嘴唇为主题创作过一系列作品，如《天文台上的时光》(À l'heure de l'observatoire) 等。

板上，面前摆一张矮的长条桌子。在冬天的早上，窗外的景象看起来像是被抽走了颜色，只留下光秃秃的树在白色的风里弯着腰。当时我就在那个小房间里写东西，一直到后来我们的儿子年纪够大，那里就变成了他的房间。在那之后我就换到厨房里去写。

芥川龙之介和太宰治所写的书把我带到心醉神迷之境，这些书正是我放在床头桌上的几本。我满脑子里都是他们。他们之前到密歇根来找我，然后我又把他们带回了日本。这两位作家最后都是自杀结束一生的。芥川因为害怕会继承母亲的疯病，吞下分量足以致命的巴比妥酸盐，然后蜷曲地躺进他的床铺，当时他的妻子和儿子就睡在旁边。比他年轻一点的太宰，对这位师父心悦诚服，似乎也在这个方面克绍箕裘，经过几次寻短未遂之后，终于跟一位同伴在雨中泥泞的玉川上水投河自尽。

芥川是从内在里被诅咒了，太宰则是自己诅咒自己。最初我本来是打算要写些有关于他们两个人的事迹。在我的梦里，我坐在芥川的写字桌前，但是我有所迟疑，不想打扰他的清静。太宰则另当别论。他的精神似乎无所不在，就像一颗着了魔的跳豆。不快乐的男人，我心里想，于是就决定选他作为我的主题。

我深深地集中注意力，试着要把全副的精神放在这个作家身上。但我还是赶不上我思绪的速度，因为这些思绪比我的铅笔要快得多了,结果什么也写不下来。放轻松,我跟自己说,你已经选好了你的主题,或者说你的主题已经选择了你,他一定会出现。环绕着我的气氛既是活泼生动,同时也是平静从容的。我感觉自己越来越不耐,这其中似乎还牵涉到一股潜在的焦虑,追究其根源,我觉得是因为没有喝咖啡。我忍不住回头看,就好像有什么人会来似的。

——什么是"无"?我冲口就问。

——那是你不用镜子就可以从你的双眼里看到的东西,这是对我这个问题的答案。

我突然就饿了起来,但是却一点也不想离开我的房间。不过最后我还是下楼去中国餐厅,在菜单上指了指我想要吃的东西的照片。我吃了虾球和用竹篮子盛着的卷心菜蒸饺。我就着餐巾纸画了一张太宰的肖像,夸张了他面容上方乱乱的头发,看起来英俊的同时也有点好笑。这时我突然想到,这两位作家都具有这种迷人的特征,都是怒发冲冠型的。我付完账回头走进电梯。旅馆里我附近的这一区似乎令人费解地空空荡荡。

太阳下山,黎明破晓,长夜漫漫,我的身体没有了时间感,于是我决定要接受现状,采取弗雷德的办法。不跟着任何时针走。一个星期之内我就可以跟埃斯和戴斯在同一个时区里了,不过这几天都完全只有我自己的行程，除了希望能够写出几页有点价值的东西之外，没有其他任何安排。我爬到被子底下，想要读一读《地狱变》，可是读到一半就昏了过去，错过了大半个下午，以及从日落转变到晚上的时间。等我醒过来要吃晚餐，时间已经太晚了，所以我就从迷你吧拿一点小点心先吃——一袋撒了芥末粉的鱼形脆饼、一根超大的士力架和一罐去壳杏仁。配着姜汁汽水把这些东西都吞咽下去。我把一些衣服摆出来先去淋浴，然后决定出去外面，就算只是绕着停车场走一走也好。用一顶针织帽盖住我还没干的头发，我走出旅馆外面，沿着那些年轻女孩走过的路线。那里有几级砌出来的阶梯，导向一个小山丘，再往上似乎什么也没有。

在无意识之间，我居然已经发展出一些看起来好像是例行公事的习惯了。我读书，坐在那张金属书桌的前面，吃中菜，然后在下雪的夜里重新走一遍之前的足迹所至。我试图用这种重复的行为来平息任何再度涌现的焦虑不安：一遍又一遍地写着太宰治的名字，写了差不多有一百遍。不幸的是，整页写满了作家的名字，还是没有什么效果。我的照表操课结果不小心变成了兴之所至毫无目标的书法练习。

不过以某种方式，我还是距离我的主题更接近了一些——茫然彷徨的太宰，穷困潦倒，一个出身贵族的浪人。我可以看到他乱蓬蓬的头发上翘起来的几根,感受到他遭到世人诅咒的自责悔恨所蓄积的能量。我站起身来,烧了一壶热水,喝了一点茶粉冲的茶,进入一种浑身舒畅的氛围中。我把日记本收起来,放了几张旅馆的信笺在眼前。长长地慢慢地吸吐了几口气,我把自己放空,然后重新开始。

一整个冬天,片片年轻的叶子没有从树上落下来,而是绝望地死抱住枝头不放。尽管寒风瑟瑟,让所有的人都啧啧称奇的是,它们居然这样胆大妄为地继续青翠。这位写作的人不为所动。老一辈的人对他心存嫌恶,对他们来说他是一个摇摇晃晃濒临沉沦的诗人。回过头来,他也对他们报以轻蔑的态度,想象自己是优雅的冲浪高手,驾驭波峰前行,绝不失足落水。

统治阶层,他大声叫嚣着,统治阶层。

他醒过来的时候浑身是汗,衬衫因为体盐结晶而变得僵硬。打从少年时代就染上的肺结核,已经钙化得就像小颗小颗的种子——微小的黑芝麻粉,大方地撒在他的肺叶上。大醉一场算是对自己的补偿:陌生的女人,陌生的床,一阵令人不愉快的咳嗽之后,喷溅出万花筒般的血渍,布满陌生的床单。

我没有办法不这样,他哭着说。酒器祈求着醉鬼的嘴唇。喝我喝我,它呼唤着。钟声持续不断地敲。一连串的长偈。

他强健的手臂在波浪般起伏的袖子底下颤抖着。他伏在他的矮桌上写着小篇的自杀宣言,这些宣言写着写着,不知道怎么回事都写成了别的完全不同的东西。他的血液流动慢下来,心跳也跟着慢下来,抱持着斋戒沐浴虔诚抄经一般的克制坚忍,他写出不得不写的东西。当文句像古老的魔咒喷洒到纸面时,他感觉到自己手腕的动作。他尽情享受着他的一大乐趣,就是喝下一品脱的冷牛奶,像是输血一样,把浊白色的血注入体内系统。

黎明突然的亮光让他吓了一跳。他步履蹒跚地走进花园;盛开的繁花伸出她们火一般的舌头,其中红色的女王是险恶的夹竹桃。这些花什么时候变得这么险恶?他试着回想到底是什么时候开始出了问题。他生命的经纬都被逐一解开了,就像半途而废,小脚放大,拆下来一长条卷绕的亚麻布。

他被爱的疾病给打败了,被几代以来的过去给灌醉了。我们什么时候才能够真正做自己,他感到怀疑,踩过覆盖着一层白雪的河岸,月光照亮了他身上的大衣。长篇大论的抨击,古老羊皮纸色的丝绸,袖子里独特的那只手上写满了吃或者死这几个字,竖直地写到了背后,然后到领口下面,接着一直写下左边,穿过他的心脏。*吃或者死，吃或者死，吃或者死。*

我停下来，希望我的手里能够抓住这样一件外套，就在这时候我发现旅馆的电话正在响。是戴斯帮埃斯打电话来。

——电话响了很多声。我们有没有吵到你？

——没有，没有，我很高兴接到你打来的电话。我正在帮太宰治写一点东西，我说。

——那你对我们规划的行程应该会很满意。

——我准备好了。首先要去哪里？

——埃斯已经在"三船"订了晚餐的席位，然后我们可以一边吃饭一边计划明天要做什么。

——一个小时后我在旅馆大厅跟你们碰面。

我很高兴他们选的地方是三船，从感情上来说是我最喜欢的餐厅，内部的装设是以伟大的日本演员三船敏郎的一生作为主题。很有可能的是，今天晚上我们会喝很多的清酒，也许他们还会帮我准备一道特别的荞麦面料理。我的孤寂状态不可能以更意外的方式来终止了。我很快就把我的东西都整理好，塞一颗阿司匹林到我的口袋里，然后就去跟埃斯和戴斯老朋友重聚了。就跟我原来想象的一样，清酒源源不断地喝。现场弥漫着黑泽明电影的气氛，我们很快就把一年前说过的那些话题再

捡起来继续聊——坟墓、寺庙和雪中的森林。

　　隔天早上,他们开着埃斯的双色菲亚特来载我,这辆车看起来就像是一只红白相间的鞍脊鞋。我们一路开着四处找咖啡。我很高兴终于喝上咖啡了,埃斯还让他们多装了一小保温瓶,可以晚一点再喝。

　　——你不知道吗?戴斯问我,大仓饭店重新装修好的别馆里面会供应一整套的美式早餐。

北镰仓车站,冬

——噢不，我笑着说，我想那种大桶冲泡的咖啡我就免了吧。

埃斯是那种极少数我能够接受他帮我制订行程的人，因为他选的地方总是能够呼应我的愿望。我们开车到了高德院，是镰仓的一座佛寺，向犹如埃菲尔铁塔一样俯视着我们的伟大佛陀致上我们的敬意。大佛像很神奇地充满了威严，所以我只拍了一张照片。当我把照片的上膜撕开来时，发现感光出了问题，而且也没有拍到佛像的头。

——也许是他把他的脸给遮了起来，戴斯说。

在这个我们朝圣的第一天，我几乎没有用到我的照相机。我们在为黑泽明设立的纪念碑旁边放上花束。我想到他一生所拍的这些伟大的电影，从《泥醉天使》到他的不朽巨作《乱》，一部或许连莎士比亚也会为之震动的史诗电影。我记得当年看《乱》的时候是在底特律郊区的一家地方电影院。弗雷德带我去看的，因为那天是我四十岁的生日。进场前太阳还没有下山，天空明亮清澈。但是在电影三个小时的过程当中，戏院里面的我们完全不知道外面有暴风雪来袭。看完电影走出戏院，等着我们的是被雪的旋风刷白了的黑色天空。

——我们还在电影里呢，他当时说。

埃斯查阅着一张圆觉寺墓园的地图。刚刚我们经过火车站的时候，我停下脚步看着人群，他们先是耐心地等着，然后才穿过铁轨。一辆老旧的快车尖声呼啸而过，就好像一阵乱蹄从陡峭的角度飞奔而下，当啷当啷不绝于耳。我们一边打着哆嗦，一边寻找着电影导演小津安二郎的坟墓，这是一件很困难的工作，因为这个坟墓是在比较高一点位置的一小块僻静所在。他墓碑的前面有人放了几瓶清酒，一块花岗岩的黑色立方体上面只写了一个汉字，"无"，表示什么都没有的意思。在这里，一个快乐的流浪汉可以找到遮风避雨的地方，然后喝他个醉茫茫不省人事。小津很喜欢他的清酒，埃斯说，没有人敢去打开他的酒瓶。雪把每样东西都盖起来。我们爬上石阶插香点燃，看着烟随风摇曳，然后在那边静静地站了一会儿，仿佛是要体验一下被冻僵会是什么感觉。

电影中的一些场景在这个气氛当中接连闪烁。女演员原节子躺在太阳下，她开朗明确的表情，还有她洋溢着喜悦的微笑。她与两位大师都合作过，先是和黑泽，然后又跟小津一起拍了六部电影。

——那她葬在哪里？我不免提问，想说要抱一大束白色的菊花去摆在她的墓碑前。

——她还活着呢，戴斯翻译说，已经九十二岁高龄了。

——希望她能够活到一百岁，我说，自始至终都忠于她自己。

隔天早上天气阴阴的，乌云罩顶。我去扫太宰的坟，把墓碑水洗了一番，就好像这是他的身体似的。把花器盛水之后，每一个我都插上了一束鲜花。一朵红色的兰花象征他肺结核的血，旁边是一小簇白色的连翘。它的果实里包含了许多带翅的种子。连翘散发一种淡淡的杏仁香味。这些能够产生乳糖的小小的花代表了即使在他虚弱染病的最恶劣的时刻，也还有白色的牛奶能够带给他乐趣。我还再加上了一点婴儿的呼吸——一种云状的圆锥花序的小白花——来一新他受污染的肺脏。这些花形成一座小小的桥，就像手触着手。我捡起一些松脱的石头把它们塞进我的口袋。然后我把香放进圆形的香炉里，把它放平。甜甜好闻的烟笼罩着他的名字。我们快要离开的时候太阳突然露了脸，把所有的东西都照亮了。也许是那婴孩的呼吸发挥了作用，太宰有了这副清新的肺，就把原来遮住太阳的云都给吹开了。

——我想他很高兴，我说。埃斯和戴斯都点头同意。

我们最后的目的地是慈眼寺的墓园。等我们快要走到芥川龙之介的坟墓，我想起了我的梦，心里很怀疑到底这个梦会对我的感情施加什么样的色彩。死者对我们

香炉,芥川龙之介墓前

离开墓地之际

也是充满了好奇。骨灰，几块零星的骨头，一抔土，已经静止的有机物质，等待着。我们放下了我们的花束，可是还是不能入睡。我们先是被努力说服，接着又被嘲弄。就像圣杯骑士之王安佛塔斯被一道拒绝痊愈的伤口苦苦折磨。

气温非常低，而且天空再度转为昏暗。我莫名地感觉很超然，麻木无动于衷，但是视觉上却又连上了线。按照不同对比的阴影，我拍了四张香炉的照片。虽然这四张都很相似，可是我对每一张都很喜欢，我把它们想象成一架穿衣屏风的四片。一个季节中的四片。埃斯和戴斯赶着回到车上，我深深地鞠躬感谢芥川龙之介。等到我跟在他们后面走回到车上时，那个反复无常的太阳又回来了。我途经一棵由磨损的粗麻布绑着的古老樱桃树。冷冷的光照加深了绑绳的质感，于是我拍下了最后一张照片：粗麻布松脱的线头所构成的条痕，看起来就像一副喜剧面具上诡异的眼泪。

到了这一天的晚上，我心里已经准备好要换旅馆。离开这段日子以来与世隔绝的重复习惯，我已经觉得有点不舍。我被包裹在大仓饭店这个茧里面，和两只悲惨的蛾住在一起，它们虽然还不至于要把自己的脸给藏起来，但是也不希望露面。坐在房里这张金属书桌前，我

喜剧面具

列出接下来要办的正事,包括跟我的出版商和译者见面。然后我要跟由岐碰面,帮她继续推动救助在 2011 年日本东北地震和海啸以及后续效应中失去父母的学童。我打包着我的小旅行箱,对要转身离开眼前的这个生活秩序抱着怀念的心情,这些在我自己一手打造的世界里生活的日子,脆弱得像是用火柴棍搭建起来的寺庙。

我从壁橱里搬出棉被和荞麦枕头。我把垫被摊开铺在地板上,然后用盖被把我自己整个裹起来。我正目睹着的,仿佛是某个时间设定在 18 世纪的肥皂剧的结局。没有字幕或任何一丝丝的愉快,以慢动作进行着。不过我还是挺满意的。这条盖被就像一朵云。我漂浮着,虽然为时短暂,随着一位少女的画笔,当她在小木船的帆上画出一幅如此悲伤的景象,她自己都忍不住为之落泪。当她赤着脚从一个房间逛到另外一个房间时,她的袍子滑过,发出簌簌的声音。她从拉门走出去,外面是一个大雪封盖的水岸。河上没有结冰,船张开帆起航,把她独留在岸边。不要把你的船丢在泪河当中,强风嘶吼着。小手要坚定,要坚定。她这时跪倒往一侧,伏到地上,手里还握着一把钥匙,接受了长眠不起的仁慈。她那件袍子的衣袖上面还画着一枝清澈光辉的纤细梅花,在花蕾正中的暗处溅上了一滴一滴的小水珠。我闭上双眼,仿佛与这位少女合而为一,当小水珠重新排列形成一个图案，看起来像是一座拉长了的岛屿，位于一片不受惊扰的空白边缘。

早上埃斯就开车送我到我的出版社选的一家比较中心位置的旅馆，靠近涩谷站。我的房间在一栋现代摩天大楼的第十八层，可以从房间里看到富士山。这家旅馆有一个小小的咖啡店，他们供应的咖啡是用瓷杯子盛的，我爱喝多少都没问题。这一天满满的行程，气氛突然转变成如此的活力充沛，没有想到我也还算欣然接受。那天夜里，我坐在窗前望着这座峰顶覆盖白雪的高山，似乎是在看顾着沉睡中的日本。

到了早上，我从东京站搭新干线去仙台，由岐在那里等着我。在她的微笑后面我可以看到许多其他的事情，灾难过后的悲伤。之前我从远处帮助她，如今我们可以把新的努力成果交到那些无私照顾这些不幸孩童的守护者手中，这些孩子承受了这么巨大的不幸，失去了家庭、房屋和他们原本认识并且信赖的自然环境。由岐花了一些时间和这些孩子的老师们谈话。在我们离开之前，他们送了我们千纸鹤，一件珍贵的礼物，是一千只手折的纸鹤用一条线联结起来。许多根小手指勤奋地努力工作，来呈现给我们这个祝福健康和好运的终极象征。

之后我们去访视闲上，这个宫城县名取市的著名渔港曾经盛极一时。威力强大的海啸,超过一百英尺高的巨浪,冲走了将近一千座民宅和周围设施,只留下几艘撞毁的船。现在看起来又是一片绿油油的稻田,但灾变当时盖满了将近百万条的死鱼,腐败的鱼腥味在空气中弥漫长达好几个月。那天的天气是刺骨的寒冷,由岐和我站在那里默默无语。来之前我已经做好了心理准备,会看到一些可怕的伤害,但是没有想到,让我真正难过的是没有看到的东西。靠近水边,在雪中有一尊小小的佛像,供奉在一个孤零零的佛龛里,俯视着这个曾经繁荣兴旺的社区。我们走上台阶,到了那个佛龛旁,只是简单的石板搭建。天气实在太冷,我们都快要不能祈祷神明保佑了。你要拍一张照片吗?她说。我往下看着这残破的全景,摇了摇头。什么都没有的景象我能够拍什么照片呢?

由岐给了我一包东西,然后我们就彼此道别。我搭上了新干线又回到了东京。我一到车站,发现埃斯和戴斯已经在那里等着我了。

——我还以为我们已经说再见了。

——我们不能就这样丢下你。

——那我们是不是还要再回去三船?

——对啊,我们走。清酒一定已经在等着我们。

埃斯点头微笑。这是属于清酒的时刻,我们最后的一个晚上完全都泡在清酒里。

——这酒杯和小酒壶做得真细致,我有感而发。它们的颜色是一种蔚蓝色的绿,上面还盖了一个小红章。

——那是黑泽家的家纹,戴斯说。

埃斯捻着他的胡子,陷入沉思。我在这家餐厅里面到处乱走,欣赏黑泽为表现电影《乱》里面的武士而画的大气又色彩鲜艳的草图。当我们开开心心地走回到埃斯的车的时候,他从一个破旧的皮袋里拿出了那个小酒壶和酒杯。

——友谊使得我们都落草为寇了,我说。

戴斯本来还要帮我翻译,但是埃斯挥手示意不用。

——我明白,他很郑重地说。

——我会想念你们二位,我说。

那天晚上,我把酒杯和小酒壶放在床边的小桌子上。那里面还残存着几滴我没有喝掉的清酒。

我醒来的时候有一点轻微的宿醉。我用冷水冲了个澡,然后就一路走到迷宫似的自动扶梯,结果不晓得把我带到哪里去了。我其实是想要去喝一杯咖啡。我找了一下,发现一家快捷咖啡店——一杯咖啡加一个小可颂面包九百日元。就在隔壁桌,对着我坐的是一个三十几岁的男人,穿着西装白衬衫,打着领带,用他的笔记本电脑正在工作着。我注意到他的西装上面有一种微妙的条纹，不是很招摇，却让人很容易发现它的与众不同。他具有某种凌驾于一般生意人之上的举止态度。他接着换了一部笔记本电脑，给自己倒了杯咖啡，然后又继续工作。我被他表现出来的这种安详而又复杂的专心致志给打动了，他平整的前额上泛着几道光。他很英俊，在某个方面有一点像年轻时候的三岛由纪夫，给人一种正派得体、容或有出轨之处也不动声色，和决心为道德献身的印象。我看着人群从我身边经过。时间也正从我的身边经过。我有想过要搭火车到京都去过这一天，但是在这个安静的陌生人对面喝着咖啡似乎更合我意。

最后京都我没有去成。临走前我就在东京散步，心里想要是我在街上碰到村上春树那会怎么样。但是说真的，我并没有感觉到村上春树人在东京，而且我也没有去找那个宫胁住所，尽管那个区域就只是在几英里外。因为对死去的东西太着迷，虚构出来的我就跳过去不接触了吧。

反正村上春树不在这里，我心里想。他最有可能如今是在某个其他地方，封闭在一畦熏衣草田正中央的太空舱里，在文字上努力推敲。

那天晚上我一个人吃饭，很雅致的一餐，内容有蒸鲍鱼、绿茶荞麦面和热茶。我打开由岐送我的礼物。那是一个珊瑚色的盒子，用海水泡沫色的厚纸包装。里面浅色的纸盛着一圈一圈长野县产的荞麦面。这些面条躺在长方形的盒子里，就像一串一串的珍珠。最后，我仔细看了看我这回拍的照片。我把它们在床上排开来。这些照片大部分都只能归类为到此一游的纪念，唯独拍芥川龙之介坟墓上的香炉那几张有一点意思，使得我这回还不至于空手返家。我从床上爬起来一会儿，站在窗边，俯瞰涩谷的万家灯火，接着又远望富士山。然后我打开一小罐清酒。

——我向你致敬，芥川，我向你致敬，太宰，我说，把酒一饮而尽。

——别把你的时间浪费在我们身上，他们似乎在说，我们只是几名无赖。

我又把我的小酒杯斟满继续喝。

——所有的作家都是无赖，我低声自言自语，希望有一天我也能算得上是你们当中的一名。

暴风雨中群魔出动

我回家的途中经过洛杉矶,在威尼斯海滩停留了几天,那里离机场很近。我坐在岩石上看着海,耳朵听着来自四面八方纵横交错的乐声,从好几台不同的随身音响飘来并不协调但对于好听不好听自有其革命性见解的雷鬼音乐。我在拼贴咖啡馆吃了包着鱼的墨西哥塔可,还喝了咖啡,这个地方在威尼斯木板栈道向西一个街区。我连衣服都没有换,把两条裤管卷起来就直接走到海水里。水是有点冷,但是我的皮肤接触到盐分觉得很舒服。我一点都提不起劲来打开行李箱或者电脑,就光靠一口黑色的棉布袋过活。我听着海浪的声音入睡,然后花很多时间读被人丢掉的旧报纸。

在拼贴咖啡馆喝完最后一杯咖啡,我出发前往机场,到了那里我才发现我的行李被落在了旅馆。我上飞机什么都没带,只有护照、白色的钢笔、牙刷、一管旅行装的Weleda牌海盐牙膏,还有一本中等尺寸的Moleskine笔记本。五个小时的飞行时间,我没有书可以读,飞机上也没有电影电视可以看。我马上就觉得自己陷入了困境。我从头到尾翻了一遍机上杂志,主题是本国前十名的滑雪胜地,剩下时间就在一张展开来的地图上,周而复始地回忆我去过的欧洲和斯堪的那维亚半岛的地名。

Moleskine 笔记本的内页里夹着大概一千三百日元和四张照片。我把照片摊开来放在小餐桌上:一张是我的女儿杰西,站在孚日广场的雨果咖啡馆前面,两张是在芥川龙之介的墓前随手拍的香炉,还有一张是女诗人西尔维娅·普拉斯在雪中的墓碑。我想要写点跟杰西有关的事情,但是做不到,因为她的脸就让我想起她爸爸的脸,也让我想起了我们过去一起生活的种种往事。我把其余三张照片都塞回口袋里,然后专心看着雪中的西尔维娅。并不是拍得很好的照片,是冬天里光线不足的结果。我决定要来写一写西尔维娅。写来让我自己有点东西可以读。

这时我突然想起来,这一趟遇上的都是自杀。芥川。太宰。普拉斯。投水自尽,服用巴比妥盐,吸入大量一氧化碳中毒;三根被遗忘的手指,把其他所有都打败了。西尔维娅·普拉斯是 1963 年 2 月 11 日在她伦敦公寓的厨房里结束了自己的生命。她当时三十岁。那一年是英国历史上有记录的最冷冬季之一。从节礼日起就一直都在下雪，积雪在檐槽上堆高。泰晤士河结冰，羊群饿死在荒野中。她的丈夫，诗人特德·休斯，离开了她。他们年幼的孩子都平安无事，之前就好好哄上床睡觉了。西尔维娅把她的头放进炉子里。想到世界居然有这样压倒一切的孤寂，任何人应该都不免会打一个冷战吧。定时器滴滴答答倒数。还有一点点时间，还有活下去的一点点可能，可以把瓦斯关起来。我很想知道就在那些时刻，闪过她心头的想法是什么呢：她的小孩，还未成形的一首诗，还是她负心的丈夫正和另一个女人在吐司面包上涂着黄油。我也很想知道那个炉子后来怎么样了。也许她之后的下一个租户得到了一个非常干净的煤气灶，一个大型的圣骨盒，承载着一位诗人脑中最后的念头以及被金属铰链勾住的最后一簇浅棕色的头发。

飞机上热得令人难以忍受，可是居然还有乘客跟空姐要毛毯。我感觉到有一种快要发生那种沉闷、但是却压迫性十足的头痛症状的迹象。我闭上眼睛在脑中搜索我那本《爱丽尔》的形象，那本书是我二十岁的时候有人给我的。当时《爱丽尔》变成我生命里最重要的一本书，带我认识了这位有着一头蓬松秀发的诗人，和她敏锐的观察力量，她就像一个女外科医师，持手术刀剖开自己的心。稍微静下心来，我就在心里很清楚地看见了我的《爱丽尔》。窄窄的，褪色的黑色书衣，我在心里打开了书，注意到在奶油色的扉页上我年轻生涩的签名。我翻动书页，重新看着里面每一首诗的形状。

当我专注地看着这些诗的第一行时，一股跟我作对的力量投射出一个白色信封的一连串影像，在我眼角处忽隐忽现，阻挠我不让我好好读这些诗。

这些搅和没完没了，造成了我的痛苦，因为我对那个信封非常清楚。里面曾经装着几张我拍的照片，所拍的是英国北部秋光中那位诗人的坟墓。我曾经老远从伦敦去到利兹，经过勃朗特姐妹乡村到赫布登布里奇，然后再到赫普顿斯托尔古老的约克郡村庄，去拍这些照片。虽然也算扫墓，但是完全没有带花；我心里只有一个想法，就是去拍到我要的照片。

我当时身边只带着一包宝丽来底片，但是我也不需要更多。当天的光线近乎完美，我拍的时候也有绝对的把握，不多不少就拍了七张。每一张都很好，然而其中五张完美无瑕。我当天太高兴了，还拜托一个孤身的旅客，一个和蔼可亲的爱尔兰人，帮我在她的坟墓旁边的草地上照了相。在那张照片里我看起来有点老，但是那照片里的光线也正是当天我满意得不得了的同样熹微的光线。说真的，我当时感觉到了好久以来都没能再经历过的得意洋洋——轻松地完成一项具有挑战性的目标的那种得意之情。在她的坟前，我只是全神贯注地向她祈祷，倒没有跟其他不计其数的朝圣者一样，把我的笔放进墓碑旁的那个桶内。我当时身上只带了我最心爱的那支笔，是一支小小的白色的万宝龙，我可不想跟我心爱的笔就此分手。我觉得我有点像是被免除了义务，不用行礼如仪，这样的别扭我觉得她是会了解的，而我终究会感到后悔。

到火车站的那段长长的车程中，我一直在看那些照片，然后就把它们装进了一个信封。接下来的几个小时里我又把它们拿出来看了好几回。接着，几天后在我的旅行途中，这个信封和信封里装的东西就这样消失不见了。我心痛万分，把先前做过的每一个动作都再重新检视一遍，可是始终没有再找到它们。这些东西就这样消失了。我对这个损失低回不已。尤其是因为当初明明是一个略显奇特的兴味索然的时刻，我在拍这些照片的时候却感觉到乐趣无穷，这样的回忆把损失感又放大了不少。

到了二月初，我发现自己又置身在伦敦。我搭火车到利兹，在那里找了一位司机载我再回到赫普顿斯托尔。这次我买了一大堆的底片，而且把我的 Land 250 相机好好地清洁了一番，甚至还煞费苦心把已经塌掉一半的折箱内部给拉整齐。我们一路蜿蜒曲折地开到了山上，司机把车子停在气氛肃穆的圣托马斯·贝克特墓地

遗址前面。我走到遗址的西边,在教堂后巷对面的一块邻接的地里,很快找到了她的坟墓。

——我回来了,西尔维娅,我低声地说,仿佛她一直以来都在等着我。

我没有把这些雪的因素考虑在内。雪堆把略显肮脏的灰白色天空反射出来,构成了杂光。对我这台简单的相机来说,情况变得有点困难,光源太多,用得上的光又太少。拍了半个小时,我的手指都快冻僵了,风不停地吹袭,但是我还是很顽固地继续拍着照片。我希望太阳能够再露出脸来,同时我丧失了理性,卯起来狂拍,把带来的所有底片都给用光。拍出来的照片没有一张是好的。我冷到都没有感觉了，但还是舍不得离开。冬日里这个地方如此荒凉，如此寂寞。为什么她丈夫要把她葬在这里呢？为什么不葬在新英格兰的海边呢？那是她出生的地方，夹带盐分的风会在由她家乡的石头所雕刻出的"普拉斯"这个名字之上盘旋不去。我控制不住自己地想要在上面撒尿，想象着尿水流下去形成一股小水流，有一部分的我想要她感觉到贴近人的温暖。

人身难得哪，西尔维娅。这可是生命。

放笔的桶子已经不在原位，或许也避冬去了吧。我把我的口袋都翻遍了，找出一本小小的螺旋线圈笔记本，一条紫色的缎带，还有一只莱尔棉线织成的袜子，靠近顶端绣着一个蜜蜂图案。我用缎带把这些东西捆成一束，塞在墓碑旁边。我脚步沉重地走回到厚重的大门时，最后仅剩的一点点光也黯淡了。只有等到我走到车旁边的时候，阳光才再度露脸，而且这回带着复仇的意味。我一转头正好有一个声音在我耳边轻轻地说着：

——别回头看，别回头看。

就好像罗得的妻子，化成一根盐柱，正倒塌在这片大雪所覆盖的地上，散出一条长长的热印，把所到之处的雪都给融化了。这样的温暖使生命萌发，一丛丛的绿意抽出，众多灵魂的队伍缓缓前进。西尔维娅，那天穿着一件奶油色的毛线上衣和一条直筒裙，稍微遮着眼睛避开调皮的阳光，径自走上这美妙的回归路。

早春时节我第三次来到西尔维娅·普拉斯的坟前，带着我的妹妹琳达。她一直都很想要到这个勃朗特姐妹乡村走一趟，所以我们就结伴一起来。我们循着勃朗特姐妹走过的足迹，然后又循着我曾经走过的足迹上了山。琳达置身在这个茂密的田野之中颇为雀跃，举目所见时有野花，以及哥特式的遗迹。我静静地坐在墓旁，感受到一种稀有难得的、久违了的平和心境。

西班牙的朝圣者走圣雅各之路，从一座修道院走到下一座修道院，收集沿途取得的小小纪念章，绑在他们的念珠上，当做这一步一步走来的证据。我的证据则是一沓宝丽来照片，每一张都表示着我所走过的路，有时候我还会把这些照片像塔罗牌或者某支想象中的天国球队的棒球卡一样在眼前摊开来。如今有了一张西尔维娅在春天里。看起来非常好，但还是缺乏那些遗失掉的照片中闪闪泛着微光的质地。任何东西都没有可能真正地重新做个一模一样的。爱情没有可能，珠宝没有可能，就连一行诗也没有可能。

西尔维亚·普拉斯之墓,冬

* * *

我醒过来的时候听到从庞贝圣母教堂钟塔传来的钟声。时间是早上八点钟。至少从表面上看起来,似乎是已经融入了这个时区的作息。我因为昨天夜里已经喝掉了早上的咖啡,正感疲惫。途径洛杉矶回家,把我体内的生物时钟都给搅乱了,就像一座出了问题的咕咕钟,我还是准时地执行着被自己所打断的动作。我重返地球的程序很奇怪地被延迟了。作为连续好几个错误所构成的喜剧的牺牲品,我的手提箱和电脑搁浅在了威尼斯海滩,然后尽管我只有一个黑色的棉布袋要照顾,我还是把笔记本掉在了飞机上。一回到家,因为不相信笔记本真的掉了,我还把袋子里仅有的这么一点点东西全都倒在床上,反复把它们检查了又检查,就好像笔记本会从其他几样东西之间的背面隐秘处突然出现似的。开罗移过来坐在空的棉布袋上。我一筹莫展地环视整个房间。我还有足够多的其他东西,我告诉自己。

几天之后,有一个上面没有打任何邮戳的咖啡色信封出现在我的邮件堆里;我可以看得出黑色的 Moleskine 笔记本从信封里呈现出来的形状。心怀感激的同时也觉得很疑惑,我最后还是把信封打开。里面没有什么字条,没有人可以感谢,只有这诡异的气氛。我把西尔维娅在雪地里的照片抽出来，仔细地看了又看。我的自我惩罚，单单是因为存在于这个世界，不是书本里一页一页之间的那个世界，也不是我内心里一层一层沉积的那些感受氛围，而是对其他人而言真实存在的那个世界。我当年把那个世界给掉在《爱丽尔》的书页当中了。我坐在那里，读着与诗集同名的那首诗，停在这两行之间：而我／是那支箭，这句心咒曾经鼓舞了一个有点局促不安但是却下定决心的年轻女孩。我几乎把这整件事情都给忘掉了。罗伯特·洛威尔在这本书的导语里告诉我们，"爱丽尔"指的并不是莎士比亚戏剧《暴风雨》里面的那个变幻多端的精灵，而是她最心爱的那匹马。不过也许那匹马就是以《暴风雨》里的精灵所命名。爱丽尔也有天使的意思，表示上帝的勇猛。这些情节都很好，然而也正是西尔维娅用手臂环抱颈部的这匹马，载着她飞越了终点线。

很久以前我还仔细剪了一首诗，叫作《新来的小马》，把它夹在这本书里。诗里面描述小马怎么出生，之后怎么被送过来，不禁让我想到超人还是个婴儿的时候，就被装在一个伸手不见五指的小太空舱里，猛力射向太空朝着地球飞来。小马刚刚呱呱落地的时候，脚都还摇摇晃晃站不稳，是靠着上帝和人的协助才能顺利变成一匹马。写这首诗的人名不见经传，但是他所创造的这一匹新来的小马永远活生生，继续不断地出生然后重生。

回到家我心满意足，睡在自己的床上，有自己的小电视机和所有的书。我只离开了几个星期，但是不知道为什么感觉上好像已经过了几个月。现在该是把以前每天的既定行程稍微抢救回来一点的时候了。去伊诺咖啡这个时间还太早，所以我就先读点书。说得更准确一点，我就一张一张看起了《纳博科夫的蝴蝶》书内页的图片，还把所有的图说都读了一遍。然后我盥洗了一下，将我已经穿在身上的衣着打扮换成干净的，抓起我的笔记本，然后匆匆忙忙就下楼去了，猫群全都跟在我的后面，终于它们认出这是我的习惯，同时也认为这是它们本身的习惯。

三月的风，两只脚站稳在大地上。长途飞行之后的时差魔咒解除了，我现在再度期待坐在我的角落桌子旁，接过服务生不用等我就端来的黑咖啡、烤土司和橄榄油。贝德福街上的鸽子大概有平常的两倍那么多，而且路旁有些黄水仙已经提前开花了。我一开始还没有注意到，不过接着我就发现本来上面写着"伊诺咖啡"的橘红色遮雨篷不见了。门也锁了起来，不过我看见贾森在里面，就在窗子上敲了敲。

——我很高兴你正好路过。我来给你煮最后一杯咖啡。

我太惊讶了，一句话也说不出来。他要把店给收起来了,没有转圜的余地。我看着我平常坐的那个角落,数不清多少年来的多少个早晨,我自己就坐在那里。

——我可以坐下来吗?我问他说。

——当然可以,请坐。

一整个早上我就坐在那里。有一位常常来此光顾的年轻女孩也经过店门口,带了一台跟我那台一样的宝丽来相机。我向她挥手,走到店外面跟她打招呼。

——哈啰,克莱尔,你有时间吗?

——当然喽,她说。

我请她帮我拍张照片。这是我第一张也是最后一张坐在伊诺咖啡那张角落桌子旁的照片。她也为我感到难过,因为很多次她路过的时候都透过窗子看到我。她拍了好几张,然后放了一张在桌上——拍下来真的就是愁眉苦脸的样子。等她要离开的时候,我跟她致谢。我坐在那里很长一段时间,脑子里一片空白,然后我拾起我那支白色的钢笔。我写到那口井,还有让·雷诺的脸,我写到那个牛仔,还有我丈夫笑歪了的表情。我写到得克萨斯州奥斯汀的蝙蝠,还有《犯罪倾向》剧中审问室的银色椅子。我写到完全筋疲力尽,我在伊诺咖啡写的最后一些字。

我们要道别的时候,贾森跟我一起站在那里,环顾这个小小的咖啡店。我没有问他为什么要把店给收起来。我想他有他自己的理由,不管答案是什么,反正已

经没有差别了。

我跟我那个角落说再见。

——这些桌子椅子要怎么办？我问他。

——你是指你那张桌子跟椅子吗？

——对啊，主要是。

——就送给你了，他说，晚一点我带过去给你。

那天晚上贾森扛着它们从贝德福德街横越第六大道送来给我，这是我这十几年来所走的同一条路线。从伊诺咖啡店来的我的桌子和椅子。我在那里的传送门。

　　我爬了十四级楼梯到卧室,灯关起来,然后眼睁睁地躺在那里。我心里想着夜里的纽约市就像一座舞台布景。我心里想着从伦敦回来的飞机上看了一出电视剧集开播的第一集,之前完全都没有听说过的剧集,叫做《疑犯追踪》,结果两天之后有一个剧组在我们那条街拍摄,他们要求我在拍摄的时候不要走过去,我眼睛尖看到《疑犯追踪》的主要演员就在这个拍摄现场,站在从我门口走出去右边十五英尺左右的一个搭起来的台架下面。我心里想着我真热爱这个城市。

　　我找到了遥控器,打开电视看了一集《神秘博士》

的结尾。戴维·田纳特看起来就挺像那么一回事，对我来说只有他才是"神秘博士"。

——人因为天使的缘故而能够忍受魔鬼，蓬帕杜尔夫人在他正要转移到另外一个时空之前这样告诉他。我在想他们两个要是凑成一双该是多么般配的一对璧人。我在想这些操着苏格兰口音的法国时空旅行者的孩子们，一次又一次让那些未来的女人伤心。就在同时，一架橘红色的遮雨篷像一股小型的龙卷风一样凭空出现在我的心里。我怀疑像这样另起炉灶、突然转变想起全新的事情到底有没有可能。

等到我终于沉沉睡去差不多已经是早上了。有关于那个沙漠里的咖啡店，我做了另外一个梦。这一回牛仔就站在门口，看着眼前的一片开阔。他弯身向我，轻轻地抓住我的手臂。我注意到在他的拇指和食指之间那一小块皮肤上刺了一个新月的图案。这是一只作家的手。

——我们为什么老是跟对方走着走着就走丢了，然后每次都还再遇上。

——我们真的有在刻意遇上对方吗，我回答他说，还是我们只是来到这里，不由自主又撞在一起？

他没有回答。

——世界上没有什么比土地更孤零零的了，他说。

——为什么说孤零零？

——因为他妈的这样实在是太自由了。

然后他就不见了。我走过去站在他原来站的地方，感觉他曾经存在着的一点温暖。风又刮了起来，无法分辨的瓦砾残骸被卷到空中。有点什么东西快要来了，我可以感觉出来。

我摔到床下，衣服完全没脱。即使是这样，我脑子里都还是在想个不停。半梦半醒之间我套上了我的靴子，从衣柜的后面拉出一口上面有雕花的西班牙木箱。箱子泛着那种用旧了的马鞍会有的光泽，有好多个抽屉，里面装满了东西，有的很神圣，也有的到底什么来历完全想不起来了。我发现了我所要找的东西——是一条英国灰狗的快照，后面写着幻影，1971。照片是夹在一本破破烂烂的萨姆·谢泼德写的《鹰月》里，书上还有作者题词：如果你已经忘了曾经如何向往你的疯狂。我走到浴室里去洗漱。有一本稍微浸湿了的《人间失格》被丢在水槽下的地板上。我用清水冲了冲脸，抓起我的笔记本，然后就出发去伊诺咖啡。要过第六大道走到一半的时候，让我给想起来了。

我开始花更多的时间在但丁咖啡馆，不过都是在一些不规律的时段。晨间我就买熟食店的咖啡，然后坐在我的门廊上面喝。我回想起以前在伊诺咖啡消磨上午时光的种种，如此一来不但让我内心的不满迟迟不散，也让我带着些许得意继续纵容这种不满情绪。感谢有你，我说，我才得以在我所写的书里面如此这般地活着。这书我原来根本没有打算要写，把时光录起来，一下子后退，一下子前进。我曾经看过雪落在海面上，也曾经追寻着早就已经不存在的旅人脚步。我曾经把一些必然发生的完美片段重新再活一遍。弗雷德把他为了上飞行课而穿着的卡其衬衫扣上纽扣。几只鸽子飞回到我们阳台上的鸟巢里。我们的女儿，杰西，站在我的面前张开她的手臂。

——噢，妈妈，有时候我觉得自己像是一棵新生的树。

我们想要一些我们没有办法拥有的东西。我们想尽办法希望能重回某些时刻，重听某些声音，重新感受某个经历。我想要能够再听到我妈妈的声音。我想要能够再看到我的孩子们还小的时候。手小小的，腿快步地跑。每一样东西都会改变。男孩长大了，父亲过世了，女儿现在比我还高，却还因为做了噩梦哭醒过来。请永远就保持这样吧，我对我所知的每件事物都这么说。别走。不要长大。

阿尔弗雷德·魏格纳的梦

又一个辗转难眠的夜。我黎明就起来开始工作，为了要解读信封上、书的空白页上和沾了污渍的餐巾纸上潦草的字迹，我的眼睛累得红肿疼痛，解读出来之后，我得把这些内容不分顺序誊到电脑里面，然后试图把这些相关时间都对不太上的主观叙述理出一个头绪。我把这一堆原件留在床上，先去但丁咖啡馆。我让我的咖啡放在那边都凉了，脑子里想着一些侦探。一起出勤的工作伙伴彼此依赖对方的眼睛。其中一个人说，告诉我你看到什么。他的伙伴一定要确实地跟他说，巨细靡遗。但是一个写作者并没有伙伴。他得走回过来问他自己——告诉我你看到了什么。不过既然他现在是在告诉自己，也不用讲得太清楚，因为内在会有个知觉已经掌握了任何被遗漏掉的东西——目前还不太清楚，或者只被表达了一部分的东西。我怀疑如果我来做侦探会不会是个好侦探。要承认真的很痛苦，但是我确实觉得自己做不来。我不是那种善于观察的人。我的双眼似乎总是光在眼窝里面自己打转。我在付账的时候，突然惊奇地发现贴在这家咖啡馆的好几面墙上的但丁和贝雅特丽齐的壁画，和我1963年第一次上门光顾时是同样的。然后我就离开去买点东西。我买了一部《神曲》的新译本，还为我的靴子添购了新的鞋带。我注意到了我这天心情挺好的。

我到我的信箱取邮件。一本安娜·卡万所写的《爱之稀有性》的首版书，两张版税支票，一本 Restoration Hardware 家居的巨型目录，和我们 CDC 的秘书寄来的紧急公函。上面连平常惯有的印封都付之阙如，所以我马上就把它打开，心里有点惶恐。里面装着一张有水印的信纸，敬告所有的组织成员，即日起"大陆漂移社"正式解散。她还建议我们把任何跟 CDC 的正式往来邮件，只要是上面有 CDC 的抬头信笺或封印的，全部碾碎销毁，最后祝我们身体健康事事如意。在信纸的最底部，她用铅笔写上希望还有机会再见面。我马上就给她回了一封短信，答应她如果她想在哪里碰面的话，我就去找她，还附上了几句我帮 CDC 主题曲所写的歌词。当我在信封上写地址的时候，我可以听到七号会员所拉的手风琴如泣如诉的乐声。

雪中万圣的这一天，魏格纳去到了哪里

只有拉斯穆斯知道，而他完全是在上帝的手里

举起一具铁十字架，他不再迷失

在里面世人找到了笔记，而这些是在上帝的手里

我从衣柜的上层搬出一个灰色的档案盒子，把里面装的东西摆出来放在床上——有一个档案夹里面装着我们计划要完成的目标、打印出来的阅读清单、确认我入会的正式通知，和红色的会员卡——编序二十三号。旁边还有一沓写了字的餐巾纸，一张宝丽来相片，拍的是博比·菲舍尔和鲍里斯·斯帕斯基当年对弈的棋桌，和我为了2010年的新闻稿所画的弗里兹·勒韦。我没有打开那一整包用蓝色绳子系起来的正式信件，而是生了一小盆火，看着这些烧掉化为乌有。我叹了一口气，把有我上次为那个有点倒霉的讲话写的笔记的餐巾纸揉成一团。我原本的意图是要把关注点集中在阿尔弗雷德·魏格纳生命中的最后那些时刻，描绘这些会员们共同的心声，结果却被来自听众的质疑"他到底看见了什么"给打乱了。但是我无意中引燃的这个小小混乱，阻挡了我本来想要构筑接近诗一样的憧憬画面的可能性。

他从伊斯米特离开去寻找食物和援助的那一天正好是诸圣节，朋友们焦急地等待他归来。这一天是他五十岁生日。白色的地平线召唤着他。他发现了一道彩色的

帕西法尔的袍子,新哈登贝格

弧线盖在雪上。一个灵魂跟另外一个灵魂永远地分离。他向他的爱人声声呼唤，爱人却远在一个漂移的大陆之外。他双膝跪地，他可以看到他的向导，在他的面前几码之外，举起双臂。

我把揉成一团的餐巾纸丢进了火焰中，每一张都紧缩着像一个拳头，然后又慢慢地重新张开，像含苞的玫瑰绽放花瓣。我都入迷了，看着它们起火，形成一朵巨大的玫瑰。火焰在这位沉睡的科学家的帐篷周围一下子爬高一下子钻低。它巨大的花刺戳穿了帆布，于是它浓厚的香味就涌了进去，把沉睡中的他整个笼罩，变成他所呼吸的气息，深入他正跳动着的心室之中。我有幸能够看到他临终时刻的景象，从"大陆漂移社"这些珍贵纪念品焚化产生的烟雾之中冉冉浮现。一股热劲流经我的全身，这是什么意思我知道得非常清楚。这是文明的现代，我告诉我自己。但是我们不要陷在其中。我们可以想去哪里就去，和众家天使交流谈心，在人类的历史上重演一个比未来更加科幻的时代。

我把帕西法尔[1]的袍子折边给熨平。

---

[1] 帕西法尔，瓦格纳歌剧《帕西法尔》主人公，取材于13世纪德国圣杯骑士传说。

看着乔托的羊从一幅湿壁画里漫游出来。
在去除覆盖的圣像前祈祷,幸存的时光。
保留盖贝托[1]的小屋扫出来的刨花。
拉开一个尸袋,然后看着我兄弟的脸。
目睹侍僧把花瓣撒在垂死诗人的身上。
我看到在焚香的烟雾塑造了我每日生活的形象。
我看到我的爱回归到上帝。
我看到事物原来的样子。

一个碎片又一个碎片,我们从所谓时间的专制独裁中被解放出来。紫藤的帘幕使一个熟悉花园的入口若隐若现。我在一张椭圆形的桌子旁边坐下,这是席勒的传送门。我探身到桌对面,去抚摸满眼哀伤的数学家的手腕。裂开的深渊再度阖起。在一瞬间,一生之久,我们经历了一个无声序曲的无穷乐章。漫不经心的一群人走过了一个知名机构的大堂:约瑟夫·克内希特,埃瓦里斯特·伽罗瓦,维也纳学派的众家成员们。当他站起来的时候我看着他,跟在他们的身后,轻松吹着口哨。

长长的葡萄藤一直就这样轻轻地摇曳着。我想象阿尔弗雷德·魏格纳和他的妻子埃尔泽,在一个沐浴着光

---

[1] 盖贝托,《木偶奇遇记》中匹诺曹的爸爸。

线的起居室里喝着茶。然后我就开始写起来。写的不是科学，而是人类的内心。我热烈地写着，就像一个学生坐在她的书桌前，整个人趴在她的作文簿上，不是按照老师的规定，而是她爱怎么写就怎么写。

雕像细部,圣马里安和圣尼古拉教堂

到拉腊什之路

愚人节这一天，我虽百般不情愿，但还是着手准备另外一次的旅行。我被邀请去参加一个在丹吉尔举行的诗人与音乐家的大会，要在会中向曾经把丹吉尔变成作品舞台的垮掉派作家致敬。我本来是更希望能够待在罗卡韦海滩，跟工人们一起喝着咖啡，看着我的小房子的拯救行动慢慢但充满意义地展开。可是在另外一边，如果我去参加大会活动，将能跟一些好朋友碰上面，而且4月15号正好是让·热内的忌日。似乎是把从圣洛朗监狱捡来的石头，送到拉腊什他坟墓上的适当时刻，距离大会的举办地点只有六十英里。

保罗·鲍尔斯曾经说过，丹吉尔是过去与现在以恰当比例同时并存的地方。构成这个城市的材质里面隐藏了某一种什么东西，仿佛是编织着欢迎的同时却混合着缝入了一丝一丝的不信任。我最先是通过他的作品看到了一点点的丹吉尔，后来又通过他的眼睛。

我第一次被人介绍给鲍尔斯，是以一种怎么样也想不到的方式。时间是1967年的夏天，就在我离家不久刚去到纽约市的时候，经过了一大箱打翻了散落在马路上的书。其中有几本滚过了人行道，一本旧的《美国名人录》打开来落在我的脚下。我弯下身子一看，一张照片映入我眼帘，底下的条目正是保罗·弗雷德里克·鲍尔斯。我之前没有听说过这个人，但是当时我注意到我们两个是同一天生日，12月30号。我相信这是一个预兆，所以就把那一页给撕了下来，而且之后还去把他的书都找来看，第一本就是《遮蔽的天空》。我把他所写的甚至于他所翻译的书都看过了，因此也认识了穆罕默德·穆拉比特和伊莎贝尔·埃伯哈特的作品。

三十年之后，在1997年，《时尚》杂志的德国版请我到丹吉尔去专访他。我当时对这项任务有种混杂的感觉，因为他们跟我说鲍尔斯当时正病着。不过他们也向我保证，鲍尔斯是毫不犹豫就同意了接受这个专访，所以我走这趟并不算是去打扰他。鲍尔斯住在一个没什么特别的五零年代现代主义住宅区里，安安静静的街上一栋带三个房间的公寓。看起来历尽沧桑的大小旅行箱在进门处堆得高高的，形成了一根柱子。墙上和走廊里一排一排都是书，其中有些书是我已经知道的，还有一些书是我希望能够认识的。他从床上撑着坐起来，穿着一件柔软的格子花纹睡袍，而且我走进房间的时候感觉他好像整个人都亮了起来。

我蹲下来,希望在不太好的空气当中找到一个比较理想的位置。我们谈到他已经过世的妻子简,她的精神似乎无所不在,充斥于这个空间。我坐在那里,扭着我的两条辫子,谈起了有关爱的主题。我很怀疑他是不是真的有在听我说话。

——你最近在写作吗?我问他说。

——没有了,我已经不再写了。

——那你现在觉得怎么样?我问道。

——空虚,他回答。

我让他自己稍微整理一下思绪,上楼到屋顶的天井露台。院子里并没有看到骆驼。也没有北非大麻满得冒出来的粗麻布袋。更没有摩洛哥大麻烟管斜靠在瓦罐边上。有的只是一个水泥砌成的屋顶,俯视着其他的屋顶,视线所及都是一行一行的平纹细布,交织挂在丹吉尔蓝色天空下的大片空间中。有那么一会儿,我把我的脸凑近,贴上一条晾在那里还有一点湿湿的床单,躲避这令人窒息的酷热,但是马上我就后悔自己这么做了,因为留在床单上的痕迹破坏了它原来平整的完美。

我回到他那边。他的睡袍现在滑落到脚边,他的床边有一双穿得快要坏了的皮拖鞋。一个名叫卡里姆的摩洛哥年轻人亲切地为我们端来了茶。他就住在走廊的对

与保罗·鲍尔斯,丹吉尔,1997 年

面，常常会过来看看保罗有没有好好吃睡。

保罗谈到他拥有一个岛屿，但是他现在都不再去了，音乐他也不再弹奏了，有一些会唱歌的鸟现在都绝种消失了。我看得出来他开始累了。

——我们同一天生日耶，我跟他说。

他惨淡地笑了笑，大大圆圆的眼睛闭起来。我们已经接近了这个专访的尾声。

每一样东西都往前倒。照片往前倒出它们的历史。书籍往前倒出它们的字句。墙壁往前倒出它们的声音。精神像乙醚一样地挥发，有如阿拉伯花饰般转动上升，然后再冉冉落下，轻柔得像一张亲切的面具。

——保罗，我现在要走了。我会再回来看你。

他睁开眼睛，把他布满了皱纹的修长的手放在我的手上。

如今他也已经不在人世。

我抬起我书桌的上盖，找出那个还用弗雷德的手帕包着的超大号茨冈牌火柴盒。过去这二十几年来我都没有把它打开过。里面的石头还是好好的，上面还附着点点监狱的泥土。看到这些石头，睹物思人，心头的伤口又被划开。该是把这些石头送出去的时候了，虽然并不是用我原来设想的方法。我已经写信给卡里姆说我会来。那年我们第一次在保罗的公寓里碰面的时候，我就告诉了他这些石头的故事,他当时就答应我,等到适当的时间,会带我去拉腊什的基督教墓园,热内下葬的地方。

卡里姆很快就回复了我,就好像当年我们说好的事情才刚刚发生过。

——我现在在沙漠里,不过我会去找到你,然后我们去找热内。

我就知道他会信守诺言。

我把我的相机清干净,然后连同几包底片一起用一条扎染印花方巾包起来,把它们放到我的衬衫和工装裤中间。这回旅行我带的行李比以往都要轻便。我跟众家猫儿说了再见,把那个火柴盒塞进我的口袋,然后就离开了。这回和我同行的莱尼·凯和托尼·沙纳汉带着他们的传统吉他,跟我直接在机场碰面——这是我们第一次一起去摩洛哥。早上在卡萨布兰卡有车来接我们,但是这辆大会的专车在去往丹吉尔的半路上就抛锚了。我们坐在路旁分享一些有关于威廉和艾伦,彼得和保罗的故事,我们的垮掉派的使徒。很快我们就搭上了一辆生气勃勃的巴士,车上的收音机刺耳地播放着法语和阿拉伯语节目,一路超越了一辆坏了的自行车,一头被绊倒在地的骡子,还有一个膝盖受伤的小孩,正在刷理膝盖伤口上的小石子。其中一个乘客,一个手提着好几个购物袋的女人，不断地骚扰着驾驶司机。他最后终于把巴士给停了下来，有一些乘客就下车，在一个便利商店买了好几罐可口可乐。我刚好探出头去，看到店门上面用库法字体写着"小卖亭"。

我们住进了"伦勃朗旅社"，长久以来许多作家都曾在这里落脚过，从田纳西·威廉斯到简·鲍尔斯。有人发给我们黑色的笔记本，上面用绿色的字体印着"丹吉尔大会"的字样，以及我们的证件——威廉·巴勒斯的脸叠盖在布里翁·吉森的脸上——这个层压的意象来自他们二人合写的《第三心灵》。这里就像是一个同学会的入口接待处。诗人安妮·瓦尔德曼和约翰·吉奥诺；贝希尔·阿塔尔，酋酋卡村大师乐队的领导者；音乐家莱尼·凯和托尼·沙纳汉。"城市老鼠乐团"的阿兰·拉哈那从巴黎飞过来，电影制作者弗里德·施莱克从柏林过来，还有卡里姆从沙漠中开车过来。我们站在那边，互相看着彼此有好一会儿——已经逝去的垮掉派所留下来的孤儿们。

每天傍晚的时候我们就集合起来，为观众朗读或是举行座谈会。每当我们朗读此番来致敬的对象作家的作品，我们这些伟大的导师们所穿过的大衣就会列队进入我的视线再走出。到了夜晚的时间，音乐家就现场即兴创作，苏非派的苦行修士则原地转起圈圈。莱尼和我又落入了我们无条件友谊的熟悉节奏之中。我们彼此认识已经超过四十年了,读过同样的书,看过同样的舞台剧,出生在同一个月份,而且在同一年。我们都曾经希望能够在丹吉尔工作,随缘自足,不发一语,漫无目标地游逛经过这个阿拉伯城市。蜿蜒曲折的后街小巷被金黄色的阳光灌入充满,我们都曾经充满宗教情怀地追随这道光,直到后来我们才意识到自己其实是一直在绕着周而复始的原路走。

在我们把自己该做的事情都做完了之后,夜里的时间我们就在穆莱·哈菲兹宫聆听酋酋卡村大师乐队的演奏,在那之后接着听达尔·葛那瓦乐队的表演。他们兴致高昂的音乐引得我翩然起舞;我被一群比我儿子还要年轻的男孩们围绕着跳舞。我们以一种相似的风格舞动,但是他们表现出一种随性创造和流动灵活,使得我只能在一旁敬畏惊叹,无言以对。我早上去散步的时候,会看到其中的几个男孩在废弃的电影院前抽着香烟。

——你们起得这么早,我说。

他们都笑了。

——我们是还没去睡。

在活动的最后一个晚上,有一位个子小小但是让人印象深刻的与会者,穿着缝着金线的白色宽袍子,走进了我们的公共区域。此人正是穆罕默德·穆拉比特,我们所有人都站了起来。他和我们挚爱的朋友们互相传递着大麻烟管抽烟,他们确切的律动可以从他袍子的褶皱中感觉得出来。他年轻的时候坐在桌子旁边讲故事给保罗·鲍尔斯听,鲍尔斯把这些故事翻译出来,在黑麻雀出版公司出版。这一系列的奇妙故事,诸如《海滨咖啡馆》,曾经让我坐在但丁咖啡馆里一读再读,并在脑子里梦想着要开一家我自己的咖啡店。

——你明天想要去"海滨咖啡馆"吗?卡里姆问我。

我从来没有想到这家咖啡店居然还真的存在。

——是一家真的咖啡店吗?我问他,有点不敢相信。

——是啊,他笑着说。

到了早上,我跟莱尼在巴斯德大道上的巴黎格兰咖啡店碰面。我曾经看过热内和作家穆罕默德·舒凯里在那里喝茶的照片。虽然店内的装潢看起来很像六零年代早期的自助餐厅,但是他们完全不供餐,只能喝到茶和速溶咖啡。雕刻的木板条墙、棕色的绷皮座椅、酒红色的桌巾,和沉甸甸的玻璃烟灰缸。我们坐在一个曲面的角落,自在地没说什么话,眼前都是宽阔的窗户,我们可以坐在那里看着外面街上的人来人往。我的速溶咖啡送来的时候还装在一条软管包装里,附上一杯热开水。莱尼则点了茶。几个男人聚在一张褪色的国王画像底下抽烟,画像里的国王拿着一根钓竿和他令人印象深刻的渔获。在绿色大理石墙上是一个钟，形状像一个大的白镴太阳，在一个不存在时间的国度里为我们送上时间。

莱尼和我沿着海岸开车到海滨咖啡馆，车上还载着卡里姆。看起来店是关门了，海滩也荒废着，像是牛仔镜子另外一边的一个哨站。卡里姆走进咖啡店里找到了一个男人，他只好很不情愿地帮我们冲了薄荷茶。他把茶端到外面来放到一张桌上，然后又走回屋里。就在海岸的旁边，被一座峭壁所遮掩，是穆拉比特所描述的隐秘空间。我脱下鞋子卷起裤管，涉进海水中，在这个我之前只是通过他的书页才知道的地方。

我在太阳下等衣服晒干，然后又喝了一些茶，这茶泡得非常甜。可以坐的地方有很多，但是我是独钟靠在黑莓果灌木丛旁边的一把装饰华丽的白色塑料椅。我拍了两张照片，然后把我的相机给莱尼，让他帮我拍一张我坐在椅子上的照片。回去坐到没有几英尺远的桌子旁边，我迅速撕下宝丽来照片的表膜；我对我拍的那张椅子的构图不太满意，想回头再另拍一张，可是那张椅子已经不见了。莱尼和我都很惊讶。我们附近一个人也没有，可是那张椅子却在很短的时间内消失了。

——这真是疯狂，莱尼说。
——这里是丹吉尔，卡里姆说。
卡里姆走进咖啡店里，我就跟在他后面。咖啡店里空无一人。我把我拍的白色椅子的照片放在桌子的正中间。

——这里也是丹吉尔,我说。

我们沿着海岸行驶,听着浪声和声音大得不可能听不到的蟋蟀声,开过一段尘土飞扬的路面、几个刷着白墙的村庄,和零零星星开着黄花的沙漠。卡里姆把车停在路边,然后我们跟着他走向穆拉比特住的房子。我们正从小丘上往下走的时候,一群难以控制的山羊迎面爬上坡。让我们很惊喜的是,它们还为我们稍微散开,然后把我们整个包围起来。主人不在,但他的山羊招待了我们。当我们开回丹吉尔的时候,在路上看到一个牧人领着一头骆驼和它的幼崽。我摇下了车窗,向他大叫:

——这头小的叫什么名字?

——他名字叫吉米·亨德里克斯。

——好耶,我从昨天到现在都没睡!

——如果这就是阿拉的旨意!他也大叫。

我起了个大早,把火柴盒塞进我的口袋,然后去巴黎咖啡店喝最后一杯咖啡。我觉得很奇怪,有点无法投入,在想自己是不是正在进行一项没有意义的仪式。热内在1986年的春天就已经过世了,早在我能够完成我的任务之前,而这些石头放在我的书桌里也已经超过了二十年。我点了另外一杯速溶咖啡,回忆往事。

当年听到这个新闻的时候，我正坐在厨房的小桌旁，就位于加缪的照片下方。弗雷德把他的手放在我的肩膀上，然后走开让我自己好好想一想。我当时感觉到有点后悔，为了我迟迟没有表达的敬意，但事已至此，也没有办法弥补，只能自己许愿未来能把这件事情写出来。

那一年四月初，热内和他的伴侣雅基·马格利亚从摩洛哥来到巴黎，修正出版商的校样，这本书即将成为他的最后一本书。他平常在巴黎所住的地方，鲁本斯旅馆，这回不让他住，因为夜班人员不认得他，看他外表像个流浪汉，觉得很不能接受。他们只好走进外面下着的滂沱大雨，再去寻找别的地方，最后终于住进了"杰克旅社"，是一家靠近意大利广场的、当时搞不好连一星也没有的旅店。

就在这一个比单人囚室好不了多少的房间里，热内全神贯注于他的书稿。虽然晚期的咽喉癌让他颇受折磨，但是他尽量不吃止痛药，决心不受药物影响，维持头脑的清醒。虽然他这一辈子都在服用巴比妥盐类的安眠药，他这时却避免服用，除非是在最需要的时候，因为希望能够让书稿趋近完美的想望，克服了所有肉体上的痛苦。

到了四月十五日，热内孤零零地死在这个临时找的旅社小房间的浴室地板上。很有可能他当时是想爬上一小级阶梯,走回他的小房间。摆在房间小桌上的,是他留给世人的遗赠,他完好无缺的最后作品。就在同一天,美国轰炸了利比亚。有传言说哈娜·卡扎菲,也就是卡扎菲上校的养女,也在这次突袭中被杀。当我坐下来开始写的时候,我想象那位无辜的孤儿带领这位孤儿出身的小偷进入了天堂乐园。

我的速溶咖啡早就凉了。我示意再点了另外一杯。这时候莱尼到了,他点了茶。这个早上一切都是慢动作。我们向后靠坐,只是看着这整个空间,意识到我们所敬爱的这些作家曾经花上许多个小时在这里面一起交谈。他们都还在这里,我们对这一点达成一致,然后走路回到旅馆。

卡里姆已经被叫回去沙漠里了,但是弗里德安排了另外一位司机载我们全部的人去拉腊什。我们总共有五个人——莱尼、托尼、弗里德、阿兰和我——全部都想要去寻求热内的垂青。这回身边都是朋友,我没有预料自己会感受到这种深深的孤寂,或者是那种我竭尽所能去消除的讨厌的心痛。热内已经死了,不属于任何人了。我所认识的弗雷德,一路带着我到圣洛朗去捡这几颗小石头的弗雷德,却还是属于我。我曾经寻求,却没有办法感受到他的存在,于是只好沉回到记忆的遗迹当中,直到我能够找着他。穿着卡其色的衣服,他的长头发被剪短了,独自一人站在长得高高的草地和下垂的棕榈树之间的矮树丛中,我看到了他的手和腕上的手表。我看到了他的结婚戒指和他棕色的皮鞋。

当我们快要到拉腊什市的时候,临近海洋的感受变强烈了。这里本来是一个老旧渔港,距离古代腓尼基人留下的遗迹并不远。我们在靠近一座碉堡的地方停车,然后一路爬上山到达墓园。那边有个老妇人跟一个小男孩,仿佛是在那里等着。他们帮我们把门打开,墓园有一种西班牙的感觉,而且热内的坟墓是朝向东方,俯瞰着海。我把坟墓四周围的碎片清理了一下,枯萎的花束和细树枝都移开,还有一些碎玻璃,然后我用瓶装水把墓碑清洗了一下。那个小孩在旁边聚精会神地看着我。

我把我想说的话都说了,然后把水倒在地上,深深地挖了一个洞,把石头填进去。当我们把带来的花摆上去的时候,我们可以听到远远的呼拜声叫唤世人去祈祷。那个男孩静静地坐在我埋下石头的地方,把花瓣一片一片地拔下来,撒在自己的裤子上,用他睁得大大的黑眼睛看着我们。我们快要离开时,他拿给我一个本来是丝绸做的玫瑰花苞,褪了色的粉红,我把它放进我的火柴盒里。我们给了那位老妇人一点钱,然后她就把门关了起来。男孩看到他这些陌生的玩伴离开,似乎显得

热内之墓,拉腊什基督教墓园

很难过。回去的路上我昏昏欲睡。我常常会看着我的这些照片。有一天我会把热内坟墓的宝丽来照片放进一个盒子里,跟其他人的坟墓在一起。但是在我的心里我知道,玫瑰的奇迹并不是这些石头,也不可能从照片里面被人发现,而是在那位小孩守护着的囚室当中,热内的爱的囚犯。

被覆盖的地面

阵亡将士纪念日很快就要到了。我很希望能够看到我的小屋子,我的阿拉莫,无论是有火车还是没火车。上回那场巨大的暴风雨摧毁了布罗德通道站的铁路桥,冲毁了超过1500米的铁轨,完全淹没了地铁A线的两个车站,需要大规模的工程投入,才能修复沿线的信号、扳道和电路。这样的情况之下,你就算不耐烦也无济于事。事实摆在眼前,就是有一个看起来很巨大的艰难任务亟待完成,就好像要把比尔·门罗被打碎的曼陀林一片一片重新拼起来一样。

我打电话给我朋友温奇,希望能够搭个便车到罗卡韦海滩,他是这项缓慢修复工程的监工。这天虽然出了太阳,但是气温却不合季节地冷,所以我还是穿了一件双排扣短外套,而且戴上我的针织帽。因为时间还很充裕,我买了一个大杯的熟食店咖啡,坐在我的门廊上等他。天空上除了几朵飘过的云之外非常晴朗,我看着这些云,脑子就回到多年前的北密歇根,另外一个阵亡将

父亲节,安湖,密歇根

士纪念日,在特拉弗斯城。弗雷德当时正在天上飞着,而我们的小儿子杰克逊,则和我正沿着密歇根湖走路。湖岸上散落着成百上千的羽毛。我用一块印第安毯子铺在地上躺坐下来,拿出我的笔和笔记本。

——我要来写点东西,我跟他说,那你要做什么?

他用眼睛把附近仔细看了一遍,最后视线停在空中。

——我要来想点东西,他说。

——好呀,想跟写有很多相似的地方。

——对,他说,只是完全都是在你的脑袋里。

他那时才快要接近四岁生日,我对他的观察能力觉得很不可思议。我在那边写,杰克逊在一旁想,然后弗雷德在天上飞,我们三个人全部都以一种专注的方式彼此联结着。我们这样过了快乐的一天,等到太阳开始下山,我把我们的东西收拾起来,还顺便捡了一些羽毛,杰克逊跑在我前面,满心期待着他爸爸待会儿回家。

即使到了现在,他爸爸都过世了差不多有二十年,杰克逊自己也已经变成一个大男人,心里期待着的是他自己的儿子放学回家了,我都还会想起那个下午。密歇根湖的强浪打上了岸边,把换羽的海鸥留下来的羽毛弃置在那里。杰克逊小小的蓝鞋子,他那不太说话的样子,热气从我装了黑咖啡的保温瓶里冉冉上升,还有云朵,在天空中逐渐集结,弗雷德应该会从他开的 Piper

Cherokee 的驾驶舱窗户里瞥见到。

——你觉得他能看见我们吗？杰克逊问我。

——他一定能看到我们的，乖儿子，我回答说。

影像都有它们各自逐渐消失的方法，然后突然间它们会再跑出来，还把跟这些影像连接在一起的快乐或者痛苦一起拉出来，就像老式的结婚礼车后面铿铿锵锵拖着的马口铁罐头一样。海滩旁边空地上的黑狗，弗雷德站在靠近圣洛朗监狱门口脏兮兮的棕榈树下的阴影处，那个蓝黄相间的茨冈牌火柴盒，用他那条手帕包着，然后杰克逊跑向前，在浅色的天空中找寻他的爸爸。

我跟温奇顺利坐上了来接我们的卡车。我们没有多说什么话，两个人都各自想着自己的事情。路上没什么其他车子，开了差不多四十分钟我们就到了。我们跟他维修队里的四个人碰面。都是一些对自己的任务很在行、辛勤工作的男人。我注意到我邻居的树都死光了。这些树是最接近属于我自己的树。巨大的暴风雨涌进来，淹没了街道，把大部分的植物都弄死了。我怀疑还剩下什么可以看。长满了霉菌的硬纸板墙隔出来的小房间都损坏严重，不过再往前，那个有着百年历史拱顶的大房间倒是还好好的。本来就腐坏了的地板已经被拆掉。我可以感觉到修复工程有一些进展，带着一点乐观的心态离开了。我坐在一级临时的台阶上，到时候整修好，这里会变成我的门廊，前面会有一小块地种上野花。不免会担心这一切到底能够维持多久，我想我需要有人来提醒，所谓的永久性其实都是非常短暂的。

我走着走着，穿过了那条路，走向海边。一只刚组成的海岸巡逻队驱赶我离开海滩地区。他们正在原来木板栈道所在的地方挖掘疏浚。扎克的咖啡店曾经短暂地开在上面的沙色区域，现在正在由政府重新翻修，被再度漆上淡黄色和明亮的蓝绿色，抹去了这里原本颇具吸引力的外籍军团风格。我只能寄希望于这么戏剧性的活泼色彩，能够在太阳光底下及早褪淡。我继续往前走，找到了条通路去到海滩，把双脚浸浸湿，然后去硕果仅存的墨西哥塔可摊上，买了一杯咖啡外带。

我问有没有人看到扎克。

——这咖啡就是他煮的，他们告诉我。

——他在这边吗？我问道。

——他在附近某个地方。

头顶上的云层继续飘浮移动。记忆中的云层。喷气式客机正要从肯尼迪机场起飞。温奇把他该做的工作都完成之后，我们再度上了接我们的卡车，然后穿过隧道往回开，沿途经过机场，还要过桥，然后进入到城市里。我的工装裤因为刚刚下了水，到这时候都还没有完全干，之前卷起来的裤管上粘了一些沙子，这时也被甩落到车子的地板上。当我把咖啡喝完，剩下来的空杯子我舍不得丢掉。我想到我可以把伊诺咖啡的历史保留下来，无论是现在没有了的木板栈道，或是任何脑子里想起来的东西，都可以用泡沫塑料杯上面印刷的小小字体来加以保存，就像运用蚀刻技术在一根针头上雕刻的《诗篇》第二十篇一样。

弗雷德过世的时候，我们把他的告别式选在当初我们结婚的底特律水手教堂举行。每年的十一月，曾经帮我们证婚的英戈尔斯神父，都会在教堂里举办一个纪念仪式，缅怀当年"埃德蒙·菲茨杰拉德号"在苏必利尔湖遇难的二十九名船员，仪式的最终，会敲响沉重的友爱钟二十九次。弗雷德在世时，被这个仪式深深地打动，所以当他的告别式恰好跟这个纪念仪式同时举办的时候，神父允许仪式上的花和船模型留在台上。英戈尔斯神父主持了整个典礼，还在他脖子上本来戴着十字架项链的地方改挂一个船锚。

举办仪式的这个晚上，我弟弟托德到楼上来找我，但是我还躺在床上。

——我没有办法去，我告诉他。

——你非去不可,他很坚定地说,然后他把我从有气无力中摇醒,帮我穿上衣服,然后载我去教堂。我在想在仪式上要说些什么时,收音机传来了《多么美好的世界》这首歌。每次我们听到这首歌,弗雷德就会说,特里夏,这是你的歌。为什么它会变成我的歌呢?我抗议道。我甚至于根本就不喜欢刘易斯·阿姆斯特朗啊!但是他会坚持说这首歌就是我的。所以感觉上,这就像是来自弗雷德的一个信号,所以我决定要在仪式上清唱这首《多么美好的世界》。当我唱这首歌的时候,我感受到那种有点过于简化的美,但是我还是不了解,为什么他会把这首歌跟我联结在一起,可这个问题我等得太久,已经来不及问了。现在这首歌是你的了,我说,面对着挥之不去的空空荡荡。如今这个世界的美好似乎都被抽干了。我已经不会再满心狂热地写诗了。我已经不会再看到弗雷德的灵魂站在我的前面,或者感受到有他的旅程的那种天旋地转。

在那之后的几天,我弟弟都一直跟我待在一起。他答应孩子们,他们需要的时候他都会在,而且假期过后就会回来。但就在一个月之后,他正在包圣诞礼物要寄给他的女儿时,突然严重中风。托德这突然一死,紧跟在弗雷德过世之后,对我来说简直就是难以承受。这个打击让我整个人都麻木了。我每天都花好几个小时坐在弗雷德最喜欢的椅子上，害怕着自己的想象力。有时我也会站起身来，去做一点小小的事情，带着一个被冰霜包裹囚禁起来的人的那种无法发出声音的专注。

最终我离开了密歇根，带着我们的孩子回到了纽约。有一天下午过街的时候，我注意到自己正在哭。但是我没有办法确定我眼泪的来源到底是什么。我感觉到一种包含了秋色的热度。我心里面的那颗黑暗的石头无声地脉动着，像一块煤在壁炉中被引燃。谁在我的心里呢？我真的很想知道。

我很快又想起了托德平常爱开玩笑的模样，然后我继续往前走，慢慢地又找出了他的一个特点，这同时也是我自己的特点——一种与生俱来的乐观思想。然后慢慢地，我生命的叶子都变色了，然后我看到自己对着弗雷德指出简单的事物，蓝色的天空，白色的云，希望能够穿刺悲哀常驻的面纱。我看见他浅色的双眼专注地看进我的双眼，想要用他坚定的凝视捕获我呆滞的眼神。光是那些我就写了好几页，让我充满了痛苦的渴望，只好把它们丢进我心里的火焰之中，像果戈理一页一页把《死魂灵》第二卷的手稿烧掉那样。我也把它们全部烧掉，一页一页；它们没有形成灰烬，也不会变冷，只是散放着人类同情心的温暖。

林登如何杀掉心中所爱

林登正脚步轻盈地跑着,速度挺快。她停下来,靠近草原正中央一棵形状完美的树。她简直无所不能,除了她的阿喀琉斯之踵——詹姆斯·斯金纳探长,她那个警队的头头,以及对他的爱的极端克制的想望。他们两个曾经是公事上一起行动的伙伴,在私底下也上过床,不过那似乎已经是被他们双方都抛在脑后的陈年往事了。不过,任何时候只要他在场,她的脸上就会掠过一抹淡淡的阴影。她快要走到自己家前门的时候,很惊讶地发现他再一次在门口等她。两人之间的距离顿时消弭于无形。斯金纳又活生生地出现在她面前。林登向他靠近。在斯金纳的世界里,她就像是回到了家。

一枚硬币沿着边缘转着转着快要落定。到底会是哪一面朝上已经无关紧要。头朝上是你输,字朝上也是你输。林登忽略了种种迹象,一心相信自己是走了好运,在爱与工作之间,在斯金纳和她的警徽之间,维持了一个完美的平衡。晨光照亮了她用橡皮筋向后梳起来的玫瑰金色头发。被害者们的身影被剪成一连串展开的纸偶，片刻之间就在他们重新引燃的火焰当中化为乌有。

太阳移动。又有一具尸体燃烧，证据暴露，一个环状物箍紧她的喉咙。斯金纳和林登两人向爱情投降，对彼此展露出真实的自我。在他的眼睛里她突然看到了其他人的眼睛，死灰色深渊里的恐怖。法医似的追踪证据，沾着泥土的小纸条，浸泡在耻辱中的发带。

雨从莎拉·林登蓝眼睛的天空中不停地下。她被杀人不眨眼的清澈刷洗。用上所有上帝赋予她的技巧，她发现连续杀人凶手是斯金纳，她的导师也是她的爱人。

霍尔德，她真正的知己，比她晚一步把所有的迹象拼凑起来。本着出于直觉的通情达理，霍尔德追踪着她的一举一动。跑过一路的暴雨，他追踪他们到斯金纳不为人所知的湖边小屋。恋人们幽会的承诺如今变成了势不可当的正义执行。林登感觉到她那飘浮在死者之间的所剩无几的快乐。她将会以充满同情的态度处决斯金纳，不管霍尔德怎么求她。霍尔德行事很小心，步步为营，她则是全凭冲动不顾危险。他惊恐地看着林登扣下扳机，结束了斯金纳的悲惨处境，像解决路边一头垂死的小牛。

看到这里我呆掉了，只能赶快低下我的头。我完全融入了霍尔德的内在，一心一意想尽办法要解读出她的行动，预知她的未来。我空掉的保温瓶还摆在床边，环绕着我们的是第 38 集这种大事不妙的气氛。不久之前我才刚刚被迫勇敢面对史上最残酷的剧透：接下来不会有第 39 集了。

《谋杀》这个剧集到这里就全部播完了。

林登在剧中一样接一样地失去了所有，而如今我也快要失去她。某家电视联播网把《谋杀》就这样硬生生地结束了。他们说要播一个新的电视剧集，不过那完全是另外一个警探故事。然而我还没有准备好要让她走，而且我自己也不想往前走。我想要看林登测量这整个湖的深度，搜寻那些女人的骨头。我们对这些拿着遥控器就可以切进或者随便转掉的节目，到底该怎么办呢？我们对它们的热爱并不亚于对某位 19 世纪的诗人，或者是对某位萍水相逢却有好感的陌生人，抑或是对艾米莉·勃朗特笔下的某个人物的感情。有时候这其中的某个人物还会跟我们对自己的感觉混合在一起，这时候我们该怎么办呢？只能把这种心情转移到一个视频点播门户的有限空间里吗？

全部都在地狱边缘。从那黑水中升起的痛苦呻吟。被粉红色的工业塑料袋缠裹，这些死掉的人等待着他们的英雄救星——湖边的林登。但是她被降级了，变成一尊在雨中拿着枪的雕像。做了那件不可饶恕的事情，到头来她得把她的警徽放在桌子上。

一个电视剧集会有它自己的道德现实。我一边踱着步,一边发想这个剧集可以有一个番外篇:《在失落谷中的林登》。屏幕上,黑水围绕着湖上的小屋。这个湖形状看起来就像一个生病的肾脏。

林登凝视眼前深不可测的湖水,在底下躺着这些可怜的残骸。

这真是这个世界上最寂寞的事情了,在这里等着被人发现,她说。

霍尔德,因为太悲伤又睡不着觉,整个人都麻木了,还是等在那辆车里,喝着同样的冷咖啡。坐在那边警戒,直到她打了信号,然后他又可以到她旁边,一起走过炼狱。

随着一个星期一个星期的发展,被害者的故事展现开来。霍尔德将会把一点一滴喷溅出来的血液和案情联结起来;而她将会把疗伤复健的可能性排除在外。林登树将会散发出柠檬的香味,净化每一位遇害的女孩,使她们摆脱掉从地狱来的塑料布和亚麻绳。但是谁能够来净化林登呢?什么样的女佣可以把她掺了不纯物质的内心空间给清扫干净呢?

林登跑着跑着。她突然停了下来,面对着摄影机。活脱脱一尊佛兰芒圣母像,可是却有着在森林里跟恶魔睡过觉的女人的那种眼神。

反正她所有的东西都已经被剥夺,剩下来的对她来说也无关紧要。她这么做是为了爱。指令始终只有一个:不见的东西要把它给找出来,把死者裹起来的层层树叶要拨开,尸体要抬到光线照得到的地方。

失物幽谷

弗雷德有一个牛仔,是他整团骑兵队里面唯一的一个牛仔。

这牛仔是用红色的塑料灌模铸成,有一点点罗圈腿,作势正要射击。弗雷德把它取名叫做雷迪。夜里睡觉的时间,雷迪不跟弗雷德小城堡里其他的组成分子一样被放进纸箱子里,而是被摆在床边的矮书架上,这样子弗雷德就能够看到它。有一天母亲打扫他的房间时在书架上掸灰,然后雷迪掉下来没人注意到,结果就这样不见了。弗雷德找了好几个星期,所有地方都找遍了,但就是没找着。他躺在床上的时候,就会小声地叫着雷迪。每次他在房间的地板上把城堡组装起来,排上他的千军万马,都会觉得雷迪就在附近,正在呼唤他。他感觉那不是他自己的声音,而是雷迪在呼唤。弗雷德相信,雷迪变成了我们共同宝藏的一部分,在失物幽谷中占据了一个特殊的位置。

几年之后,弗雷德的母亲清理他的旧房间。地板的状况实在太糟糕，其中有几块板子都需要更换。旧板子拆开来的时候，各种各样的东西都出现在眼前了。在这些蜘蛛网、硬币和几坨已经变得硬邦邦的口香糖当中，雷迪就赫然躺在那里，它当时不知道怎么搞的，掉进了一个宽缝，然后就滑到了视线之外的、即使是男孩的小手也没有办法够到的地方。母亲把雷迪送还给他，弗雷德就把它摆在我们书架上、他可以随时看到它的位置。

有些东西从幽谷中又被叫了回来。我相信雷迪当年真的曾经呼唤过弗雷德。我相信弗雷德也是真的听到了。我相信他们有彼此为伴的那种喜气洋洋。有些东西并不是遗失了，而是被奉献掉了。我看到我的黑外套在失物幽谷里，被随手放在一个土堆上，然后一个铤而走险的顽皮小子顺手就把它捡走了。最后会落到某个好人的手上，我告诉我自己，比如在那附近的比利·皮尔格林[1]。

我们失去的东西也会难过地想要找回我们吗？电子羊会梦到罗伊·巴蒂吗？我那件外套，现在一个洞一个洞的，会记得当我们还在一起时的优渥时光吗？睡在从维也纳开到布拉格的长途巴士上，在歌剧院消磨的夜晚，海边的散步，怀特岛上斯温伯恩的坟墓，巴黎的拱

1　比利·皮尔格林，美国作家冯古内特反战小说《五号屠场》的主人公，可以穿梭时空。

廊商店街，卢雷的大溶洞，布宜诺斯艾利斯的咖啡店。人类的经验缠在它的经纬上。有多少首诗曾经从它破损的袖口汩汩流出？我别开眼睛就这么一下子，受到了另外一件更温暖柔软的外套的吸引，但我并不爱另外那件外套啊。为什么我们会失去所爱的东西，而我们满不在乎的东西却始终跟着我们，将来离开这个世界之后，还会被当成衡量我们有多少价值的标准？

就在这时候我想到了，也许是我把我的外套给吸收了。我想我还应该心怀感激，因为我的外套虽然有这么大的力量，却并没有把我吸收进去。不然我就会像那些遗失了的东西一样，只是被随手扔在椅子上，颤抖着，浑身到处都是洞。

我们所失去的东西又回到了它们所来自的地方，回到它们绝对意义上的起点：十字架回到它原来生长的树，或者红宝石回到它印度洋里的家。我那件外套的起源，由优质的羊毛所制成，倒转回到纺织机上，再回到一头羔羊的身上，这是一只黑色的羊，有一点点离群，在山边吃着草。这只羔羊睁开它的双眼，看到天空中的片片云朵，有那么一会儿工夫，云朵的样子就像它同类毛茸茸的背。

月亮又圆又低，像一个马车的轮子，毫无疑问两侧站着两座看起来一模一样的高塔，在拉斐特街上，毕加索的"绑马尾的女孩"的头像占据了一个小广场。我梳洗完毕，把我的头发编成辫子，再将床上排成一排的咖啡罐子移开，把几本书和笔记散页靠墙整齐堆成一沓，把爱尔兰亚麻布从一个木头箱子上移开，床单床罩全部更换。本来用来罩着布朗库西那些照片，免得被太阳晒得褪色的薄纱也全部移开：一张是晚上拍摄的史泰钦花园里一根没有尽头的石柱，一张是一颗巨大的大理石泪珠。我想要在关灯之前再看一会儿这些东西。

我梦见我在某个地方，那里同时也什么地方都不是。那里看起来像是罗利市的一条大道，与一条一条小型的公路相互交叉。附近都没有人，然后就在这时候，我看到弗雷德正在奔跑，虽然他平常很少跑。他做什么事都不喜欢匆匆忙忙。就在同一个时刻，有一样东西咻的一声超赶过他，在那个东西的侧面有一个轮子，就像一个活的东西，一跑就横越了公路。然后就在这个时候，我看到了那个东西的脸——是一个没有指针的时钟。

我醒过来的时候天还没有亮。我躺在那里有一段时间，把刚刚做的梦再重新回味了一遍，感觉好像有别的梦堆在这个梦的后面。我慢慢地开始回想这整个过程，用望远镜向回看，让我的思维把这些一闪而逝的片段缝合在一起。我刚刚还高高地在山上。我深信不疑地跟着我的向导沿着一条狭窄弯曲的路走。我注意到他有一点罗圈腿,就在这个时候他突然停了下来。

——看,他说。

我们面对着一个很高很陡的下坡。我不能动弹,受到对于眼前空无一物的非理性恐惧的控制。他很有自信地站着,但是我连好好地踩稳都有困难。我想要向他伸手,可是他却转身离开了。

——你怎么可以把我丢在这里?我哭着说,我要怎么回去?

我叫他,可是他都没有回答。当我想要移动的时候,地面和石头就松动崩开。我想不出除了掉下去或者飞起来之外,还能怎么办才能够离开这里。

然后就在这个时候,有形的恐怖解除了,我又站到了地上,眼前是一座矮矮的涂了白漆的建筑物,有一扇蓝色的门。有一个穿着一件宽大白衬衫的年轻人走向我。

——我是怎么跑到这里来的?我问他。

——我们给弗雷德打了电话,他说。

我看到有两个人开着一辆缺了个轮子的旧卡车在附近徘徊。

——你想要喝点茶吗?

——好呀,我说。他跟旁边的人比了比手势。其中就有一个人走到里面去张罗泡茶。他在一个火盆上煮了水，加了点薄荷进一个茶壶里，端过来给我。

——想不想吃一块藏红花蛋糕？

——可以，我说，突然间就饿了起来。

——我们看到你身在危险之中，只好出手干预，打电话给弗雷德。他飞快地把你抱起，带到了这里。

他人都死了，我心里想，这怎么可能呢？

——这整件事情会需要一点费用，那个年轻人说，十万迪拉姆。

——我不敢确定我有没有这么多钱，不过我会想办法凑到的。

我伸手到我的口袋，里面塞满了钱，正好就是他所要的数目，不过这时候场景又抽换了。我一个人走在一条石头路上，四周围都是白垩质山冈。我停下来稍微想了一下刚刚到底都发生了些什么。弗雷德在一个梦里面救了我。然后突然间我又回到了公路上，看到他在远处正追着那个脸是没有指针的钟的轮子。

——追上他，弗雷德，我大声地叫道。

然后那个轮子跟一个巨大的盛满了遗失物的丰饶角撞在了一起，往侧边倒下，弗雷德跪下来，把他的手放上去。他的脸上闪现出一个巨大的微笑，一个绝对开心的微笑，从一个没有起始也没有终点的地方。

中午时刻

我的父亲出生在伯利恒钢铁制造厂的影子之下，在中午的笛声吹响之时。他就这样出生了，就跟尼采一样，在一个指定的时刻，某些人会因此得到一种能力，可以领会天地万物永恒轮回的奥秘。我父亲的心灵很美好。他似乎对于世界上所有的哲学都给予相同的重视与惊叹。如果有个人可以感知整个宇宙，那么这个宇宙存在的可能性似乎就相当地确切。就跟黎曼猜想一样真实，就跟信仰本身一样，坚定而富于神性。

我们追寻着想要留在此时此刻，即使幽灵们尝试着想把我们拉走。我们的父亲赞叹着永恒回归的巧妙设计。我们的母亲朝向天堂闲逛着，沿路施放线头，免得自己迷途。在我的想法里，任何事情都是可能的。生活在所有事情的最底层，而信仰则在最上头，中间的部分住着创作的冲动，这个冲动填满了所有的空间。我们想象着一栋房子，是一个充满希望的矩形。房间里面有一张单人床，铺着淡色的床罩，有几本真心喜爱的书和一

赫尔曼·黑塞的打字机,蒙塔诺拉,瑞士

部集邮册。贴着褪色花卉图案壁纸的墙倒下来，然后像新生的草地一样迸开，斑驳的阳光洒在上面，一条小溪流进一条更大的溪，一艘小船正停在那里等着，上面有两支颜色鲜艳的桨和一面蓝色的帆。

当我的孩子们还小的时候，我设想出这样的船。我放他们扬帆出航，但我自己根本就不曾登上这些船。我根本就很少离开我们家附近。夜里，我在运河旁边念着我的祷告辞，运河两岸都是依依长柳。那时候我碰到的东西都是活着的。我丈夫的手指，一株蒲公英，一个破皮的膝盖。我当时并没有想办法把这些时刻保存起来。他们就这样过去了，没有留下任何足资纪念的证物。但现在，我横越海洋只有一个目的，想要在一帧帧的影像里拥有罗伯特·格雷夫斯的草帽、黑塞的打字机、贝克特的眼镜和济慈卧病的那张床。那些我已经失去、没有办法再找回来的东西，我用脑子记着。那些我没有办法看到的东西，我尝试着去呼唤。靠着一连串的冲动来运作，光线到哪里，我的边界就在哪里。

我二十六岁的时候去拍兰波的坟墓。拍出来的照片并没有什么特别好的地方，但是想达到的目的确实是达到了，而这个目的我早已经把它遗忘。兰波1891年死在马赛的一所医院里，得年三十七岁。他临终前最后的愿望，是想要回到他年轻时买卖咖啡的阿比西尼亚。他当时病得很重快要死了，所以没有办法漂洋过海长途旅行去到那里。最后他在神志不清当中，想象自己骑在马背上，驰骋于阿比西尼亚的高原上。我有一串从哈勒尔买来的19世纪的蓝玻璃贸易珠，当初买的时候心里就是想带去给他。1973年，我去到他位于沙勒维尔的墓地，靠近默兹河岸，我用力把这些珠子深深压进他墓碑前一个大缸下的泥土当中。从他心爱的国家来的某一样东西，留在靠近他的地方。我之前从来没有想到这些珠子跟我为热内收集来的石头有什么关联，但我想它们都是来自同样的一种浪漫的冲动。或许有一点自以为是，却也还称不上是错误。在那之后我曾经又回到兰波的墓地，那个大缸已经不在那里了，然而我相信我还是原来的那个人；这个世界无论发生多少的变化，都没有办法改变这一点。

我相信动。我相信这个无忧无虑漫不经心的大气球，这个世界。我相信午夜和中午时刻。但除此之外我还能够相信些什么呢？有些时候什么东西我都相信。有些时候什么东西我都不信。思绪起起伏伏，就像光线在池塘上荡漾。我相信生命，而生命我们每个人某一天都会失去。我们年轻的时候觉得自己不会，觉得自己会跟前人不一样。我还是个小孩的时候，心里想我绝对不要长大，而且我觉得只要我心里这么想，就会成真。但是后来我才发现，其实是到很最近我才发现，发现自己已经越过了某条线，在不知不觉当中，我已经披上了饱经岁月的真实面貌。妈的，我们怎么会变得这么老呢？我对着我的关节这么问，也对着我铁灰色的头发这么问。如今我已经比我爱的人老了，也比我已经死去的朋友们都要老。也许我会活很久很久，逼得纽约公共图书馆只好把弗吉尼亚·吴尔芙的那根步行手杖交给我来用。我会替她珍惜保管，还有她口袋里的那些石头。不过我还是会继续活下去，拒绝交出我这支笔。

我把我的圣方济T型十字架从脖子上解下来，然后开始绑我的发辫，头发都还没有干，我已经又在那边东张西望。家就是一张书桌。一个梦的调剂混合。家就是我这些猫，我这些书，和我一直都还没有完成的作品。家就是所有那些失去的东西，它们可能有一天会再来呼唤我，家就是我的孩子们的脸孔，有一天肯定会再来呼唤我。也许我们的白日梦永远都没有办法梦想成真，也没有办法再重新得回沾满灰尘的马刺，但是我们可以收集幻梦本身，然后将它放回到没有任何其他东西可以比拟的整体当中。

我呼唤开罗，她就跳到我床上。我抬头一看有一颗孤星升起来，就在我的天窗的正上面。我也试着要爬起

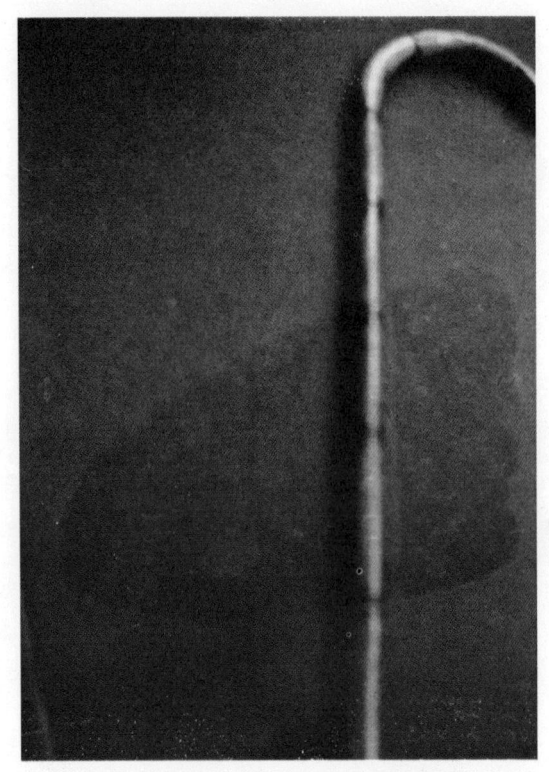

弗吉尼亚·吴尔芙的步行手杖

来，可是突然之间地心引力拉住了我，然后我被一曲陌生的音乐的边缘扫到。我看到一个婴孩握着一把银色的拨浪鼓。我看到一个男人的影子和他那顶 Stetson 毡帽的帽檐。他手里玩着一条小孩子的套索，接着他跪了下来，解开那个绳结，然后把绳子摊在地上。

——看，他说。

这条蛇吞食自己的尾巴，放开来，然后再吞一遍。那套索其实是一长串滑动的文字。我俯过去看上面到底写的是什么。我的神谕。我查看了一下我的口袋，但是既没有带笔也没有带纸。

——有些东西，那牛仔低声说，我们会保留给自己。

这是该摊牌的时刻了。不可思议的神奇时刻。我遮着眼睛挡住刺眼的光，把外套上的灰拍掉，然后甩过我的肩膀。我确确实实知道我在哪里。我掉出框框之外，看到我正在看的东西。同样孤零零的咖啡店，不一样的梦。原来暗褐色了无生气的外墙，现在被重新漆成亮黄色，而且生锈的汽油加油泵也用什么东西罩上了，那东西看起来很像是一只巨大的茶壶套。我只是耸耸肩膀，然后大摇大摆地走了进去，不过这个地方已经面目全非。里面的桌子椅子和点唱机都不见了。多结的松木镶板被人拆走了，原来褪色的墙被漆上了殖民地蓝，底下的护墙板则被刷白。那里有几箱专业设备、金属制的办公家具和一沓小册子。其中一堆我把它翻了一下：夏威夷、大溪地和大西洋城的泰姬陵赌场。在这种前不着村后不着店的地方，居然有一家旅行社。

我走进后面的房间，但是咖啡机、咖啡豆、木勺和陶瓷马克杯全都不见了。连本来就空着的龙舌兰酒瓶也不见了。烟灰缸没有了，也没看见我那个满腹哲理的牛仔。我感觉到他曾经来过这边，而且更可能是，发现这个地方已经被完全重新粉刷，就继续往前走掉了。我环顾四周。这里也没有什么可以把我留住的东西，连一只死蜜蜂的干尸都没有。我想我赶快一点的话，也许还能够看到他开的那辆老福特平板卡车扬起的团团尘嚣。也许我还能够赶上他，然后搭一段便车。我们可以在沙漠中一起旅行一阵子，完全不需要旅行社帮忙。

——我爱你们，我低声对所有人说，但是没有人听见。

——不要随便乱爱，我听到他说。

就在这时候我走了出去，直接穿过夕阳，踩过踏实了的泥地。完全看不到什么团团尘嚣，什么人的迹象都没有，不过我已经完全不在乎。我就是我自己的独行牌局的幸运之手。眼前沙漠的景象单调恒常：一幅逐渐展开来的长卷轴，假以时日，我要在上面画些东西来娱乐自己。我要把所有的事情都记住，然后我要把所有这些东西都写下来。为一件外套写一首咏叹调。为一家咖啡店谱一部安魂曲。那就是我正在想的,在我的梦中,低头看着自己的双手。

哇呜咖啡店,海洋滩码头,洛马岬

补述

　　一段一段弧形聚拢过来，形成了一个圆。由字词所构成的一圈车轮，轮轴上尽是饱经太阳和风沙摧残、日久剥落的条状斑驳，一支诗人的箭，发条鸟曾在此出没的指爪遗痕，圣洛朗监狱里踩在脚底下又被送到热内坟前的石头，一心想要弥补些什么而梦见了弗雷德的梦。重温那许许多多的时刻，潦草地涂写在笔记本和餐巾纸上，间歇穿插了分量可观的黑咖啡。直接对着心里属意的读者写作，这其中有着一些非常能够打动人的成分，你很难就这样全部撒手不管，就像一个演员摆脱不掉已经无须再演的角色残存在自己身上的某些蛛丝马迹，我发现自己没有办法完全脱离这个浑然一气的自成世界。

　　几个无法成篇的念头，像随手遗落的系发丝带，随风飘动；我还是感觉到自己必须要报告一下每天的活动内容。我在脑海里刻意去组织起一个个长长的段落，却总是被某些更新萌生的段落所形成的激流给冲散。这些东西当中有一部分我写了下来，成为再多几页，来叙述在那之后所发生的事情。

1

刑警莎拉·林登说出那句引导我们来到失物幽谷的名言——最寂寞的事情是永远都没有办法被人发现。失物谷的环境比起炼狱里，还是要柔和得多，也更加寂静无声，有点像是个善心保管处，用来容纳那些属于她的领域里的那些失踪的受害者，以及我们所曾经拥有的那些不见了的物品。在那个同一漩涡当中的某处，有一堆木质七巧板；一条水龙；一座白色清真寺；几头东北虎；蝴蝶鱼。但是还有另外一堆拼图，是一个正在逐渐成形的房间，地板铺上彼此嵌接的瓷砖，先铺一块再铺另一块，渐渐地，一切都各就各位。

我把自己沉浸在把罗卡韦海滩上那间写作小屋给一片一片拼起来的过程当中。这栋房子在飓风桑迪带来的汹涌巨浪下受损严重，需要花很大力气和诸多资源来整修，也需要有创意地重新思考该如何加以保护。当时整个地区都被摧残得一片狼藉：木板栈道全毁，几处维多利亚式的建筑也不及抢救，海岸线完全不成形了，首当其冲的挑战是所有人都得要有耐心。在过去的这几年，我所属的那块区域虽然水管和供暖系统都还没有修复完

成,但是每回踏进我那栋百年小屋,都会对已经完成的修复工程叹为观止,啧啧称奇。所有的墙面都给涂上了全新的灰泥层,原先的发霉腐烂现在一扫而空,塌斜的地基重新加固,老式过时的烟囱已经拆除,但是穹顶的天花板还是被保留了下来。我站在成箱堆栈的西班牙殖民风味的赭红色瓷砖旁边,等着接下来的步骤——铺上地板,然后装上天花板吊扇,两方小小的天窗,和一个大号的陶瓷双盆水槽,那是温奇在清理一栋长岛的农舍时捡到的。

马路的另一边,方方面面都看得到重建的明确证据。这一天正好工人们休假,所以我就跳啊跳地,越过还没筑好的围篱，走到水边。好几部黄色的推土机，大片大片的混凝土堆成小山，以及要用来搭建隔墙的一直延伸到海滩的工料。一个十月的星期天，气候温和。西尔维亚·普拉斯的生日。虽然眼前有这些机械，一波波拍岸的浪还是主导了这片长长的海景。浓雾串起水天一色；我觉得心满意足。这时我的手机在我的口袋里震动起来。是我的女儿，杰西，打电话来告诉我卢·里德过世了。我之前就知道他身体状况不太好，但也只是约莫知道。有个朋友近来病了，也许会这样很长一段时间，但仍然还活着。很难想象没有了卢的纽约，这个城市里才华横溢、随心所欲的王子。

我两个星期前才刚在我最喜欢的京都料理店"预兆"见到他。背景音乐静静地播放着《有点儿忧郁》。卢和他太太劳丽正要离开，停下脚步跟我打个招呼。我站起来迎上去跟他们聊了几分钟。在我们说再见的时候，卢凑近过来。

——我爱你帕蒂，他说。

——我也爱你，我回应说。

我后来才想起来，在我们认识彼此的四十二年之间，虽然多少都感觉到彼此的心意，但是这样的话语从来都没有说出口。

风突然又刮了起来。我注意到远远地有几艘货船，但没有一艘比得上卢在他的名曲《海洛因》的歌词中所召唤出来的那一艘。我想象一朵飞行的云，挟带着几片小小风帆，在三根一组的桅杆上翻腾汹涌。这艘船上担任各个岗位的，都是古往今来文学世界中的诗人水手：哈特·克兰[1]，鲁珀特·布鲁克[2]，德尔莫尔·施瓦茨[3]，比利·巴德[4]，以及布雷斯特的奎雷尔[5]，全体船员都向他致敬。我站在那里，眼看着时间一直向前，延伸化为天际线。我并不是在悲哀之下无言以对——让我说不出话来的，更多是一种赞叹的感慨。

我离开海滩，摇摇晃晃地穿过一块块的大圆石、围篱和高耸的工业起重机，搭上地铁回到西四街。似乎所到之处都在播放着地下丝绒的歌曲。卢·里德的歌。《射线姐妹》转为《西边散步》再转为《甜蜜的珍》然后转为《星期天早晨》。我小声地随着音乐唱给自己听，回忆

---

1 哈特·克兰（1899–1932），美国诗人，受到 T.S. 艾略特的激发开始写作，代表作长诗《桥》被认为表达了不同于《荒原》的，对现代城市文明的乐观态度，被公认为是当时最具影响力的诗人之一。32 岁时投海自尽。
2 鲁珀特·布鲁克（1887–1915），英国诗人，以其在一战期间创作的战争为主题的十四行诗著名，并因为孩童般的长相而被叶芝称为"英国最英俊的男人"。在参加地中海远征军的加里波第登陆行动时，死于败血症，死后被葬于希腊的斯基罗斯岛。
3 德尔莫尔·施瓦茨（1913–1966），美国诗人、短篇小说家，是卢·里德在雪城大学的老师，也是索尔·贝娄小说《洪堡的礼物》中洪堡的原形。
4 比利·巴德，出自《水手比利·巴德》，美国作家梅尔维尔的遗作，于 1924 年出版。
5 布雷斯特的奎雷尔，出自让·热内的小说《布雷斯特的奎雷尔》，小说发生在港口城市布雷斯特，主角奎雷尔相貌英俊，是水手、小偷、男妓和连环杀手。

起他那种不声不响从你后面靠近过来的习惯。

——嘿！他会说，而我就连忙转过身来看到他，苍白的皮肤，一身黑色打扮。我猛然在我门口停下来，一瞬之间明白，我以后再也不会见到他了。那就是死亡。一幕消失不见的戏码。

就这样没有了，有如放假下船，一度蜂拥在四十二街的年轻水手们，穿得全身洁白无瑕，被反射在那条粗粝大街上的各种可能性所牵动吸引，四处看看有什么事情可以付诸行动。肉体和闪烁光影惊鸿一瞥、刹那游移，廉价的酒精，浓度强到足以把这些用钱买来的乐趣的所有面目一概抹去。长长一整条街，不清场的电影院和红灯户都没有了。那些水手和皮条客和妓女和老玻璃，所有蓝眼睛的黑眼睛的棕眼睛的都没有了。那自成一格的小天地整个都没了。

回到我的房间，我从一张《1969：地下丝绒现场》的CD又听了一遍《海洛因》，9分钟，涌上来的歌声听起来像是在啜泣。20世纪的时候，我在我的唱盘上一遍又一遍地播放这首歌。那会儿我的唱针都受损了，但是我一直都没有换支新的。我只是不知道我要往哪里去。唱经和童谣，有时候很难把这两者分清楚。布莱克写那些有关于纯真的诗，但并不是为那些纯真的人所写的。老虎在燃烧，幼小的羔羊们与造物者争执。至少，耶稣这上帝的羔羊,知道是谁创造了他,至少有一艘快船,一直在等待着卢。

2

我一把抓起我咖啡色的针织帽,套上我在丹吉尔市集上买的那件旧旧的毛呢夹克,走路去但丁咖啡馆。在那边看书看了一阵子,然后正打算在书的空白处随便涂写一些脑子里的想法时,铅笔掉了。我弯腰去捡的时候,有个陌生人拍拍我的肩膀。

——我在想你能不能推荐一些书让我读。

我有一点疑惑地抬起头来看着他。正打算要说我最近的这本书里面所提到的书就不会少于五十本,但是我马上就意识到这样说太自以为是了,人家甚至于不见得听说过我最近的这本书,更不要说是读了。于是我改变主意,在一张餐巾纸上写下了几个书名——《缓刑》,《维特根斯坦的火钳》,《棚户区》,《狗心》——然后把那张纸递给他。事后我才想起来,竟然没有写下正摊开在我眼前的这一本,芥川龙之介的《罗生门和其他十七篇故事》,也没有写下我口袋里的这一本,玛格丽特·杜拉斯的《情人》。是我自己不晓得当时在想什么,任凭孩子气的占有欲作祟——我一时之间把这两本当作

是我的领地,觉得书中特别而且合拍的气氛是属于我的。

没有办法再想起之前本来要写些什么,我回头继续读芥川的《齿轮》。在这个故事里,作家在路上被一个想要跟他见面的年轻读者拦住。作家停止了动作。雪开始飘下来。整个世界是一张宽阔的纸,他拿他的蘸水笔蘸进了墨汁般的黑夜,仿佛是要写一首永无止境的俳句,来抒发被人当街拦住的莫名其妙。

我在想会不会死亡也就像这样而已——生命被打断,然后重新开展,就如同有些卡夫卡式的旅程,一路上有几个检查哨。几个小时的时间溶化成为未来的几个小时，没什么明显的原因，先加速然后再放慢，直到突然间就已经是晚上了。我坐在我的床边等着《路德》，随后才想起来播出的时间不是这一晚。虽然并不想，我还是不由自主地开始看起了《女作家与谋杀案》，通常这是保留着要等到我确实很绝望的时候才看的。剧中杰茜卡的出版商一直有意无意地跟她灌输一个想法，说她应该不择手段地争取受邀，去参加针对好莱坞一位恶名昭彰的制片被谋杀而迟迟没有破案一周年，所举办的死亡庆典活动，以她热情洋溢的魅力和超乎寻常的办案技巧，应该可以到处打探，把这个该死的悬案给解决，然后就可以根据这段经历写一本畅销书了。杰茜卡当时就反驳说那样根本行不通，提醒他自己可是一个小说作家。但是她的出版商坚持己见，举杜鲁门·卡波特的《冷血》为例，要她奉为标杆。

——真人真事的犯罪纪实才好卖，他一边说着一边在她的眼前摇着手指。杰茜卡你看，如果像他那样的小个子都可以做得到，你也可以做得到。

——好吧，如果你都讲成那样了，她说，语气中还是有点不敢相信。

于是果不其然，只花了一集的工夫，她就想尽办法混进了那场宴会，破了那桩谋杀案，跟着就像那位小个子卡波特一样，写成了本一出版就洛阳纸贵的书。

转回新闻台，先是播了一些中规中矩的超写实报导，接着是一部让人看了很难过的纪录片，呈现亚马孙河三角洲，近来被揭发有些商人投入资金，大举以链锯鬼鬼祟祟地入侵雨林。我在心里提醒自己，明天早上要做一点具有生产性的事情——要把盘踞在地板上那一堆一堆的书各自归架，把几件做一半还没完成的事情收尾，出去外面多走走——然后坐着就睡着了。

醒过来的时候，有点像是"电力黑枣"有一首歌《昨夜我有太多东西可以梦》里面所唱的那种，宿醉幻觉的边缘，窗外天色还是暗的。先前梦中互不连贯的各种场景在脑海中交错：从空中俯瞰的破败市容，一张张无力垂下的手掌，集体安全避难所，受到监视之下的阴影。学院被人占领——占领的那几股势力把《变形记》里面他们看不惯的情节都给删除了。朱利安·阿桑奇[1]啃噬着从烂掉的面纱脱落下来的线头，割裂了这张网。我伸手去拿我的笔记本要把这些全部记录下来，触及现实背面的一个梦。结束的时候是这样子的，太阳被已经绝种的蜘蛛群所织成的网团团包围，这些蜘蛛小小的头

1　朱利安·阿桑奇，(1971—)，澳大利亚记者，泄密网站维基解密的董事与发言人。

来回迅速摆动，吐出一波一波的氯。渔夫们望着自己亲手做的渔网里空无一物，不禁悲从中来，正如他们的父辈和祖辈也曾经同样地哀叹，一切可以回头追溯到耶稣那个时代，远在衪吩咐他们去成为得人的渔夫之前。

我下楼，小心翼翼不要去撞到排在空箱子旁边的书堆，做了一份花生酱三明治，同时准备了一壶蜂蜜柠檬辣椒姜茶。太阳渐渐升起来在纽约市上空。我决定今天将会是一个窝在家里的星期日。以往我都会在伊诺咖啡馆写一两个小时，之后回来把我的房间稍微整理一下，在我的保温瓶里装满水，然后准备看新一集的《谋杀》。只不过如今，咖啡馆已经没了，剧集情节进行到一半就停拍了，剩下我置身于未解决的后遗症当中。一时兴起，我决定要写一封粉丝信给魏娜·莎德，这个剧集的制作人，感谢她带给我们从她眼中看到的林登和霍尔德。后来她回信给我的时候，我真是喜出望外，于是我们就持续通信。几个星期之后，她还跟我分享了最新消息，《谋杀》会重登荧幕，再多拍六集，如果是想把时间停在那里，从几个角度检视情节，那六集可能不太够，但如果只是让观众知道接下来发生了什么的话，倒是绰绰有余了。

魏娜亲切地邀请我去温哥华看他们拍第一集里的几场戏。无法相信居然有这么好的运气，我赶紧一口就答应了。然后在新年之前她再次加码，问我愿不愿意特别客串一个角色。我的感觉五味杂陈，说得明白一点，就是又高兴又恐惧。我之前在电视上唯一的一次表演经验，是在《法律与秩序：犯罪倾向》的最后一季里面，饰演一位名字叫克利奥·亚历山大的小角色，在剧中是哥伦比亚大学的神话学教授。要演好这样的角色必须要喜怒不形于色，但是我把这项要求完全忘了，在排练的时候表现得太抢戏，如果还称不上是装腔作势的话。同戏的文森特·多诺费奥很有耐心地跟我分享一个他跟斯坦利·库布里克拍片时亲身经历的小故事，供我参考。我从中学到了，当要说出一段对白的时候，把能量往后收几步，只要使出一半，我当时有一点点尴尬，但是却学到了关于自制很珍贵的一课。

　　我收到了我的脚本和工作证件。在我原来的想象中，我可能会演个街上落魄的人或是无家可归的告密者，和我平常乱糟糟的外表风格颇为近似。但出乎意料，他们要我演安·莫里森博士，一位脑神经外科医师。有十句台词和一件实验室外套。靠的可完全是大脑。

　　二月底我飞到温哥华。在飞机上我思前想后，意识到事实显示，这两次特别客串都是帮我最喜欢的剧集，在它们即将被叫停的垂死挣扎中跨刀演出。过海关的时候他们请我坐在女演员琼·艾伦旁边，她是敲定好要来主演第四季的。在海关仔细检查我们的工作证件时，我闲来无事，在脑海里回想起她在电影《谍影重重》里面迅速翻找机密文件时的形象来。

魏娜·莎德介绍我跟导演认识，我们把我的台词稍微对了一下，然后我就去见服装师。我的头发被盘成一个发髻，试穿了一条宽松长裤和一件合身的蓝花衬衫，准备搭配在我的实验室外套里面。他们为我准备了医院名牌、诊疗用写字板，和一双极端正常不显眼的鞋。经过一番调整之后我被护送到拍片现场。当时正好拍完一段落在休息，我被允许进入犯罪现场。墙上被涂了血渍——一个不祥的罗夏蝴蝶图案展开在一张被溅污了的大床上方。我向后退开，然后安静地观察着我那两位侦探，他们正在调整好状态准备上工。霍尔德无论戏里戏外都带着一种静不下来的活力。林登孤零零地站在那里，头垂下来。我看着她的侧影，从她的马尾垂下几缕不服管束的发丝，遮住了她的眼睛。

几回大致上的排练之后，我从自助餐车上取来一些米饭和豆子，与林登及霍尔德两人一起吃，为这半天的活动画下完美句点。我没有办法鼓起勇气用他们两位的本名叫他们，但是他们似乎并不在乎。这么一来，我的想象得以不受到现实的污染。我们的对手戏的拍摄地点在医院重症病房外面的一个空旷区域。在刺眼的荧光灯下,我们面对面地站着。按照剧情,我得用不屑的权威口吻对我最喜欢的两位侦探说话,不许他们接近我的病人,也就是这桩集体谋杀案的唯一证人,要他们快点离开。整场戏前后不到两分钟的时间,然而那可是扎扎实实嵌在他们世界里的完美两分钟。我离开拍摄现场之前,霍尔德给了我他的名片。我回到家之后,把那张名片放在我的梳妆台上,紧邻着一张画家欧仁·德拉克洛瓦的小肖像照。

3

圣帕特里克节那天又下起了雪,在绿地上覆盖了一层亮白的毯子。我起得晚了,置身于一个海洋风味的房间里,圆圆的窗户,就像一艘船上面的舷窗。我很快就判定自己是回到了雷克雅未克。我已经有很长一段时间没来冰岛了,这回自愿参加了一个由艺术家和自然主义者组成的联盟,来抗议工业侵入这个国家的高地。冰岛,保管着地球上最神秘的风景。一个肥沃的月亮地带。

我下楼到早餐间想去加入其他成员的行列,但是那里却空无一人。所有的人都已经离开了。我在一个位子上坐下来,喝了一点热的柠檬水,吃了无花果蜜饯

和黑面包。透过餐桌对面的窗户，我可以看到外面正在下雪，也注意到我的朋友罗伯特·加西亚正朝我走过来。我们本来一起计划好要去骑马的，因为我们对冰岛特产的强壮小马有着共同的爱好。罗伯特来跟我一起吃早餐，但是要骑马的话外面天气太冷了。我上了他的卡车，然后我们开了很长的路到乡下去参观一个朋友的马厩。我看着他把干草堆实，好让栖息在那里的马群享用，而我也拿了一颗苹果喂一匹长腿的小白马。

在我上一次来冰岛之后，博比·菲舍尔已经过世，所以不再有机会和这位带着风帽的国际象棋天才半夜密会了。我们车子继续往前开,然后停在一个围绕着一座装有护墙板的白色教堂的小村庄。几座坟墓,一个旧旧的谷仓,里面有四五匹小马。谷仓外面的院子对着教堂,里面有菲舍尔的坟墓。博比选了这个令人费解的地方作为自己的安息之处。才不过两天之前,伟大的国际象棋棋手加里·卡斯帕罗夫才刚到过坟前致意,还留下了鲜花。花仍然躺在墓碑前的雪堆里,外面的包装也没有人去动过。

我想到我的父亲。我想起那年跟博比一起唱着巴迪·霍利的歌。我回想当时"大陆漂移社"的同志们出发要去寻找阿尔弗雷德·魏格纳的坟墓,我挥手跟他们道别。我想起和罗伯特一起骑着小马,他那条老狗"雪多"沿路追着我们深入到山里,一切历历在目,感觉上好像只是几个夏季之前的事。那条狗对罗伯特非常忠心,但是也意识到我骑马不是很有经验,所以就一直跟在我的小马旁边。我完全信任他的带领,因此才能够一路高高低低爬过石头路,还多次毫无畏惧地跃过不太可靠的溪流。

——你现在正想些什么?罗伯特问我。

——没有什么特别的,我回答他说。

我们回车里,开到一家小型的咖啡店,隔壁有一座废弃的黑色谷仓。他走到店外去抽根烟。我把我的咖啡喝完,然后也出去站到他旁边。他所抽的香烟牌子是"美国精神"。我们看着一只巨型的乌鸦停在谷仓的顶上,然后又过了一段时间,一只比较小的乌鸦也飞过来跟它会合。

——我的狗雪多死掉了,我把它埋在了众神山谷的地里。他真是好狗。我们彼此互相了解。

虽然外面很冷,我们还是站在那里很长一段时间,什么话也没有说,就像当年我们一起在山里面骑马那样的自在。我突然想起在弗雷德死后,我也看到过两只这样的黑鸟飞来,停在我们覆盖了常春藤的阳台上。雄鸟飞走了,但是比较小的雌鸟还独自在那边徘徊。我透过悬挂在窗前的平纹细布的缝隙看着她,徒然地等待,就在几个片刻之间,季节就更迭了。

我从冰岛回来的时候收到了一个神秘的包裹,上面贴着加拿大的邮票。打开来用报纸包着的,是在《谋杀》最了不起的第三季里,含有关键证据的雪茄盒子。里面装着几件珍贵的纪念品,包括第二季里面霍尔德的Pez糖果盒,和我们拍摄时我那个安检通关用的医院名牌。雪茄盒下面是林登那件费尔岛花纹毛衣,像是临时

起意放进来的,不然就是折的时候很匆忙。在毛衣上还留着一丝她那草莓金色的头发。

一时精神大振,我洗了澡,穿上干净的衣服,然后走去但丁咖啡馆。我希望能够把给英国珍本出版公司"对开社"写的《呼啸山庄》的新版导读完成。我感觉自己对艾米莉·勃朗特有一种奇特的亲切感,她是个静不下来、像吉普赛人一样的女孩子,成天在了无生趣的荒原上四处晃荡,带着她那条爱犬"奇颇"。她比她的姐妹都高,不怎么合群,敢公然反抗权威。我一路上太过于沉浸在想跟她有关的事，完全没有注意到但丁咖啡馆整个都被围了起来。一张手写的告示宣布说，经过一百年终于要来整修，因为这家店已经转手换了老板。我站在那里，惊讶得说不出话来，就好像看到心爱的马伤废遭到射杀后令人不忍的残骸。我很想知道，几十年来客人抽烟留下金黄色熏污的那些佛罗伦萨壁画，整修后会变成什么样。我十几岁的时候就在那边写过东西，一路写到我二十几岁。就在店里的桌前，我迎接了千禧年的到来，喝着意大利咖啡，看着但丁和贝雅特丽齐站在天堂的悬崖之上。

我在一个布包里装了点生活必需品和那件毛衣，搭上火车去罗卡韦海滩。天堂有许多不同的显现。对我来说就显现成我的阿拉莫，终于可以搬进去住了。我快要走到的时候，一路可以闻到海的气味。这将会是美妙的一天。有个邻居在修他的屋顶，而他太太正微笑仰头看着他。我扳开饱经风吹雨打的围墙，然后走上红砖小径。克劳斯在我的院子里撒上种子，让我的植物群多了肿柄菊、灌木和黑心金光菊。我这一小块花圃马上就充满了生命，蜜蜂和蝴蝶，蟋蟀与螳螂。靠近门廊的下面，我放了一尊青铜像，是一个跪着的小男孩伸手出去抓住一只鸟。

我把我关于勃朗特的笔记放在从伊诺咖啡馆搬来的

桌子上，就在一幅布里翁·吉森穿着摩洛哥长袍的照片底下。我把地板扫一扫，桌上的小东西重新摆好，把那件费尔岛毛衣披在弗雷德在密歇根常坐的那张椅子的椅背上。这是林登的毛衣，我大声地说，把它介绍给阿拉莫里面所有的这些宝物，它们受到珍惜的程度，就好像中国皇帝那只不起眼的夜莺，或者一位成年男人的小婴儿鞋。

4

经过了一年半，应该是时候了，要来把这些书的问题彻底解决。九个空箱子排在墙边。我很有决心地看了它们一眼，然后赶快下楼去喂开罗。现在我只剩下一只猫要喂了。那一只大雄猫已经被它出门两年、总算归来的主人领回去了。那一只最老的，我们的女王，过完十七岁生日之后，临终的苦楚上身，不管怎么细心照顾还是回天乏术。它过世之前，那股不可违逆的无形力量像是在我们家里施了一道魔咒。当时开罗都睡不着，在她常常窝着的那几个地方一直翻找着什么。只要她有什么状况，我女儿就都会来照顾，一天天眼看着她越来越没有生气地衰弱下去。要过去的那个晚上，我们都醒着，看她有什么需要，我们就即刻张罗。她安静地在我女儿的膝上断气时，我们痛彻心扉，不下于对任何一个

人类的哀悼。

我着手按照计划,把多余的书用尽各种方法,送到一家有需要的图书馆。设想很简单,但真的要舍掉那些书不容易。我先打包的是大开本的艺术书,参考工具书,然后是侦探小说。亨宁·曼凯尔的《无面杀手》竟然多达三本,这是整个系列的第一册,主角是一位精力充沛、个性多变,而且对政治有敏锐嗅觉的刑事探员科特·维兰德。毫无疑问,我是在一次次的旅行途中重复买了三本。其中一本里面滑落出一张他书房的折页图。墙上排着书，还有他正在写作中的原稿，被一张一张挂在一个环状的滑轮组上，像一条临时顶替的晾衣绳。我摊开一册校样版本的《苦恼的男人》开始重读起来，标志着我计划的暂时打住。这本书是维兰德的最后一个案子，但是我一直都还抱着希望，但愿他的创造者，跟柯南·道尔一样，拗不过大众的压力，还是又写出新的一集。但是很可惜作者已经过世了，顺便也就把维兰德原本已经有点朝不保夕的未来一起带走了。曼凯尔（Mankell）在我的万神殿里是一个挚爱的 M。当我翻阅一页一页《苦恼的男人》的内文时，我脑海中浮现出一部未完成的作品，它的稿纸们颤抖地排着队，等待作者回来把自己写完。

5

冬至，圣诞节之前几天，完全不像这个季节的天气，温暖，安静，街面被雨水浸湿。我身上穿着一件无衬里的棕色洗绒羊毛外套，戴着我的针织帽。这件外套是一位很要好的朋友给我做的，第一回穿上身当场，就觉得跟这件衣服已经很熟稔。这种天气让人很难相信，再过几天就是圣诞节了；我完全感觉不到圣婴和采购礼物的热潮。我开始了一个四处闲逛的下午,在一家以儿童文学见长的书店里待了一段时间。有个没上锁的玻璃柜里,陈列着一本第一版的《救难小英雄》。我把它打开,翻到一张船员溺水的图片。我小时候对这位船员情有独钟。他只是加斯·威廉斯所画的一幅图画,但是不知道为什么,我当时就是相信他是我命运中的一部分,有一天他会变成真人,而且属于我。

后半天我女儿来跟我会合。我们继续在街上逛着,随便买一些礼物,没有打算是要特别送给什么人。一只穿着条纹睡衣睡在一个超大号火柴盒里的老鼠,一个松鼠形状的圣诞树挂饰,和一条长长的金色丝绒围巾。

天气还是很暖和,所以我们决定走路回家。我们转进十六街,一路走下第五大道,朝着华盛顿广场上的拱门前进。我们经过一家旧货铺时,我注意到一面旧的金属招牌上面有小小的彩灯拼出来的"咖啡馆"字样。我想要把它买下来,但是我要拿它来做什么呢?尤其是最近,我已经一直在想办法丢掉一些东西,不再堆积新的东西,所以我只好心不甘情不愿地打消对这面咖啡馆招牌的念头。我们走到店里面,只是为了看一看,因为感觉这里似乎更像一座仓库博物馆,而不像一家店。我们在精工打磨的木质绘图桌、教堂长椅、飞机螺旋桨和装饰华丽的书桌之间到处游走,赞叹连连。突然间我犹豫了起来,一波没有办法说得清楚的预感向我袭来。

杰西在一具旧船的船舵旁边徘徊不去。

——你喜欢有关海洋的东西?店主人问道。

——是啊,她回答说,但是我可以听到她心里面想的是——我爸爸也喜欢这些东西。

我突然觉得很难过。我们还是住在AF时段内——后弗雷德的时刻(After Fred),被内心里的爱和没有办法弥补的损失紧紧缠绕。你累了,我告诉我自己,同时抬头往上看。在我眼前的是一件有办法转变气氛,同时又再给我活力的东西。一件我真正想要的东西。一张看得出岁月痕迹的标签上面简单地写着:十九世纪许愿井。井。就好像是从童年时代掷出硬币,希望能跨越时间的许愿,竟然在这里梦想成真。

——杰西,我叫她,声音几乎没有办法发出来。她马上走到我的身边,然后我们站在这件东西前面,心里产生同样的想法,出神片刻在静默之中。

——许个愿吧,我们两人一起说。

6

绿色的光谱——明亮的,朦胧的,泛着光泽的,稀薄的,各种不同层次的绿。然后残留下来的,是只有不再年轻的女孩才能够了解的脆弱，身上的皮肤如今像羊皮纸，吸着空气，吸着雨水。并不是带着感谢，而是带着喜悦。不会贪求无厌，而是略感不屑。唤醒我的是一双像雪一样白的手。我要被带到哪里去我不能够说，但是我们都知道的这些边界，对带我去的那些人来说却是全然的陌生。把你的十字架留下，他们说，我们接下来要去的地方没有良善也没有邪恶。我把它取下来，挂在一根桦树的钉子上，当初敲进这根钉子是为了取其树汁。我把小麦色的夹克脱掉，把它留在同一棵树的底下。我才刚这么做完，他们就给了我一件更有价值的外套——一件树叶织成的外套。我跟他们保持着距离，数着我们的脚步，但是很快就厌倦了这样的戒心。你用来测量的尺子也留在身后吧，他们对我呼吁，还有你的表。我们要去的地方没有时间。

每次都从一个梦开始，一个我已经详细叙述过的梦。一个牛仔丢出了一句话，一个套索的一回旋转。不着边际的写作没有那么容易，他说，而我就是从这句话出发。这就是我乐于接受的挑战，于是我就这样开始写作。由梦生出了愿望，再由愿望生出了挥之不去的问题：一个人要怎么样才能让他的作品有生命力？一个作者要怎么样才能够把这样一个活生生的东西交到读者的手中？我在寻找字句的过程中迷路了，只好回头。也许关键并不是我们要去到哪里，而只是要出发往前走。有一回我从伦敦到利兹，再到赫普顿斯托尔，去西尔维亚·普拉斯的墓。我走过一路上的松针，然后是雪，然后到春天的时候再回来。我去她墓的次数多过我去自己母亲的墓。但是我在墓上并没有感觉到我的母亲；我所到之处她都与我同在；在我女儿的微笑里，在我走岔路的时候耳边轻轻劝慰的声音中。

等你读到这篇补述，已经又过了更多的时间。一弯新月。又是一轮满月。逾越节。复活节，我将要跟我的儿孙们一起度过，睡在他们为我准备的房间里，坐在我儿媳帮我找来的侦探椅上，然后在我儿子帮我选的书桌前写作。到时候我会想到弗雷德，是他让所有这一切化为可能，当时他要我帮他生一个儿子，然后再生一个女儿，完全没有想到他自己没有办法以实体的存在，眼看着他们长大，也没有办法逗弄在他忌日那天出生的孙子，他跟他一样，有着低垂的浅蓝色眼睛。

复活节的祈祷将会被说出口，复活节彩蛋将会被找出来，坐在我儿子膝盖上的小男孩将会看着《托马斯小火车》。那一天将会下雨。到时候我非常有可能站起来,煮点咖啡,然后安安静静地消磨一些时间。爬上楼梯,把眼见他们一家和乐所油然而生的欣慰之情轻轻抛到脑后,同时关起房门,然后坐在那张侦探椅上,翻开我的笔记本,着手写一点新的东西。

许愿井，罗卡韦海滩

图片说明

4　伊诺咖啡馆
12　弗雷德，马罗尼河
13　导游，马罗尼河
15　禁闭室
16　铁窗，大囚室
20　卡宴河
28　罗贝托·波拉尼奥的椅子
33　银色气球
35　卧室梳妆台
39　和尚咖啡机
44　1972年冠军赛棋桌
48　野牛，柏林
52　墙面，帕斯捷尔纳克咖啡店
53　塔，柏林
59　遮雨篷，帕斯捷尔纳克咖啡店
63　雕塑细部，柏林
79　托尔斯泰的熊，莫斯科
96　拱廊酒吧，底特律
102　作者，1954年春
104　皇后亭酒店，巴黎
108　《发条鸟》，伊诺咖啡
118　洗礼盘，布宜诺斯艾利斯
119　席勒的桌子，耶拿
122　弗里达·卡洛的床
144　弗里达的拐杖

145	弗里达的裙子
146	西四街站
151	弗雷德,在"诺华达号"上
153	柳树,圣克莱尔湖岸
159	小屋,罗卡韦海滩
168	木板栈道残迹
179	挂了国旗的阿拉莫
193	金阁寺,京都
200	鬼袍
211	埃斯与戴斯,镰仓
212	北镰仓车站
216	香炉
217	芥川龙之介之墓
219	喜剧面具
226	拼贴咖啡馆,威尼斯海滩
232	圣托马斯·贝克特
235	西尔维亚·普拉斯之墓
240	审问室,《犯罪倾向》
241	伊诺咖啡,歇业关门日
248	帕西法尔的袍子,新哈登贝格
252	雕像细部,柏林
256	和保罗·鲍尔斯,丹吉尔
267	让·热内之墓,拉腊什
270	弗雷德,父亲节,安湖
282	沙漠铁轨,纳米比亚
290	赫尔曼·黑塞的打字机
294	弗吉尼亚·吴尔芙的步行手杖
298	哇呜咖啡店,海洋滩码头
301	铺砖地板,罗卡韦海滩
306	但丁咖啡馆
313	冰岛小马
316	《谋杀》剧中使用的医院名牌
319	开罗
326	许愿井

译名对照表

158 号美国国道 US Highway 158

A

阿比西尼亚 Abyssinia
阿波罗尼俄斯 Apollonius
阿尔比纳 Albina
阿尔弗雷德·魏格纳极圈与海洋研究中心
　Alfred Wegener Institute for Polar and Marine Research
阿尔托 Artaud
阿赫玛托娃，安娜
　Akhmatova, Anna
阿拉莫 Alamo
阿姆斯特朗，刘易斯
　Armstrong, Louis
阿桑奇，朱利安 Assange, Julian
阿塔尔，贝希尔 Attar, Bachir
阿特拉斯咖啡馆 Atlas Café
埃伯哈特，伊莎贝尔
　Eberhardt, Isabelle
埃德蒙·菲茨杰拉德号
　Edmund Fitzgerald
埃尔泽 Else
埃姆斯 Eames
埃斯 Ace
艾拉，塞萨尔 Aira, César
艾伦，琼 Allen, Joan
安佛塔斯 Amfortas
安湖 Lake Ann
奥布里，杰克 Aubrey, Jack
奥登 Auden
奥尔特加旅社 Hotel Ortega
奥斯汀 Austin

B

巴蒂，罗伊 Batty, Roy
巴拉德，J. G. Ballard, J.G.
巴勒斯，威廉 Burroughs, William
巴黎格兰咖啡店
　Gran Café de Paris
巴里摩尔，约翰 Barrymore, John
巴伦西亚 Valencia
巴斯德大道 Boulevard Pasteur
百牲祭 hecatomb
包厘街 Bowery
鲍尔斯，保罗·弗雷德里克
　Bowles, Paul Frederic
鲍尔斯，简 Bowles, Jane
鲍嘉，亨弗莱 Bogart, Humphrey

北非大麻 kif
北滩 North Beach
贝德福德街 Bedford Street
贝尔法斯特市 Belfast
毕尔巴鄂 Bilbao
冰咖啡馆 Ice Café
波拉尼奥，罗贝托
　Bolaño, Roberto
波洛克 Pollock
波希米亚小馆 Café Bohemia
勃朗特姐妹乡村 Brontë country
博格旅馆 Hótel Borg
博洛尼亚 Bologna
布尔加科夫，米哈伊尔
　Bulgakov, Mikhail
布莱克，威廉 Blake, William
布莱希特，贝托尔特
　Brecht, Bertolt
布赖顿 Brighton
布朗库西 Brancusi
布里斯科，伦尼 Briscoe, Lennie
布利克街 Bleecker Street
布鲁克，鲁珀特 Brooke, Rupert
布罗德通道站 Broad Channel

C
城市老鼠乐团 Le Rat des Villes
茨冈牌香烟 Gitanes
慈眼寺 Jigen-ji
此时此地咖啡馆 Café Aquí
村上春树 Murakami, Haruki

D
达尔·葛那瓦乐队 Dar Gnawa

大安楼层 Grand Comfort Floor
大仓饭店 Hotel Okura
大西洋城 Atlantic City
大洋城 Ocean City
代托纳比奇 Daytona Beach
戴斯 Dice
丹吉尔 Tangier
但丁咖啡馆 Caffè Dante
德拉克洛瓦，欧仁
　Delacroix, Eugène
德莱昂，庞塞 De León, Ponce
德里斯 Driss
德莫神父广场
　Father Demo Square
的里雅斯特咖啡馆 Caffe Trieste
底特律水手教堂
　Detroit Mariner's Church
地下丝绒 Velvet Underground
第六大道 Sixth Avenue
电力黑枣 Electric Prunes
电动女士录音室
　Electric Lady Studio
东十街 East Tenth Street
动物园咖啡馆 Zoo Café
对开社 Folio Society
多罗顿城市公墓
　Dorotheenstadt Cemetery
多马尔，勒内 Daumal, René
多诺费奥，文森特
　D'Onofrio, Vincent

F
菲茨 Fitz
菲舍尔，博比 Fischer, Bobby

费南迪纳比奇 Fernandina Beach
疯帽子 Mad Hatter
弗雷斯纳 Fresnes
孚日广场 Place des Vosges
福利斯特 Frost

G
伽罗瓦，埃瓦里斯特
　　Galois, Évariste
盖贝托 Geppetto
冈比 Gumby
高德院 Kōtoku-in
戈伦 Goren
哥德堡 Gothenburg
格奥尔基，约翰内斯
　　Georgi, Johannes
格拉斯，西摩 Glass, Seymour
格拉斯哥 Glasgow
格雷夫斯，罗伯特 Graves, Robert
格吕内瓦尔德，马蒂亚斯
　　Grünewald, Matthias
拱廊酒吧 Arcade Bar
古比奥 Gubbio
古尔德，格伦 Gould, Glenn
谷克多 Cocteau

H
哈莱姆区 Harlem
哈勒尔 Harar
海华斯，丽塔 Hayward, Rita
海黍子马尾藻
　　Sargassum muticum
海洋滩 Ocean Beach
荷兰隧道 Holland Tunnel

赫本，凯瑟琳 Hepburn, Katherine
赫布登布里奇 Hebron Bridge
赫普顿斯托尔 Heptonstall
黑麻雀出版公司
　　Black Sparrow Press
黑兹尔飓风 Hurricane Hazel
亨德里克斯，吉米 Hendrix, Jimi
胡安妮塔 Juanita
华雷斯城 Juárez
怀尔德伍德 Wildwood
怀特，瓦娜 White, Vanna
怀特岛 Isle of Wight
皇后水泥 Queen Cement
皇后亭酒店 Pavillon de la Reine
霍尔德 Holder
霍利，巴迪 Holly, Buddy

J
吉奥诺，约翰 Giorno, John
吉森，布里翁 Gysin, Brion
加利比旅馆 Hotel Galibi
加西亚，罗伯特 Garcia, Robert
贾森 Jason
坚尼街 Canal Street
教授咖啡馆 Caffè del Professore
节礼日 Boxing Day
杰克旅社 Hôtel Jack
杰克逊维尔 Jacksonville
杰姆 Jem
金耳环乐队 Golden Earring
禁闭室 Quartier Disciplinaire

K
卡班牙 El Cabanyal

卡波特，杜鲁门 Capote, Truman
卡尔瓦多斯苹果白兰地 calvados
卡拉丝，玛丽亚 Callas, Maria
卡里姆 Karim
卡利普索 calypso
卡罗尔，吉姆 Carroll, Jim
卡斯帕罗夫，加里 Kasparov, Gary
卡塔赫纳 Cartagena
卡万，安娜 Kavan, Anna
卡宴 Cayenne
卡扎菲，哈娜 Gaddafi, Hana
凯，莱尼 Kaye, Lenny
凯恩，霍拉肖 Caine, Horatio
考特拉尼，罗彼 Coltrane, Robbie
柯川，约翰 Coltrane, John
柯林 Colline
科文特花园 Covent Garden
科约阿坎区 Coyoacán
克莱因，伊夫 Klein, Yves
克兰，哈特 Crane, Hart
克劳斯 Klaus
克利，保罗 Klee, Paul
克鲁斯，汤姆 Cruise, Tom
克洛科特，戴维 Crockett, Davy
克内希特，约瑟夫 Knecht, Joseph
库布里克，斯坦利
　　Kubrick, Stanley
库克，乔治 Cukor, George
库鲁 Kourou

L
拉斐特街 Lafayette Street
拉哈那，阿兰 Lahana, Alain
拉克姆，亚瑟 Rackham, Arthur

拉腊什基督教墓园
　　Larache Christian Cemetery
莱姆，哈利 Lime, Harry
莱特兄弟纪念碑
　　Wright Brothers Memorial
蓝鸟咖啡馆 Bluebird Coffeeshop
蓝屋子 Casa Azul
勒韦，弗里茨 Loewe, Fritz
雷迪 Reddy
雷米尔—蒙若利 Rémire-Montjoly
雷诺，让 Reno, Jean
里德，卢 Reed, Lou
里维拉，迭戈 Rivera, Diego
利兹 Leeds
林登，莎拉 Linden, Sarah
刘易斯 Lewis
卢拉咖啡屋 Lula Café
卢雷 Luray
鲁本斯旅馆 Hôtel Rubens
鲁凯咖啡馆 Le Rouquet
伦，莎拉 Lund, Sarah
伦勃朗旅社 Hôtel Rembrandt
罗伯逊，克里夫 Robertson, Cliff
罗得 Lot
罗卡韦海滩 Rockaway Beach
罗利市 Raleigh
罗威尔，罗伯特 Lowell, Robert
罗夏 Rorschach
洛根广场 Logan Square
洛马岬 Point Loma

M
马丁斯，霍利 Martins, Holly
马格利亚，雅基 Maglia, Jacky

马固先生 Mr. Magoo
马哈里斯，乔治 Maharis, George
马罗尼河 Maroni River
马罗尼河畔圣洛朗
　Saint-Laurent-du-Maroni
马洛克小姐 Miss Mulock
马蒙家 Mamoun's
马奇，乔 March, Jo
马雅可夫斯基，弗拉基米尔
　Mayakovsky, Vladimir
麦克杜格尔街 Mac Dougal Street
麦克莱恩，丹尼 McClain, Denny
曼凯尔，亨宁 Mankell, Henning
贸易珠 trade beads
梅多克罗夫特，伊妮德
　Meadowcroft, Enid
美国海滩 American Beach
美国精神 American Spirit
门罗，比尔 Monroe, Bill
蒙茅斯街 Monmouth Street
蒙塔诺拉 Montagnola
蒙特雷 Monterrey
米勒，李 Miller, Lee
米特区 Mitte district
敏捷狐狸 Fleet Foxes
摩洛哥大麻烟管 sebsi
摩斯 Morse
魔岛 Devil's Island
莫里森，安 Morrison, Ann
默多克，巴兹 Murdock, Buz
默兹河 Meuse River
穆拉比特，穆罕默德
　Mrabet, Mohamed
穆莱·哈菲兹宫
　Palais Moulay Hafid
穆齐尔，罗伯特 Musil, Robert

N
奈瓦尔咖啡馆 Café Nerval
奈瓦尔，热拉尔·德
　Nerval, Gérard de
纽瓦克自由机场
　Newark Liberty Airport
诺华达 Nawader

P
帕多瓦植物园 Orto Botanico
帕克，费斯 Parker, Fess
帕拉，尼卡诺尔 Parra, Nicanor
帕拉马里博 Paramaribo
帕斯捷尔纳克咖啡馆
　Pasternak Café
帕索里尼，皮埃尔·保罗
　Pasolini, Pier Paolo
帕西法尔 Parsifal
庞贝圣母教堂
　Our Lady of Pompeii
蓬帕杜尔 Pompadour
皮尔格林，比利 Pilgrim, Billy
拼贴咖啡馆 Café Collage
普拉斯，西尔维娅 Plath, Sylvia
普雷斯利，埃尔维斯 Presley, Elvis

Q
奇颇 Keeper
恰帕斯 Chiapas
切尔西旅馆 Chelsea Hotel
酋酋卡村大师乐队

The Masters of Joujouka
屈塞，斯宾塞 Tracy, Spencer

R
日耳曼敦 Germantown

S
撒马利亚人 Samaritan
萨吉诺 Saginaw
萨加克，帕特 Sajak, Pat
萨拉森，阿尔贝蒂娜 Sarrazin, Albertine
塞尔维亚东正大教堂 Serbian Orthodox Cathedral
塞拉比尤姆神庙 Serapeum
塞热斯特 Cégeste
三船餐厅 Mifune
桑迪 Sandy
杀魔山 Kill Devil Hills
沙勒维尔 Charleville
沙纳汉，托尼 Shanahan, Tony
莎德，魏娜 Sud, Veena
圣奥古斯丁 Saint Augustine
圣杯骑士 Grail Knights
圣马可书店 St. Mark's Bookshop
圣马里安和圣尼古拉教堂 Church of St. Marien and St. Nikolai
圣萨瓦 Saint Sava
圣托马斯·贝克特墓地 Saint Thomas à Becket Churchyard
施莱克，弗里德 Schlaich, Frieder
施瓦茨，德尔莫尔 Schwartz, Delmore
狮子喫茶店 Lion Café
史蒂文森，罗伯特·路易斯 Stevenson, Robert Louis
史密斯，弗雷德·索尼克 Smith, Fred Sonic
史泰钦 Steichen
舒尔茨，布鲁诺 Shultz, Bruno
舒凯里，穆罕默德 Choukri, Mohamed
闳上 Yuriage
斯基尔斯 Skills
斯金纳，詹姆斯 Skinner, James
斯克里布纳书店 Scribner's Bookstore
斯帕斯基，鲍里斯 Spassky, Boris
斯图尔特，克里斯汀 Stewart, Kristen
斯温伯恩 Swinburne
斯沃洛，麦提 Swallow, Mighty
苏必利尔湖 Lake Superior

T
泰姬陵赌场 Taj Mahal Casino
坦普勒，西蒙 Templar, Simon
特拉弗斯城 Traverse City
特拉文，B. Traven, B.
特里夏 Trisha
特斯拉，尼古拉 Tesla, Nicola
田纳特，戴维 Tennant, David
图森 Tucson
托德 Todd
托纳特 Tonate
托尼先生汽车旅馆 Mr. Tony's

W

哇呜咖啡店 Wow Café
瓦尔德曼，安妮 Waldman, Anne
瓦斯特卡 La Huasteca
外滩群岛 Outer Banks
万圣夜 Halloween
威尔斯，奥逊 Welles Orson
威克利夫 Wycliff
威廉斯，加斯 Williams, Garth
威廉斯，田纳西 Williams, Tennessee
威尼斯海滩 Venice Beach
微风角 Breezy Point
韦恩，约翰 Wayne, John
韦拉克鲁斯 Veracruz
维路姆森，拉斯穆斯 Villumsen, Rasmus
维也纳中央公墓 Zentralfriedhof
魏格纳，阿尔弗雷德 Wegener, Alfred
温奇 Winch
翁布里亚 Umbria
维兰德，科特 Wallander, Kurt
沃森，汤姆 Watson, Tom
乌普萨拉 Uppsala
伍德曼，弗朗西丝卡 Woodman, Francesca

X

西四街车站 West Fourth Street Station
西站 Western Station
席尔兹，凯文 Shields, Kevin
夏洛战役 The Battle of Shiloh
小哈瓦 Little Havana
谢泼德，萨姆 Shepard, Sam
谢里登广场 Sheridan Square
新哈登贝格 Neuhardenberg
休伦港 Port Huron
休斯，特德 Hughes, Ted
雪多 Shadow

Y

亚历山大，克利奥 Alexander, Cleo
扬，尼尔 Young, Neil
耶青公园 Jesus Green
野口勇 Noguchi, Isamu
伊诺咖啡馆 Café 'Ino
伊斯米特 Eismitte
意大利广场 Place d'Italie
银月咖啡店 Silver Moon café
英戈尔斯 Ingalls
永无乡 Neverland
由岐 Yuki
鱼水壶 The Kettle of Fish
雨果咖啡馆 Café Hugo
预兆餐厅 Omen
原牛咖啡屋 Café Uroxen
圆觉寺墓园 Engaku-ji cemetery
约翰逊，林登 Johnson, Lyndon
约瑟夫咖啡馆 Café Josephinum
熨斗大厦 Flatiron Building

Z

塞巴尔德，W. G. Sebald, W. G.
阵亡将士纪念日 Memorial Day
朱庇特海滩 Jupiter Beach
诸灵节 All Soul's Day

诸圣节 All Saint's Day
佐尔格,恩斯特 Sorge, Ernst

* * *

《1969:地下丝绒现场》
  1969:Velvet Underground Live
《CSI:迈阿密》CSI: Miami

A
《爱德华大夫》Spellbound
《爱丽尔》Ariel
《爱情灵药第九号》
  Love Potion Number 9
《爱之稀有性》A Scarcity of Love
《奥菲斯》Orphée
《奥斯特利茨》Austerlitz

B
《白教堂血案》Whitechapel
《白色婚礼》White Wedding
《柏林苍穹下》Wings of Desire
《比利·巴德》Billy Budd
《变形记》The Metamorphoses
《冰岛信札》Letters from Iceland
《冰上研究与探险》
  Research and Adventure on the Ice
《波希米亚人》La Bohème
《捕虾船》Shrimp Boats
《不速之客》
  The Harder They Come
《布雷斯特的奎雷尔》
  Querelle de Brest
《布鲁克林有棵树》
  A Tree Grows in Brooklyn

C
《长腿叔叔》Daddy Long Legs
《宠物动物园》The Petting Zoo

D
《大开眼戒》Eyes Wide Shut
《大女孩别哭》
  Big Girls Don't Cry
《大师和玛格丽特》
  The Master and Margarita
《大笑的警察》
  The Laughing Policeman
《戴维·克洛科特的故事》
  The Story of Davy Crockett
《道法自然》After Nature
《第三人》The Third Man
《第三心灵》The Third Mind
《第一个人》The First Man
《电讯晨报》
  The Morning Telegraph
《迭戈·里维拉的精彩人生》
  The Fabulous Life of Diego Rivera
《谍影重重》Bourne Identity
《东方之旅》
  The Journey to the East
《冬树》Winter Trees
《多么美好的世界》
  What a Wonderful World

F
《法律与秩序:犯罪倾向》

Law & Order: Criminal Intent
《风景画家的片段人生》
An Episode in the life of a landscape painter
《佛兰德斯的狗》
A Dog of Flanders
《福利斯特探案集》
A Touche of Frost

G
《给予》Étant donnés
《狗心》Heart of a Dog

H
《海滨咖啡馆》The Beach Café
《海洛因》Heroin
《骇人命案事件簿》
Midsomer Murders
《黑色的春天》Black Spring
《护身符》Amulet
《华伦斯坦》Wallenstein
《欢呼》Olé
《缓刑》Suspended Sentences
《荒芜街区》Desolation Row

J
《驾驭着暴风雨的骑士》
Riders on the Storm
《解密高手》Cracker
《金羊毛》Golden Fleece
《救难小英雄》The Rescuers
《居家》杂志 Dwell
《距骨》Astragal

K
《咖啡康塔塔》Coffee Cantata
《咖啡时间》Coffee Break
《开罗妇女》Woman of Cairo
《苦恼的男人》The Troubled Man

L
《垃圾食品》Janku Fudo
《冷血》In Cold Blood
《雷达爱》Radar Love
《林柏露斯女孩》
  A Girl of the Limberlost
《刘易斯探集》Lewis
《龙文身的女孩》
  Girl With The Dragon Tattoo
《路德》Luther
《绿山墙的安妮》
  Anne of Green Gables
《罗生门和其他十七篇故事》
  Rashōmon and Seventeen Other Stories
《洛杉矶女人》L.A. Woman

M
《马太福音》The Gospel According to Saint Matthew
《玛斯纳维》Masnavi
《美国名人录》
  Who's Who in America
《弥赛亚》The Messiah
《妙想天开》Brazil
《摩斯探长》Inspector Morse
《魔术师曼德雷克》
  Mandrake the Magician

《谋杀》The Killing
《谋杀》(丹麦版) Forbrydelsen

N
《纳博科夫的蝴蝶》
　　Nabokov's Butterflies
《你的保护者》Your Protector
《鸟园现场演奏专辑》
　　Live at Birdland
《怒海争锋》
　　Master and Commander
《女作家与谋杀案》
　　Murder She Wrote

P
《棚户区》Shantytown

Q
《青鸟》The Blue Bird
《情人》The Lover
《瘸腿的小王子》
　　The Little Lame Prince

S
《上海小姐》Lady from Shanghai
《射线姐妹》Sister Ray
《神秘博士》Doctor Who
《时尚》杂志 Vogue
《手足英雄》Flaming Star
《瞬间的恩惠》
　　The Favor of the Moment
《梭卡舞》Soca Dance

T
《天真之歌》Songs of Innocence
《甜蜜的珍》Sweet Jane
《托马斯小火车》Thomas the Train

W
《晚餐后宣言》
　　After Dinner Declarations
《王子与贫儿》
　　The Prince and the Pauper
《威克利夫》Wycliff
《维特根斯坦的火钳》
　　Wittgenstein's Poker
《无面杀手》Faceless Killers
《五小椒怎么长大》
　　Five Little Peppers and How
They Grew

X
《西边散步》Walk on the Wild Side
《侠探西蒙》The Saint
《下午先醉》
　　Drunk in the Afternoon
《小偷日记》The Thief's Journal
《新来的小马》New Foal
《星期天早晨》Sunday Morning
《幸运之轮》Wheel of Fortune
《学生托乐思的迷惘》
　　The Confusions of Young Törless

Y
《一夜牛饮》
　　A Night of Serious Drinking
《一只跳蚤的幽灵》Ghost of a Flea

《伊斯米特的冬天》
　　Winter in Eismitte
《疑犯追踪》*Person of Interest*
《鹰月》*Hawk Moon*
《有点儿忧郁》*Kind of Blue*

Z
《再见了旧外套》*Vecchia Zimarra*
《遮蔽的天空》*The Sheltering Sky*
《吱吱叫的机器鸟》*Die Zwitscher-Maschine*
《爪哇头》*Java Head*
《最强兽诞生涅祖拉》
　　Nezulla the rat monster

Photographs © Patti Smith except where noted:
13, 15, 153: Fred Smith
102: Courtesy Greg Mitchell Archive
108: © Yoshie Tominaga
256: © Tim Richmond
267: © Lenny Kaye

M Train
by Patti Smith
Copyright © 2015 by Patti Smith
Published by arrangement with Dunow, Carlson & Lerner Literary Agency, through The Grayhawk Agency

本书译文由新经典图文传播有限公司授权使用

图书在版编目(CIP)数据

时光列车 / (美) 帕蒂·史密斯著；非尔译.
—— 桂林：广西师范大学出版社，2017.1（2017.5重印）
书名原文：*M Train*
ISBN 978-7-5495-8752-0

Ⅰ.①时… Ⅱ.①帕… ②非… Ⅲ.①随笔-作品集-美国-现代 Ⅳ.①I712.65

中国版本图书馆CIP数据核字(2016)第221162号

广西师范大学出版社出版发行

桂林市中华路22号　邮政编码：541001

网址：www.bbtpress.com

出 版 人：张艺兵
责任编辑：张诗扬
装帧设计：王志弘
内文制作：龚碧函　马志方

全国新华书店经销
发行热线：010-64284815
山东鸿君杰文化发展有限公司　印刷

山东省淄博市桓台县　邮政编码：256401

开本：850mm×1168mm　1/32
印张：11　字数：137千字　图片：61幅
2017年1月第1版　2017年5月第2次印刷
定价：58.00元

如发现印装质量问题，影响阅读，请与印刷厂联系调换。

M Train
by Patti Smith
Copyright © 2015 by Patti Smith
Published by arrangement with Dunow, Carlson & Lerner Literary Agency, through The Grayhawk Agency

本书译文由新经典图文传播有限公司授权使用

图书在版编目(CIP)数据

时光列车 / (美) 帕蒂·史密斯著；非尔译.
—— 桂林：广西师范大学出版社，2017.1（2017.5重印）
书名原文：*M Train*
ISBN 978-7-5495-8752-0

Ⅰ.①时… Ⅱ.①帕… ②非… Ⅲ.①随笔-作品集
-美国-现代 Ⅳ.①I712.65
中国版本图书馆CIP数据核字(2016)第221162号

广西师范大学出版社出版发行

　桂林市中华路22号　邮政编码：541001
　网址：www.bbtpress.com

出 版 人：张艺兵
责任编辑：张诗扬
装帧设计：王志弘
内文制作：龚碧函　马志方

全国新华书店经销
发行热线：010-64284815
山东鸿君杰文化发展有限公司　印刷
　山东省淄博市桓台县　邮政编码：256401

开本：850mm×1168mm　1/32
印张：11　字数：137千字　图片：61幅
2017年1月第1版　2017年5月第2次印刷
定价：58.00元

如发现印装质量问题，影响阅读，请与印刷厂联系调换。